手のひらに
物の怪《もののけ》
耳鳴坂妖異日誌

ここは妖異を取り締まる
“耳鳴坂”よ。
八重崎《やえざき》刹里《せつり》
“耳鳴坂”に所属する退魔師。
八重崎《やえざき》鷹司《たかし》
“耳鳴坂”支部長。

耳鳴坂《みみなりざか》（通称）

正式には、退魔師たちの組織「大刀早坂《たちはやさか》」の問名井《まない》支部。かつて人間に害をなす妖異《ようい》（妖怪、精霊、怪物などの総称）を退治していたが、時代のせいか妖異たちの中には人間に協力するものが増え、現在ではその能力を活かした取り締まり・捜査が行われている。

来島草太《きじまそうた》
間名井南高校
一年生。
嫌な匂いはないわね。
匂いが強いと、外法が使えなくなるの。
突然近づいた剃里の顔に、草太の全身は硬直する。

耳鳴坂妖異日誌

手のひらに物《もの》の怪《け》

湖山 真

角川文庫 15680

目次

手のひらに物の怪《もののけ》

耳鳴坂妖異日誌

口絵・本文イラスト／みかづきあきら！
口絵・本文デザイン／中デザイン事務所

プロローグ

来《き》島《じま》草太《そうた》は追いつめられていた。

リノリウムの床《ゆか》に上靴《うわぐつ》の底を擦《こす》らせながら、教室の窓際《まどぎわ》まで後ろ歩きでじりじりと移動する。自主的な行動ではなく、前方から迫《せま》る脅威《きょうい》に防衛本能が働いた結果だった。

草太は生唾《なまつば》を飲み込んで、自分を追いつめた者たちを眺《なが》めた。

目の前に、見慣れた間《ま》名《な》井南《いみなみ》高校のセーラー服が包囲《ほうい》網《もう》を敷《し》いていた。

十数名の女子生徒たちがずらりと並んで立ち塞《ふさ》がっている。

両腕《りょううで》を組んで威嚇《いかく》する者、両肩《りょうかた》を吊《つ》り上げて怒《いか》りをあらわにする者。胸の前で両手を組み、目に涙《なみだ》を溜《た》めている者までいる。共通点は三つ。少女たちはみな胸元《むなもと》に間名井南高校一年女子の証《あかし》である赤いセーラーカラーを巻いていること、それぞれ手に携帯《けいたい》電話を握《にぎ》りしめていること、と、そして「来島草太っている？　ちょっとそいつに用があるんだけど」と剣呑《けんのん》な表情で乗り込んできたことだった。

「あのー、俺に何のご用でしょーか……」

言いながら、背後を強く意識した。草太はいま窓ガラスに背中をくっつけている。とりあえず、窓という最後の逃走経路《とうそう》はまだ残っていた。問題は、窓の鍵《かぎ》を解除して開け放つまでの数秒の猶予《ゆうよ》を、彼女たちが与《あた》えてくれるかどうかだ。多分、相当に厳しい。

「来島。あんたさ、ちょっとチョーシに乗りすぎじゃない？」

最前線で両腕を組んでいた少女が、苛立《いらだ》たしげに口を開いた。

廊下《ろうか》でたまに見かけたことがある子だ。高校一年生にしてはアイラインやシャドウが濃《こ》く、顔を作りすぎているせいで印象に残っていた。名前までは知らない。だが相手は草太の名前を知っていて、しかもあまり好感は抱《いだ》いてくれていない様子だった。

「ええと」

草太は左眉《まゆ》の真ん中の、眉毛《まゆげ》が生えていない部分を指で掻《か》いた。幼い頃《ころ》、転んで擦《す》り剝《む》いてから、眉の真ん中がちょうど剃《そ》りを入れたようにはげてしまったのだ。何か困ったことがあったとき、ここを掻くのが草太の癖《くせ》だった。

「よくわからないけど、チョーシ乗ってたかな俺」

「――よくわからないけどぉ？」

少女は語気を強めて、草太の発言の一部を繰《く》り返した。その一言が癇《かん》に障《さわ》ったらしい。

ひいっ、と草太は思わず口の中で小さく悲鳴をあげた。眉根《まゆね》を寄せて目を剝き口を開いた少女の表情が、携帯《けいたい》ゲームに登場するドラゴン種が突撃《とつげき》してくるときの表情と似ていたのだ。あの攻撃《こうげき》を食《く》らうと体力ゲージが三分の二くらい削《けず》られるのだ。自分もいまティガ子（勝手に命名）の口撃《こうげき》に精神を大幅《おおはば》に削られつつある。

「あんたねえ、自分が何をやったかわかってんの⁉」

わかりません、と本当は正直に答えたかった。身に覚えがまったくないのだから当然だ。だが本気で答えたら後が怖《こわ》そうだったので黙《だま》りこくった。まだ死にたくはない。

ティガ子が腕《うで》を組んだまま、片手で握った携帯電話を苛立たしげに揺《ゆ》らしはじめた。ビーズが大量についたストラップが、窓から差し込む斜光《しゃこう》を受けてきらきらと輝《かがや》いている。

「なんであんたがあたしらのメアド知ってんのか、知らないけどさぁ」

（メアド？）

草太は胸中で聞き返した。携帯かパソコンかは知らないが、どうやらメールアドレスが事態に大きく関《かか》わっているらしい。さらなるヒントを待って、耳に全神経を集中する。

「一年の可愛《かわい》い子全員に告白メール送るなんて、ふざけんのもたいがいにしなさいよ！」

一瞬《いっしゅん》、何を言われたのか理解できなかった。

そのため、ティガ子が「一年の可愛い子」の中に彼女自身を含《ふく》めているという、非常に不可思議な現象が発生したことに対してリアクションをとり損《そこ》ねた。

「……は？」

数秒の間をおいて、我に返った草太がようやく絞《しぼ》り出せたのはその一音だけだった。

女の子たちに告白メール？　いったい誰《だれ》が？――俺が!?

改めて、目の前にいるドラゴン種の厚化粧《あつげしょう》を凝視《ぎょうし》した。本当によく似ている。特に青いアイシャドウがそっくりだ。いや、そんなことはどうでもいい。

草太は真顔を作って、鼻の前で右手をすっと横に振《ふ》った。

「いや、ないって」

「はあああああ!?　『ない』って何、どーゆー意味!?」

「あ、『ない』ってのは『ありえない』の略で、同義語に『ねえよ』っつーのが」

「んなことは知ってんだよッ！　あんたに言われたくないって言ってんの！　つか、自分から告っといて何ソレ、信じらんない！　サイッテー！」

「そう言われましても、ないものはないとゆーしか……あと告ってねーし」

「いまさら否定するフツー？　これが告りメールじゃないなら何だって言うわけ!?　見てみなさいよ、ほらぁ！」

鼻先に携帯電話が突《つ》きだされた。草太は仰《の》け反りつつ、小さなディスプレイを覗《のぞ》き見た。

液晶《えきしよう》画面に、受信メールの本文が表示されている。

送信日時　5/6　2:23

送信者　souta_k@izuko.ne.jp

件名　突然《とつぜん》ごめん。
本文　一－Dの来島草太です。入学式で初めて見かけたときからずっと好きです。
　俺とつきあってください。お願いします！

　草太は背筋にひやりとしたものを感じた。何だこの、ひねりのない告白文は。

「いやー……ないでしょこれは……」

　と言いつつも、目は送信元アドレスの頭から尻《しり》までを何度も何度も辿《たど》っていた。見覚えがあるどころではない。間違《まちが》いなく、草太の携帯電話《けいたいでんわ》のメールアドレスだ。

　もちろん、草太にはこんなメールを送信した覚えはない。送信した覚えがないのに、メールが相手に届いている。わけがわからない。

「これ、あんたのメアドだよね？」

　ずい、とディスプレイがさらに近づけられる。近すぎて逆に見えなくなった。

「……そのようデスネ」

「一応、申し開きとかあったら聞いてあげるけど？」

「だから本当に俺じゃないんだって！　返事だってもらってないし！」

「もらってないぃ？　やっぱりあんたなんじゃない！　この、身の程《ほど》知らずの節操なし！」

「だあああ、そういう意味じゃなくてー！　告白されたらさ、フツー『ごめん』とか『ありえない』とかでも返事くらいするだろ⁉」

実際にそんな返事を受け取ったらショックで不登校児になりそうだけど、と胸中でこっそりと付け加えてから、続ける。

「そのメール、何人が受け取ったのかは知らねーけど、一人二人くらいは返事くらいしてんじゃねーの？　なのに返事が一コも俺んとこ届いてないってのはおかしいだろ⁉　なんなら自分の目で確かめてみるか？」

草太は制服のポケットから携帯電話を取りだして、お返しのように突きだした。

ティガ子が口の端《はし》をひん曲げて、あからさまに呆《あき》れた顔を作った。

「何この悪趣味《あくしゅみ》な携帯《けいたい》……」

またか、と草太はため息をついた。不本意な評価を受けるのはこれで何度目だろう。なぜみんな、この携帯電話の素晴《すば》らしさが理解できないのだろうか。

直方体の二カ所をそぎ落とした、西洋の棺桶《かんおけ》のようなフォルム。本体の色はツヤ消し加工の漆黒《しっこく》だ。上面のかたちをなぞるように銀色のラインが入っており、小さなサブディスプレイの下にはラインと同じ銀色の十字架《じゅうじか》のデコシールが貼《は》り付けられている。このデザインをさらに引き立てる、黒革に三連ドクロのストラップもお気に入りだ。

ティガ子は汚《きたな》いものを触《さわ》るときのような手つきで携帯電話を受け取ると、ディスプレイを起こして操作しはじめた。すぐに周りの女子たちも集まってきて、一緒《いっしょ》に覗きはじめる。

草太は固唾《かたず》を呑《の》んで見守った。見られて困るメールはないが、見られて困るブックマークと画面メモと画像はあるので、気が気ではない。

ややあって、ぱちん、と携帯電話が閉じられた。乱暴に突き返される。

「確かに、受信箱に返事はなかったし、送信箱にも元のメールはなかった」

「だろ！」

「あんたが自分で消したんでしょ」

「ちげーよっ！」

「——それ、新手のなりすましメールじゃね？」

唐突《とうとつ》に響《ひび》いた第三者の声に、草太は振《ふ》り返った。

窓側の一番後ろの席に、男子生徒が詰《つ》め襟《えり》をだらしなく全開にして座っていた。彼は風紀委員も迂闊《うかつ》に指摘《してき》できない絶妙《ぜつみょう》な茶髪《ちゃぱつ》からヘッドフォンを外し、手にしていた携帯ゲーム機を机に置いてから、首を回してこきこき鳴らした。

竹田庸平《たけだようへい》。草太の携帯電話を見て「すげえとしか言えねー」と絶賛した唯一《ゆいいつ》の男だ。

草太は思わぬ助け船に一瞬頬《いっしゅんほお》が緩《ゆる》みそうになり、すぐに違和感《いわかん》に気づいて渋面《じゅうめん》を作った。

「庸平。おまえ、いつからそこにいた？」

「んー？『来島草太っている？』のあたり」

思いっきり最初からだ。

ほとんどの生徒は少女たちの迫力《はくりょく》に負けて逃《に》げ出したというのに、ただ一人しぶとく残っていたようだ。庸平の存在に気づかなかった自分も自分だが、この事態をいままで平然と聞き流していたこいつもこいつだ。どうせゲームに熱中していて、それどころではなかったのだろう。友人の危機より仮想空間での危機を優先する男だ。

薄情《はくじょう》な悪友へ文句の一つも言いたかったが、それよりも気になることがあった。

「なりすましメールって何？」

「一時期流行《はや》ったろ。つっても、イタズラとかイジメでしか使い道ないから知らない方がいいんだろーけど。好きなメールアドレスを名乗ってメールを送れるってやつ。そいつを使えば、俺でも草太のアドレスでメールを送れる。もちろんあんたでも」

と言って、庸平は気怠《けだる》そうな目をティガ子に向けた。

「ふーん。こいつをかばうってわけ？　涙《なみだ》ぐましいユージョーね」

「可能性の話だって。なりすましメールも流行ってからずいぶん経《た》つし、進化版みたいなのが出来ててもおかしくないよなーって思っただけ。たとえば返信できないとか」

それだけ言うと、庸平は再び背を向けて頭にヘッドフォンを装着した。言いたいことを言って用がなくなったらしい。かちゃかちゃと携帯ゲーム機を操作する音が聞こえはじめる。友情タイムはものの一分足らずで終了《しゅうりょう》らしい。

草太は少女たちと顔を見合わせた。

「……じゃ、試《ため》してみよっか？」

ティガ子が再び自分の携帯電話を開いて操作した。親指が素早《すばや》く動いてキーを押していく。

「いま返信した」

みな一斉《いっせい》に、申し合わせたように息を呑《の》んだ。視線は草太の握《にぎ》る携帯電話に集中している。

草太はほとんど息を止めていた。携帯電話を握る手に嫌《いや》な汗《あせ》が滲《にじ》む。

届かないでくれ、と祈《いの》った。庸平の言うとおり、返信できないメールであってほしい。頼《たの》む、来るな。来るな来るな来ないでくれ。

何秒、何十秒と時間が過ぎていき――

結局、三十分以上待ってみても、草太の携帯《けいたい》電話はメールを受信しなかった。

『来島草太被害者の会』の女子たちに証拠《しょうこ》不十分で解放されたあと、草太は携帯ゲーム機をプレイ中の悪友に向かって、ぱん、と音を立てて手を合わせた。

「助かった。サンキュー」

「あー、あれ。まさか本当に受信しねーとは思わなかった。俺もびっくり」

「……は？」

草太は合わせた手を解いた。

なりすましメール云々《うんぬん》というのはハッタリだったらしい。うまくいったからよかったものの、外れていたらどうなっていたことか。明日の朝日は拝めなかったかもしれない。

「おまえ、特に指定受信の設定してなかったよな？　メアド表示されてるし送信できるのに、受信できないってどうなってんだか。おまえの携帯、何か憑《つ》いてんじゃね？」

「あのな、俺は本気で困って……ってもう聞いてねーのかよおい」

庸平は仮想空間でピンチを迎《むか》えているらしく、携帯ゲーム機の液晶《えきしょう》画面を食い入るように見つめている。こうなってしまっては、何を言っても無駄《むだ》だった。たとえ通学バスの時間になっても、彼を現実へ引き戻《もど》すことは不可能だ。

「携帯《けいたい》に何か取り憑《つ》いてるってか。それこそありえねーよ」

草太は携帯電話をポケットに仕舞《しま》うと、自分も携帯ゲーム機を取り出して電源を入れた。

第一章　傘と手錠と物の怪電話

暗闇《くらやみ》に包まれた自室で、草太はベッドに腹這《はらば》いになって布団《ふとん》を被《かぶ》り、枕《まくら》の上で携帯電話を握りしめていた。しょぼつく目を擦《こす》って、必死に眠気《ねむけ》を我慢《がまん》する。

徹夜《てつや》生活も今日で三日目。高校受験前の連続覚醒《かくせい》記録をはからずも更新《こうしん》してしまった。

草太が睡魔《すいま》と戦いながらも、ひたすらに携帯電話を凝視《ぎょうし》するのには理由がある。

無論、告白メール送信の現場を、自分の目で確認《かくにん》するためだ。

なりすましメール説は当然のこと、携帯に霊《れい》が取り憑いたなんていうオカルト話も信じていない。ただ、誰《だれ》かが携帯電話を遠隔《えんかく》操作している可能性はあるかもしれないと思っていた。

来島家は父子家庭だ。父が海外に転勤しているため、草太が間名井市《まないし》東鈴階町《ひがしりんかいちょう》にある我が家で一人暮らしをしている。戸締《とじ》まりに関しては特に注意するよう言いつかっており、夏場であろうと窓を開けたまま寝《ね》たことはない。

告白メールの送信時間は、だいたい午前一時から午前三時前に集中していた。誰かが来島家に侵入《しんにゅう》して、草太の携帯電話を勝手に操作しているとは考えにくかった。

(遠隔操作ってのもありえねーかもしれないけど)

パソコンならともかく、携帯電話では聞いたことがない。だが、草太が知らないだけでそういう技術が存在しているかもしれない。だったら、まずは現場を押さえるのが先決だ。

そうして寝ずの見張りをはじめて早三日。いまのところ、何も起きていない。そろそろ眠気に意志と瞼《まぶた》の筋力が負けつつあった。

きっと今夜も何も起きないだろう。もう諦《あきら》めて寝てしまおう。そうしよう。

そう思った矢先、携帯電話のサブディスプレイが青白く点灯した。

「うおわっ!」

草太は奇声《きせい》をあげて飛び起きた。携帯電話を握る手が思わず震《ふる》えだす。

(受信? 送信? どっちだ!?)

もたつく手で携帯電話のディスプレイを起こす。たかだかバックライトの光でも、闇《やみ》に慣れた目には痛いほどに眩《まぶ》しい。目を細めながら、液晶に映し出された画面を必死に見定める。

眩《まばゆ》さに負けじと画面を読み取るなり、眠気が一気に吹《ふ》き飛んだ。

メールの新規作成フォームだった。草太が操作していないのに、勝手に開いている。

呆然《ぼうぜん》と見ている間にも、カーソルが勝手に動きだして文字を打ちはじめている。画面下に表示される変換《へんかん》候補からご丁寧《ていねい》に候補を選んで、文章を組み立てていく。

突然《とつぜん》ごめん。一‐Dの来島草太です。入学式で初めて見かけたときから——

「ちょっ、待……ふざけんなてめー！」

わけがわからないながらも、咄嗟《とっさ》に電源ボタンを押した。メールを破棄《はき》する旨《むね》を伝える警告メッセージに、即座《そくざ》に「ＹＥＳ」を選択《せんたく》する。画面が近所の三毛猫《みけねこ》・ミケランジェロのふてぶてしい振《ふ》り向き姿に切り替《か》わった。通常の待受画面に戻ったのだ。

「間に合った……」

パジャマ代わりにしているスウェットの上から、ほっと胸元《むなもと》を撫《な》でた。まだ胸の奥で心臓が激しく脈打っている。本当に危なかった。また一人、『来島草太被害者の会』のメンバーが増えるところだった。

ふう、と安堵《あんど》の吐息《といき》をついた、まさにそのときだった。

《やーっと気づいたのね。この鈍感大魔王《どんかんだいまおう》！》

軽《かろ》やかな声が、暗い室内に響《ひび》き渡《わた》った。

草太は突然聞こえてきた声に驚《おどろ》きすぎて、飛び上がった挙げ句にベッドから転げ落ちた。硬い床《ゆか》に頭をごん、と強く打ちつけ、転がったときの勢いを反動にして起き上がる。

「だっ誰だっ⁉」

ひんやりとした床に座り込んだまま、さして広くもない室内を見回した。

電気を落とした室内は、ベッドの上の携帯電話《けいたいでんわ》から漏《も》れる光のおかげで真っ暗というほどではない。闇の中にうっすらと家具の輪郭《りんかく》くらいは見て取れる。だが、いまの声の主と思われる姿は見つけられなかった。

《まー、気づかなかったのは当然かな？　ばれないうちに送信メールも受信メールもみーんなまとめて削除《さくじょ》してたんだし。あは、そういえばちょっと面白《おもしろ》い返事もあったわね。あれだけは残してあげればよかったかも》

少し高めの少女の声だった。肉声とは少し感じが違《ちが》う。たとえるなら、電話中の話し声か、あるいは録音した声に似ていた。

「まさか……」

草太は這《は》うようにしてベッドまで戻った。

布団の上に開きっぱなしで転がっていた携帯電話を拾いあげる。ディスプレイには非通話状態を示す待受画面が表示されていた。不細工な猫《ねこ》の振り向き顔を睨《にら》み返す。もちろん声の主が待受画面の猫ではないことくらい、草太にもわかっている。

「おまえか！　勝手に遠隔《えんかく》操作してたのは！」

待受画面の向こう側にいるはずの、携帯電話を操作している何者かに対して叫《さけ》んだ。

《遠隔操作？　何を言ってるんだか。あたしは直接これを操作してたのよ。こんなふうにね》

声が宣言すると同時に、携帯電話の画面が切り替わった。

メニュー画面に戻《もど》ってデータボックスを選択。マイピクチャに続いて、カメラフォルダを開く。サムネイル表示の一覧画面から一枚の写真が選ばれて、拡大表示された。

他校の女子生徒がアイスクリームを食べている写真だった。口元からちょろりと覗《のぞ》く赤い舌が可愛《かわい》い。街で見かけた可愛い子を隠《かく》し撮《ど》りしたものだ。

思わず呆然としていた草太も、「画像を添付《てんぷ》して送信」の画面が出るとさすがに動転した。

「だあーっ⁉ 待って待った待てコラあああっ！」

即座に電源ボタンを押して画面を終了《しゅうりょう》する。今回もぎりぎりのところで間に合った。

草太は深呼吸した。心臓が勢いよく血液を送り出しているせいで胸が苦しい。頭の中にも激流が渦巻《うずま》いていた。もう何が何だかわからないが、混乱している場合ではなかった。

「落ち着け来島草太。冷静になろう。つか冷静にならないとマズい。きっとマズい。取り戻せ平静。目指せ沈着《ちんちゃく》冷静。摑《つか》もうぜ無我の境地」

ぶつぶつと自分に言い聞かせているうちに、少し落ち着いてきた。言葉の力は偉大《いだい》だと思う。

もう一回大きく深呼吸をしてから、改めて携帯電話に向き直った。

「……おまえ、何者だよ」

自覚していた以上に疲《つか》れた声が出た。それでも震《ふる》えなかっただけ上出来だと思う。

携帯電話からくすくすと笑い声が漏れてきた。

《あたしは〝ヨウイ〟よ》

「ヨウイ?」

頭の中で漢字に変換する。用意? それとも容易だろうか。まさか腰囲《ようい》ということはないだろう。

《妖怪《ようかい》の〝妖〟に〝異〟なると書いて、妖異《ようい》。妖怪や妖精《ようせい》、魔物《まもの》や怪物《かいぶつ》、いわゆるモンスターの総称《そうしょう》だと思ってくれればいいわ。ほら、日本人もイギリス人もアフリカ人も、みんなまとめて〝人間〟って呼んでるでしょ? それと同じ》

「じゃあ、おまえは妖怪だって言うのかよ」

聞き返しながら、なぜ自分はこんなやつと話を合わせているのだろうと我ながら呆《あき》れた。誰《だれ》が見ているわけでもないが、端《はた》から見れば携帯電話に話しかけている怪《あや》しいガキだ。

《妖怪じゃなくて妖異だってば。正確には〝付喪神《つくもがみ》〟に分類される〝文車妖妃《ふぐるまようひ》〟ってことになるかしら。文車って知ってる? 大昔に、書物や手紙を運ぶのに使われた台車なんだけど。携帯電話も一種の文車よね。文車妖妃っていうのは、その文車に言霊《ことだま》の力が宿って——》

「あー、もういいや。話合わせるの疲れた」

草太はベッドの上によじ登ると、いつものようにあぐらをかいた。

どんな手段を使っているのかは知らないが、人の携帯電話を勝手に操作して告白メールを送りまくった挙げ句、「実は妖怪のしわざなんです」なんて、冗談《じょうだん》としてもセンスを疑う出来だ。馬鹿馬鹿《ばかばか》しい。愉快犯《ゆかいはん》の言うことを真面目《まじめ》に聞いてやろうとした自分も相当な馬鹿《ばか》だ。

「腰囲《ようい》だか何だか知らねーが、どうせならもうちょっとマトモな嘘《うそ》つけば？　正直、サムインですけど」

《なによその言い草。せっかく自己紹介《しょうかい》してるのに、その態度は酷《ひど》いんじゃない？》

「酷いのはどっちだよ。俺は一昨日、おまえのせいで私刑《しけい》にされかかったんだぞ」

《……そのことについては謝るわ。ごめんなさい。ちょっとしたイタズラのつもりだったの。ね、謝るから、あたしの話を信じて？》

　声は急にしおらしくなった。両手を合わせて小首を傾《かし》げる仕草が思い浮《う》かんだ。だが、相手は姿が見えないのだ。そもそも、少女の声をしているからといって、本当に女なのかどうかも疑わしい。インターネット上には、性別や年齢《ねんれい》を偽《いつわ》る人間は腐《くさ》るほどいるのだ。

「誰が信じるかよ。妖怪なんかより、遠隔操作って言われた方がまだ真実味があるだろ。ったく、妖怪だったら妖怪らしく、化けてみせろっつーの」

　携帯電話《けいたいでんわ》は沈黙《ちんもく》した。草太はやれやれという気分でスウェットの上から太腿《ふともも》を掻《か》いた。

　こんな奴《やつ》に目をつけられるなんて、とんでもない貧乏《びんぼう》くじだ。電話会社に通報すれば、こいつを見つけだしてくれるだろうか。警察にも相談した方がいいかもしれない。さっさと逮捕《たいほ》してもらって、二度とこんなことが起きないように対策をたててもらわなければ。

　そんなことを考えていたときだった。

《――ふーん。化けてみせればいいんだ？》

低く押し殺した声音《こわね》が、携帯電話から漏《も》れた。

草太は背筋にぞくりとするものを感じた。嫌《いや》な予感と、まさかという思いが、胸中でない交ぜになって入り乱れる。

そう、まさかだ。そんなものはいるはずがないのだ。

妖怪も魔物もモンスターも、もちろん妖異とやらも、昔話やフィクションの世界の住民だ。現実世界にまで出てくるのはマナー違反《いはん》の密入国だ。領域侵犯《しんぱん》だ。条約に反している。

左脳ではそう考えているのに、右脳が意に反して余計な妄想《もうそう》を膨《ふく》らませてしまう。

〝まさか〟は〝もしかしたら〟に。

〝いるはずがない〟は〝いるかもしれない〟に。

心の奥底で後ろ向きな変換《へんかん》作業が進んでいくのを止められない。

草太は固唾《かたず》を呑《の》んで、小さな液晶《えきしょう》ディスプレイを見つめた。携帯電話を握《にぎ》る手に汗《あせ》が滲《にじ》む。

少女の声が告げてから、十秒、二十秒、三十秒……あるいは数分が経過したかもしれない。

何も起きなかった。

携帯電話のバックライトはとうに消灯していたが、草太の目はすっかり闇《やみ》に慣れている。ざっと室内を見渡《みわた》してみても、特に異常は見つからなかった。念には念を入れて部屋の明かりも点《つ》けてみるも、同じことだった。いつもどおりの自分の部屋だ。

「なんだよ、びびらせやがって」

携帯電話を膝《ひざ》の上に落として、べたつく手のひらをスウェットの腹でごしごしと拭《ぬぐ》った。

不意に、とん、と軽く肩《かた》を叩《たた》かれた。

あまりにも自然な叩き方だったので、まったく違和感《いわかん》を覚えなかった。

草太は教室でクラスメイトに呼ばれたときのように、何の気構えもなしに振《ふ》り向いた。

鼻先に白いものがあった。

足だった。

純白の足袋《たび》を履《は》いた足が、空中で行儀《ぎょうぎ》良く揃《そろ》えられている。その後ろで、左右に垂れ下がった上等そうな金色の帯が、風もないのにふわりと揺《ゆ》れていた。

（ない。これはさすがに、ない……）

草太はしばらくの間、目の前に浮かぶ受け入れがたいものを凝視《ぎょうし》した。しかしいくら凝視してもありえ「ない」はずのものが消えてくれなかったので、諦《あきら》めて上を向いた。

空中に、少女が浮かんでいた。

鮮《あざ》やかな藤色《ふじいろ》の着物に身を包んだ、小柄《こがら》な少女だ。

着物はなぜか裾《すそ》が短めで膝上《ひざうえ》のあたりまでしかなかったが、ベースはよく七五三や成人式などの写真で見かけるような袖《そで》の長い振り袖だった。その振り袖よりも軽《かろ》やかに、顎《あご》のあたりで切りそろえられた黒髪《くろかみ》が靡《なび》いている。

「ふふん、お望み通り化けてあげ」

「出たあああああああっ！」

草太は悲鳴をあげて、一目散にドアへ飛びついた。ほとんど体当たりするようにしてドアを開け、暗い廊下《ろうか》へ飛び出した。一度足を滑《すべ》らせて膝をつき、すぐに体勢を直して疾走《しっそう》する。

「ちょ、ちょっと、どこへ行くつもりー！」

階段を転がるように駆《か》け下り、実際に途中《とちゅう》で足を踏《ふ》み外《はず》して転げ落ちた。視界がスクロールし、体の五カ所くらいをどこかにぶつけてものすごく痛かったが、それどころではない。

決死の思いで起き上がり、キッチンに駆け込んだ。流しの前に直行し、顔の高さにある戸棚《とだな》を開く。調味料置き場だ。料理などインスタントラーメンとスパゲッティーとレトルトカレーくらいしか作っていないから、がら空きに近い。

戸棚に腕《うで》を突《つ》っ込んで左右に振り、数少ない小瓶《こびん》を手探《てさぐ》りでつかみ取った。

「塩っ！　塩はどこだ！　これか？　違《ちが》う、これはごま塩っ！」

「──ねえ、お取り込み中のところ悪いんだけど」

耳元で声がして、草太はごま塩の瓶《びん》を握りしめたまま硬直《こうちょく》した。

「あたしに塩は効かないわよ？　幽霊《ゆうれい》でもナメクジでもないし」

草太はぎこちなく振り向いた。

いわゆるおかっぱ頭の女の子が、気の毒そうな顔をしてこちらを覗《のぞ》き込んでいた。あまりにも狼狽《うろた》えすぎて、同情されてしまったらしい。あまり悪いバケモノではないようだ。よく見ると結構可愛《かわい》い顔をしている。というより、可愛くて当然だった。

「箕琴《みこと》っ⁉」

少女は、中学の同級生と瓜二《うりふた》つの顔をしていた。

ぱっちりとした大きな双眸《そうぼう》も、つんと尖《とが》った小さな鼻も、ふっくらとした朱《あか》い唇《くちびる》も、本人とまったく同じだった。最後に会った、三年前の箕琴かおりと。

少女はにまりと笑った。悪戯《いたずら》っぽい笑い方までそっくりで、草太は思わずどきりとした。

「残念だけど、箕琴かおり本人じゃないわよ。どんな姿にするか迷ったから、あんたが大好きだった子の顔を借りちゃっただけ。ふふ、あんたって面食《めんく》いねー」

「な、な、な、な、なん」

「うん？　なんであたしがあんたの失恋《しつれん》相手を知ってるかってこと？」

少女は言葉にならない草太の意をあっさりと汲《く》みとった。

「あのねー、あたしがここに来てどれだけ経《た》ってると思ってるのよ……って知らないんだっけ。機種変更《へんこう》したときにこっそり潜《もぐ》り込んだから、んーと、かれこれ一ヶ月くらい？　その間に、ぐーすか眠《ねむ》ってるあんたの部屋の中をあさることなんて朝飯前なわけ。わかる？」

わかるわけがない。

この女は何を言っているんだ。だれか通訳をしてくれ。猫《ねこ》型ロボットはいつになったら買えるんだ。開発スタッフは何をぐずぐずしている。例のこんにゃくだけでも先行生産しろ。

「それにしても、あんたも奇特《きとく》な奴《やつ》よねー。運動会とか修学旅行とか、好きな女の子が写ってる行事の写真を買いまくる心情はわかるんだけど、ふられた後も捨てずに仕舞《しま》ってるなんて、律儀《りちぎ》っていうか馬鹿《ばか》っていうか」

延々と続く一方的な指摘《してき》だか独り言だかを草太は聞き流した。動揺《どうよう》が倍増するような情報なら、聞かない方がましだった。ここにはロボットもこんにゃくもないのだ。

「……つまり、その」

この状況《じょうきょう》を把握《はあく》することに、脳味噌《のうみそ》の力を総動員する。正直なところ、頭の出来はいまいちというか、中の下くらいだと自覚している。間名井南高校に受かったとき、周囲から採点ミスだの名簿《めいぼ》ミスだの実は定員割れじゃないかだのと散々言われたほどなのだ。

「わかったぞ。おまえ、立体映像とかいうやつだろ！」

少女が無言で手を伸《の》ばしてきた。頰《ほお》に、やわらかい手のひらの感触《かんしょく》が伝わった。少女の手が優《やさ》しく頰を撫《な》でる。決して冷たかったわけでもないのに、寒気がした。

「ごめんね。実体で」

ちろりと舌を見せてから、にっこりと微笑《ほほえ》んでくる。

謝られても困る。それ以上にその笑顔《えがお》は困る。反則だ。自分の好みのストライクゾーンを狙《ねら》った愛くるしい表情に、もう何もかもどうでもよくなってきて、草太は慌《あわ》てて首を振《ふ》った。

騙《だま》されるな。こいつは箕琴かおりではない。箕琴かおりの顔をしたまったくの別物であり、つまるところ——

「妖異《ようい》、ってわけか……」

「やっと信じる気になったわね」

少女は得意そうに小さな胸を張った。草太としては降参するしかなかった。

「で、その妖異さんがなにゆえ拙宅《せったく》にいらっしゃったんでしょうか……」

「んー？　なんていうか、あんたって磁場がいいのよねー」

「……俺、磁石じゃねーんですけど」

「磁場っていうのはたとえよ、たとえ。あんたの近くって妙《みょう》に居心地《いごこち》がいいのよ。落ち着くっていうか、安らぐっていうか……あたしにもなんでかわからないけど」

顎《あご》に人差し指を当て、首を傾《かし》げながら説明されても納得《なっとく》できるわけがない。どうやら、自分は実にくだらない理由でこの妖異に気に入られてしまったらしい。

「だから、ね。しばらくここに置いてくれない？　あたしって携帯《けいたい》電話の妖異だから、こまめに電力供給してもらえないと生きていけないの」

と言って、少女は棺桶《かんおけ》デザインの携帯電話を指さした。

「はあ？　冗談《じょうだん》じゃねーよ。さっさと出てけ」

草太はしっしっと手を払《はら》った。あれだけ迷惑行為《めいわくこうい》を働いておいて、なお携帯電話の中にいさせてほしいなんて、虫が良すぎる。本当に、冗談ではない。

「お願いよ。あたしの元々の携帯電話は壊《こわ》れちゃって、魄《たましい》と精神だけをネットワークに逃《に》がしたはいいけど、行くあてがないのよ。人助けならぬ妖異助けだと思って。ね、ダメ？」

少女は両手を合わせて、上目遣《うわめづか》いに顔を覗き込んできた。ね、と小首を傾げてみせる。

三年前の草太が一目惚《ひとめぼ》れして玉砕《ぎょくさい》した、可愛い女の子の顔で。

「だっ……ダメに決まって」

「もちろん、タダでとは言わないわ。たっぷりサービスしてあげる。それでもダメ？」

大きな目を潤《うる》ませて言う。細い人差し指を唇で軽く噛《か》んでの、あからさまなおねだりポーズだ。こんな手に騙されるのは馬鹿だけだ。

「……サービス？」

本当に、自分はどうしようもない真性の馬鹿だと思った。

聞き返した時点で敗北決定だ。草太は自分の意志のなさに絶望する寸前に開き直った。この状況で拒否《きょひ》できる思春期の男がいたら、そいつは不能かお釈迦《しゃか》様だ。

「そ。うんといい思いをさせてあげるわ」

少女は確信犯的に囁《ささや》いて、にっこりととびきりの笑顔を見せた。

*

数日後。

終礼が終わるなり、草太は上機嫌《じょうきげん》で帰り支度《じたく》をはじめた。入学から一ヶ月半、ルーズリーフと筆記用具と財布《さいふ》くらいしか入れていなかった学生鞄《かばん》へ、課題に必要な教科書や問題集などをせっせと詰《つ》め込んでいく。

以前の草太ならば、重い鞄を酢豚《すぶた》に紛《まぎ》れ込んだパイナップルと同じくらいに毛嫌《けぎら》いしていたところだが、いまは違《ちが》う。一時的な重みさえ我慢《がまん》すれば、もう庸平にルーズリーフのコピーの謝礼にビッグハンバーガーとドリンクのLサイズを献上《けんじょう》しなくてすむのだ。

一方、奢《おご》ってもらえなくなった側としては、不満でならないらしい。

「なーんか最近変わったねえ草サン」

庸平は後ろの席を陣取《じんど》って机の上にぐたりと寝《ね》そべっていた。手の中で電源を入れていない携帯《けいたい》ゲーム機を弄《もてあそ》びながら、草太の手元を覗《のぞ》き込んでいる。

「いいことなんだろうけど嬉《うれ》しくないなー。どーしたの。真面目《まじめ》キャラに目覚めた？」

「別に。これが普通《ふつう》だろ？」

草太は顔がにやけそうになるのを必死でこらえた。庸平は、草太が英和辞典を片手に長文を訳したり、情報処理の表計算課題をこなしたり、民族紛争《ふんそう》についてのレポートを作成したりしていると思っているらしい。とんだ勘違《かんちが》いだ。

「そいや、変わったのってメール騒《さわ》ぎの後からだよなー」

ばさり、と英語の教科書が滑《すべ》り落ちて、机の上に不時着した。

草太は必死に平静を取り繕《つくろ》った。取り落とした教科書を持ち直して、鞄へ詰め込む。

「そっ、そういわれてみれば、そうかもな」

「なに、アレって日頃《ひごろ》の行いを思わず改めちゃうほどショックだったわけ？」

「……まあな」

嘘《うそ》ではない。本当にショックを受けたし、日常生活も激変した。いろいろな意味で。

草太は悪友にぞんざいな別れを告げて、教室をあとにした。

正面玄関《げんかん》を出て左手の奥まったところにある、トタン屋根の自転車置き場へ向かった。草太は自転車通学だ。東鈴階町にある自宅から約二十分かけて通学している。

すぐに自分の愛車のもとへ行くと、ワイヤーキーのダイヤルを回してロックを解除する。自転車を引っぱりだしてサドルに跨《また》ると、ぶるる、とズボンのポケットで携帯電話が振動《しんどう》した。

「もうちょっと待ってろ」

草太は誰《だれ》にも聞こえないような小声で呟《つぶや》くと、ペダルを強く踏《ふ》み込んだ。下校する生徒たちの間を縫《ぬ》うように進んで校門をくぐり、ようやく風を切りはじめた頃《ころ》、ポケットの中でもう一度携帯電話が振動した。

《どう? あたしって役に立つでしょ?》

「おう!」

ハンドルを傾《かたむ》けて十字路を右へ入りながら、適当に相槌《あいづち》を打つ。

実は、英語の予習も情報処理の課題も地理のレポートも全部、草太の携帯電話に取り憑《つ》いた〝妖異《ようい》〟、文車妖妃のミコトがやっているのだ。英語の予習はウェブ上の翻訳《ほんやく》CGIを駆使《くし》し、情報処理の課題は直接パソコンの中に入り込んで表計算ソフトを操作してくれた。レポートに関しては、ウェブ上の新聞記事やコラムなどの記述をうまく組み合わせて作成してくれた。

面倒《めんどう》な課題を快く引き受けてくれる相棒の誕生に、草太は諸手《もろて》を挙げて喜んだ。たまにはバケモノに取り憑《つ》かれるのも悪くない。妖異万歳。

ちなみに、ミコトという名前は外見の元になっている箕琴かおりから取ったものだ。草太が名付けたのでは断じてない。ミコト以外の呼び名を頑《がん》として受け付けてくれないので、誠に遺《い》憾《かん》ながらこう呼ぶことになってしまったのだ。

「おまえって使える奴《やつ》だったんだなー」

何の気なしに言ってから、少しだけ周囲が気になって視線を巡《めぐ》らせた。通りに人影《ひとかげ》がないことを確認《かくにん》して安心する。車や自転車も見あたらないのをいいことに、無意味にジグザグ走行までしていると、不意に背後から首に腕《うで》を回された。

「うわっ!」

驚《おどろ》いてバランスを崩《くず》した。目前にらくがきだらけのブロック塀《べい》が迫《せま》る。あやうく激突《げきとつ》しそうになるが、すんでのところでハンドルを切って免《まぬか》れた。

「おまえなー！　人に見られたらどうするんだ！」

肩越《かたご》しに睨《にら》んで怒鳴《どな》る。ミコトが実体化して、首にしがみついていた。

「ねえねえ、あたしって〝使える〟奴？　本当に本当？」

ぴったりと顔を寄せて覗き込んでくる。好みのど真ん中を貫《つらぬ》く可愛《かわい》い顔を寄せられて、草太は心臓が跳《は》ね上がるのを感じた。

「だからそう言ってるだろ。いいから引っこめって！」

繰《く》り返すが、ミコトは当時十三歳の箕琴かおりと同じ顔をしている。箕琴かおり本人はとうの昔に遠方へ引っ越《こ》しているものの、市内にはまだ彼女の顔を覚えている人間はいるのだ。いないはずの少女が数年前と変わらぬ姿で、しかも振《ふ》った相手の首にしがみついてふわふわと重力を無視しているところを目撃《もくげき》されようものなら、〝耳鳴《みみなり》通りのお化け屋敷《やしき》〟に次ぐ新たな都市伝説が誕生してしまう。

「心配性ねー。平気だってば。この辺に人の気配は――っ!?」

ミコトは最後まで言い切らないうちに、声にならない悲鳴をあげた。

体を硬直《こうちょく》させたミコトにぎゅうと強く抱《だ》きすくめられて、草太の首が絞《し》まった。慌《あわ》ててブレーキレバーを握《にぎ》りしめて自転車を停《と》め、振り返る。

「おい、どうした!?」

「ああああっ！」

ミコトは草太から身を離《はな》すと、空中でのたうち回った。両手で頭を抱《かか》え込み、頭皮に爪《つめ》を立てる。可愛い顔を苦痛に歪《ゆが》め、ぎりぎりと歯を食いしばる様子は見ているだけでもつらい。

「妨害《ぼうがい》、電波？　ただの……じゃない。なんで……」

その一言を残して、和服の少女が虚空《こくう》に姿を消した。

「ミコトっ!?」

《ちょっと、苦しいだけよ……》

返答はポケットの中からあった。実体化を解いて携帯電話《けいたいでんわ》に戻《もど》ったらしい。言い換《か》えれば、実体化を保っていられないほどの苦痛だということだ。草太をからかうためにちょくちょく実体化していた妖異が、だ。これはもう、ちょっとどころの騒ぎではない。

《でも、この先に行くのはやめて。道を変えて。遠回りになっちゃうけど……》

途切《とぎ》れ途切れに言ってくる。どうやらこの道の先にミコトを苦しめるものがあるらしい。

「わかった！　我慢《がまん》しててくれよ」

草太はポケットの上から携帯電話を軽く叩《たた》くと、ハンドルを限界まで捻《ひね》ってUターンした。ついさっき曲がった十字路まで戻り、右へ曲がる。学校からの場合、直進するコースだ。この先には、最近少し廃《すた》れ気味の商店街がある。

『マナイ商店街』のアーチ状の看板が見えはじめた頃、携帯電話が再び激しく振動した。待ての合図だと察して、草太は再び急ブレーキをかけた。

「またかよ！　いったいどうなってるんだ」

《あたしにも何が何だか……ううっ》

「とりあえず戻るぞ、いいな？」

お願い、とか細い声が聞こえるのを待たずに、自転車の向きを変えてペダルを踏み込んだ。

十字路の手前でブレーキをかけ、片足を地面につける。

ここへ来るのは三度目だ。残るは、直進して学校へ戻るコースか、右折して〝耳鳴通り〟のある方角へ行くかの二択《たく》しかない。

《前はダメ。右がいいわ。そっちなら、平気そう……》

「わかった。今度こそ大丈夫《だいじょうぶ》だろうな？」

返事はない。本当は相槌《あいづち》を打つだけでも辛《つら》いのかもしれない。

待ってろよ、と口の中で呟《つぶや》いて、ペダルを蹴《け》りつける。

妖異《ようい》を休めさせるにはどうしたらいいのか、草太には見当もつかない。ただとにかくいまは、この小さな相棒を、なるべく苦痛を感じない場所へ連れて行ってやりたかった。

立ち漕《こ》ぎ状態で自転車を走らせること五分弱。

前方に、古い洋館の屋根が見えてきた。

明治時代に建てられた煉瓦《れんが》造りの洋館が建ち並ぶその道は、〝耳鳴通り〟と呼ばれている。

由来は諸説あり、屋敷の隙間《すきま》を吹《ふ》き抜《ぬ》ける風の音が甲高《かんだか》くて耳鳴りのように聞こえるからとも、昔は道が平坦《へいたん》ではなくアップダウンが激しかったため、上り下りの疲労《ひろう》で頭が痛くなったからとも言われている。

一方で、耳鳴通りは子供たちには『お化け屋敷通り』として知られていた。

この通りで一番古くて大きい洋館にお化けが住み着いている、という噂《うわさ》が子供たちの間で語り継《つ》がれているのだ。目撃情報だってある。ちなみにこれが大人になると、噂は怪《あや》しい新興宗教の修行場として使われている、という嫌《いや》な感じに現実的なゴシップに変化する。

噂の信憑性《しんぴょうせい》はともかくとして、耳鳴通りにはそんな噂が囁《ささや》かれるほどの不気味さがあった。霧《きり》が発生しやすい土地柄《とちがら》も一役買っているかもしれない。草太も耳鳴通りに足を踏《ふ》み入れるたびに、知らない土地に迷い込んだかのような軽い錯覚《さっかく》を起こしている。

「ミコト、調子はどうだ？」

《もう平気みたい……》

弱々しい声が返ってきた。苦痛はだいぶ和《やわ》らいだようだが、とても平気とは思えない。

草太は立ち漕ぎをやめて、サドルに腰《こし》を下ろした。立ち漕ぎはスピードを出すにはいいが、体勢が不安定なので周囲に注意を向けにくく、探しものをするときには向いていない。

停まらずにこぎ続けながら、前方と左右に視線を巡《めぐ》らせる。どこか休める場所を探すのと、いったん脇道《わきみち》に入り、回り道をして自宅へ向かうのと、どちらがいいだろう。生憎《あいにく》と草太はここから自宅へ戻る道は、あの十字路を通っていく経路しか知らない。とはいえ、同じ間名井市内だ。方向さえ見失わなければ知らない道からでも帰れるだろう。

(あれ？　そういえば……)

ミコトを不調にさせた何かは、あの十字路から見て三方向に存在していた。逆に言えば、この耳鳴通りがある方向にだけはなかった。これはただの偶然《ぐうぜん》だろうか。

草太は自転車を走らせながら、足りない頭を総動員して考えた。おかしい、とは言い切れない。ただ、釈然《しゃくぜん》としない。なんだか、誰《だれ》かに誘導《ゆうどう》されているような気がする。

違和感《いわかん》に首を捻った、そのときだった。

「集《つど》え集え、彷徨《さまよ》う魂魄《こんぱく》の残滓《ざんし》。我が陣《じん》に応じ、壁《かべ》を成せ」

どこからか女の声が聞こえてきた直後、草太は不意に何かと激突《げきとつ》した。

突然《とつぜん》の激しい衝撃《しょうげき》に悲鳴も出せなかった。

自転車が勢いよく前のめりになって、草太は尻《しり》がサドルから強制的に離陸《りりく》させられるのを感じた。ハンドルバーを握《にぎ》っていた手もすっぽ抜け、体が前方へ飛ばされる。

《草太ぁっ！》

本人の代わりとばかりにミコトが叫《さけ》んだ。

草太は空中をダイブしながら、おかしいな、と呑気《のんき》に考えていた。

最初は、壁か、あるいは電柱や看板にでもぶつかったのかと思った。運転中に考え事をしていたから、周囲への注意が散漫《さんまん》になって、それで接触《せっしょく》してしまったのだろう。そう思った。

だが、我に返った草太が見たものは、壁でも電柱でも看板でもなかった。

何もなかった。

自転車は間違《まちが》いなく何かに接触したはずなのに、接触した対象が見あたらないのだ。

(ない、はずなんだけど)

そうしている間にも、強制的ロマン飛行は着実に進んでいる。余計なことを考えている余裕《よゆう》は一秒だってない。最重要課題は着地だ。うまく落ちないと大怪我《おおけが》だ。体育で教わった柔道《じゅうどう》の受け身を必死に思い出そうとしていると、唐突《とうとつ》に、何もない空中で顔面を強打した。

「ぶっ⁉」

痛い。ただし、激痛というほどでもなかった。少し硬《かた》めのマットにぶつかった感触《かんしょく》に近い。

衝撃で仰《の》け反った格好のまま落下し、石畳《いしだたみ》に尻から不時着した。股関節《こかんせつ》がアスファルトに叩《たた》きつけられて、激痛が走った。

「……痛《い》ってええ」

草太はごろりと横になって尻をさすった。今度のはものすごく痛い。内側からじんじんと響《ひび》いてくる。衝撃で骨が振動《しんどう》している気さえした。

「うう、ミコト無事か？」

呼びかけながら、ズボンのポケットに手を添《そ》える。そこで気づいた。狭《せま》いポケットに窮屈《きゅうくつ》そうに収まっているはずのものの感触がない。

「げっ、携帯《けいたい》！」

さっきの拍子《ひょうし》に落としたのかもしれない。

草太は尻の痛みを我慢《がまん》して、地面を這《は》いまわって捜した。ざっと見回したかぎりでは見あたらなかったので、倒《たお》れた自転車を起こし、下敷《したじ》きになっていないか確かめた。ない。念のため、ひしゃげたカゴを押し広げて学生鞄《かばん》を引っぱりだしてみる。ない。どこにもない。

ふと視界の隅《すみ》に水を湛《たた》えた排水溝《はいすいこう》が見えた。草太の携帯《けいたい》電話は防水仕様ではない。あそこに落ちたとしたら最悪、故障してデータもパアだ。

慌《あわ》てて排水溝まで這っていって、覗《のぞ》き込む。なかった。

いまだ見つからないとはいえ、最悪の場所に落ちていなかったのは不幸中の幸いか。草太がほっと安堵《あんど》の吐息《といき》をついた、その瞬間《しゅんかん》だった。

「——あなた、無事？」

凛《りん》とした呼び声に驚《おどろ》いて、背後を振《ふ》り仰いだ。

すぐ近くに、私立高校の制服を着た少女が立っていた。

すらりとした痩身《そうしん》に、白っぽいブレザーと濃緑色《のうりょくしょく》のプリーツスカートを隙《すき》なく着こなしている。胸元《むなもと》にはお手本のようにきちんと結ばれたネクタイ。そして脚線美《きゃくせんび》を隠《かく》しきれない黒いハイソックスに革靴《かわぐつ》といえば、間違いない。名門・マチルダ学園の制服だ。

しかも、かなりの美人だ。

長い睫毛《まつげ》に縁取《ふちど》られた切れ長の双眸《そうぼう》に、鼻筋の通った端整《たんせい》な顔立ち。出来すぎているがゆえに冷たい印象を与《あた》えかねないところだが、薄《うす》い唇《くちびる》に塗《ぬ》られた淡《あわ》い色のリップグロスと、赤い釣《つ》り鐘《がね》状の花の髪飾《かみかざ》り、そして髪飾りと同じ色をした傘《かさ》が、彼女の雰囲気《ふんいき》を和《やわ》らげていた。

その少女が怪訝《けげん》そうに眉《まゆ》を寄せたのが見えて、声をかけられたことを思い出した。

「あっ、ああ、うん、このとおり。無事無事」

「そう。よかった。頭の打ちどころが悪かったのかと思って」

改めて自分の格好を見下ろしてみた。いま、草太は犬のように四つんばいになって、排水溝を覗き込んでいる。頭を打って奇行《きこう》に走ったと思われても仕方がないかもしれない。

「いやその、ちょっと捜《さが》し物をしててさ。ははは」

急に恥《は》ずかしくなって、意味もなく笑いながら立ち上がった。制服の汚《よご》れていそうなところを、見もしないで見当をつけてぱたぱたと払《はら》う。

「そう。捜し物って、これ？」

少女が差し出したのは、棺桶《かんおけ》デザインの携帯電話だった。拾ってくれたようだ。

「そうそれ！　サンキュー」

草太は笑顔《えがお》で携帯電話に手を伸《の》ばした。

《――ダメえええぇっ!!》

ミコトの叫び声に反応できたのは、手だけだった。携帯電話に触《ふ》れる直前に手を引っこめる。遅《おく》れて理解が追いついたとき、目の前にあるものを見て愕然《がくぜん》とした。

少女が持っていたのは、ただの古びたリモコンだった。なぜか巻きついていた包帯――いや、細長い和紙に筆で何やら文字を書き込んだものが、するりと滑《すべ》り落ちる。

さっきまでは、見慣れた棺桶デザインだったのだ。なぜ見間違《みまちが》えたのだろう。一瞬《いっしゅん》ですり替《か》えられたのか、それとも何かの手品だったのだろうか。

《あたしはここよ、草太っ！》

呼び声に導かれるまま、少女の胸元に目を向ける。ブレザーの胸ポケットから、格式高い制服には不似合いな三連ドクロのストラップがぶら下がっている。

（あれ？　さっき見たときはなかったような）

たまたま気づかなかったのか、あるいは彼女の容姿に見とれて携帯電話のことが頭から吹《ふ》っ飛んでいたか。多分後者だろうと自分でも思った。どうやらミコトも同意見らしく、少女の胸ポケットから甲高《かんだか》い声が響いた。

《気づくのが遅《おそ》すぎるのよ、馬鹿！　どうせ、この子が美人だから見とれてたんでしょ！　あの子の言ってたとおりだわ！　この、身の程知らずの節操なし！》

「——よく喋《しゃべ》る携帯電話ね。使いづらくない？」

少女は呆《あき》れた声で言って、指先でストラップをつついた。三連ドクロがかたかたと揺《ゆ》れる。

携帯電話が勝手に喋り出しているという現状を見ても、まったく驚いた様子はない。それどころか、最初から想定していたかのように落ち着いていた。

「あの、それ返し……」

「機種変更《へんこう》を勧《すす》めるわ。そして二度と、妖異《ようい》と関《かか》わってはダメ」

妖異。少女の発言に、最近覚えたばかりの単語が含《ふく》まれていた。

不思議と驚きはなかった。ミコトと出会い、妖異の存在を認めてしまったせいで、何が起きてもおかしくないという気構えができていたのかもしれない。耳鳴通りという特殊《とくしゅ》なシチュエーションもうってつけだった。多分、この少女が通りかかったのも偶然《ぐうぜん》ではないのだろう。それどころか、草太たちを耳鳴通りまで誘導《ゆうどう》したのは——

草太は一度生唾《なまつば》を飲み込んでから、声を絞《しぼ》りだした。

「あんた、何者？」

少女は少し躊躇《ちゅうちょ》した。わずかに下を向いて、傘の先でトントンと地面をつつく。そういえば、なぜ彼女は傘を持ち歩いているのだろうか。今日は一日中晴れだったというのに。

「大刀早坂《たちはやさか》の退魔師《たいまし》」

ごく短い返答の直後、再び薄い唇が動き出す。

「と言ってもわからないでしょうね。妖異の警察って言った方が通じるかしら」

草太はごく平凡《へいぼん》な一般《いっぱん》市民の代表として、ある単語に過剰《かじょう》反応した。

「ケーサツ⁉」

思わず指をさすと、少女が露骨《ろこつ》に眉をひそめて嫌《いや》そうな顔をした。

同年代の少女と、警察官という職業がどうやってもイコールで結びつけられない。そもそも学生の身分で警察官になれるのだろうか。いや、問題はそこではないと思い直す。

「警察ってことは、犯罪者を追っているってことだよな？」

「さっき警察って言ったのはあくまでたとえよ。公的機関に属してはいるけれど、上は警察庁ではないわ。それに、追っているのは犯罪者ではなく、罪を犯《おか》した妖異」

視線が再び、三連ドクロをぶら下げた本体に吸い寄せられた。

「ミコトおまえ、まさか……」

《ち、違《ちが》うわよ！　あたし何も悪いことなんてしてないわ！》

「片っ端《ぱし》から告白メールを送るのは悪いことだろ⁉　もう忘れたのか性悪電話！」

《うっ！　そ、その話はもう片がついてるはずでしょ⁉　終わったことを蒸《む》し返すなんて、器《うつわ》の小さい男ね！》

「なんだと！」

草太はミコトに摑《つか》みかかった。右腕《みぎうで》を伸ばし、少女の胸ポケットに収まっている携帯電話《けいたいでんわ》を握《にぎ》りしめた。

摑みそこねはしなかった。実際、手のひらに携帯電話の硬《かた》い感触《かんしょく》は存在している。

だが指先に、携帯電話にはない弾力《だんりょく》を感じたのも事実だった。

その由々《ゆゆ》しき事態に、しばらくは気がつかなかった。ミコトへの怒《いか》りで頭に血が上っていたせいだろう。数秒ほど遅れて気がつくなり、頭が急速に冷えていった。

草太の手は携帯電話ごと、少女の胸を鷲摑《わしづか》みにしていた。

ゆっくりと、顔を上げる。

切れ長の目と視線が合った。そのまま金縛《かなしば》りにかかる。

少女は特に表情を変えていなかった。むしろ無表情に近い。それが余計に恐《おそ》ろしかった。

地雷《じらい》の上から足を下ろすような気持ちで、おそるおそる手を離《はな》した。

と、引っこめる途中《とちゅう》で手首を何かに搦《から》め捕られた。まるで茂《しげ》みから飛び出してきたハブだ。

少女のたおやかな手が、手首をぎりぎりと万力《まんりき》のように締《し》めつけてくる。

「あの、本当にすいま」

がちゃり、と。

草太が謝罪の言葉を言い切る前に、金属の輪が手首にかけられた。

手錠《てじょう》だった。

どこからどう見ても、何度見ても手錠以外の何物でもなかった。

少女は鎖《くさり》で繋《つな》がっているもう一方の手錠を自分の左手首にかけた。それから自分の携帯電話を取り出して開き、番号を押して耳に当てた。

「刹里《せつり》です。被疑妖《ひぎよう》、及《およ》び協力者の捕縛完了《ほばくかんりょう》。装置の回収をお願いします」

＊

呆然《ぼうぜん》とする草太を引き連れて、刹里と名乗った少女は歩きだした。通りの右端《はし》にしゃがみ込んで黒っぽい楔形《くさびがた》のものを拾ったかと思えば、今度は左端に行って同じものを二つ手に取った。

《やっぱり結界だったのね》

携帯電話を通じて、ミコトが悔《くや》しそうに言った。

「ケッカイ？」

《退魔師の使う術の一種よ。石や楔《くさび》、あるいは墨《すみ》や血液などの液体を使って範囲《はんい》を決め、言霊《ことだま》によって特殊な効果を発揮させてるの。あんたがたまにやってるテレビゲームにも、魔法陣《まほうじん》とか出てくるでしょ？　あれと似たようなもの。この女は結界術で見えない壁《かべ》を作っていたのよ》

さっき草太がぶつかった壁の正体は、どうやら目の前にいる少女が魔法みたいな術を使って作ったものだったらしい。

草太は利里をまじまじと見つめた。

「へー。あんた魔法使《まほうつか》いだったのか」

「魔法じゃなくて、外法《げほう》。外法使い」

「ゲホウ？」

利里は無言で歩きだした。解説する気はないらしい。

鎖に引かれるまま利里の後をついて行くと、大きな屋敷《やしき》の前に到着《とうちゃく》した。

「ここって……」

子供たちにはお化け屋敷、大人たちには新興宗教の修行場として有名な、例の洋館だった。

「ここは大刀早坂間名井支部。通称《つうしょう》〝耳鳴坂《みみなりざか》〟」

「は？　何だって？」

「ついてきなさい」

利里はまたも解説を拒否《きょひ》し、門をくぐっていった。ついてきなさいも何も、手錠と鎖で繋がれている草太は従うしかない。

大きな両開きの扉《とびら》を開けると、これまた大きな吹《ふ》き抜《ぬ》けのエントランスになっていた。明治時代が舞台《ぶたい》の映画に出てきそうな内装だ。天井《てんじょう》には大きなシャンデリアがぶら下がり、二階へ続く階段には赤い絨毯《じゅうたん》が敷《し》いてある、のだが。

草太の目に、絢爛《けんらん》な雰囲気《ふんいき》をぶち壊《こわ》す案内標示板の数々が飛び込んできた。

まず最初に目に付いたのは「受付」のプラカード。その下では、本当に受付窓口のカウンターが設置されていて、地味なスーツ姿の女性が二人並んで座っていた。

一人はなぜか耳の先が尖《とが》っていて、もう一人にはなぜかあるべきところに耳がなく、頭に獣《けもの》の耳が生えていた。

「あのさ、ここってコスプレパーティーの会場なんてオチは」

「無駄口《むだぐち》はなし。ちゃっちゃと歩く」

利里は見向きもせずにエントランスを突《つ》き進んでいく。草太も否応《いやおう》なしに進ませられる。

利里は正面の階段を堂々と上っていった。吹き抜け沿いの細い通路を右へ少し歩くと、左の壁に両開きの大きな扉が現れた。

利里はそこで足を止めると、躊躇《ちゅうちょ》なく扉を押し開けた。

広いフロアだった。もともとはダンスホールとして使われていたのかもしれない。

だがその広さ以上に、草太は室内の様子に驚《おどろ》いた。

書類をぎっしりと載《の》せた事務机が頭を突き合わせ、いくつかの島を作っていた。そのあちこちで、人と、人ではなさそうなものが座っていた。部屋の奥には少し大きめのデスクが一つ。「支部長」と書かれた三角プレートが置いてあったが、当の支部長らしき姿はなかった。

まるでオフィスか職員室か、あるいはドラマに出てくる刑事課《けいじ》のフロアだった。

「本当に警察みたいだな」

そう呟《つぶや》いて利里を見ると、彼女はフロアの右隅《すみ》に目を向けていた。

応接用のテーブルと椅子《いす》のセットが五つほどあり、そのすべてが使用中だった。人らしきものと、人か妖異《ようい》かわからないものと、あきらかに人ではないものが一対一で話し込んでいる。そのうち、あきらかに人ではないものは、年齢《ねんれい》や性別もまちまちながら、外見が東洋系か西洋系かいう以前に肌《はだ》の色が赤かったり青かったりしていた。さらに、頭に牛のような角が生えていたり、手に水かきがついていたり、むしろ獣みたいな姿をしていたりと、実に豊富なバリエーションだ。

幼い頃《ころ》に読んだ絵本からはじまって、最近のファンタジー映画やテレビゲームに登場する、古今東西の〝フィクションの住民たち〟が同じフロアに集結していた。

「……前言撤回《てっかい》。やっぱここ、お化け屋敷だわ」

子供は正しかった。ここは多《た》国籍軍《こくせきぐん》によるお化け屋敷だ。

「しばらく空きそうもないわね」

刹里はぽつりと呟くと、諦《あきら》めて事務机の方へ足を向けた。

デスク域も応接域とほぼ同様の状況《じょうきょう》だった。回転椅子《かいてんいす》を寄せ合って話しながら、一方がクリップボードやファイルを片手に質問し、もう一方がぼそぼそと答えている。どうやら応接用のテーブルが空いていないので、デスクで簡単な取り調べをしているようだ。

草太は鎖《くさり》に引っぱられるままデスク域に入っていった。椅子と椅子の間を歩きながら、ちらりと盗《ぬす》み見をしてみる。

たとえば、東南アジア系の痩《や》せた男の場合、相手をしているのはニット帽《ぼう》を被《かぶ》った小太りの男だった。一見するとどちらも普通《ふつう》の人間に見える。会話さえ聞かなければ、だ。

「じゃあ、あなたは人間の密入国者と一緒《いっしょ》にコンテナに乗ってきたんですね？」

「……そうだ……」

「なるほどなるほど。それから間名井まで来て、密入国者たちと一緒に農家の下働きをしていたわけですか……はあ。しかしですね、あなたは妖異なんですから、こんなことをする必要はないんですよ。ちゃんと黄昏機関《たそがれきかん》——ええと、そちらの国では何て言うんでしたっけ、とにかく役所で正規の手続きをとれば、ちゃんと偽造《ぎぞう》パスポートを作ってくれるんですから」

草太は首を傾《かし》げた。正規で偽造。言葉として矛盾《むじゅん》している気がする。

次に目に入ったのは二人の女性だった。一人は申し訳なさそうに膝《ひざ》を揃《そろ》えて座っており、もう一人は長い脚《あし》を堂々と組んで、片手にクリップボードを抱《かか》えている。

目を惹《ひ》いたのは脚を組んでいる方の女だ。彼女が青い瞳《ひとみ》の白人で、ナイスバディを地味なダークスーツに押し込んだ美女だから、というだけではない。緩《ゆる》いウェーブを描《えが》く長い髪《かみ》が、濃《こ》い緑色をしていたからだ。どんな色にも染髪《せんぱつ》できるご時世で、緑色の髪など珍《めずら》しくもないのかもしれない。ただ彼女の場合は地毛としか思えないほど、緑髪が自然だった。

「どうして鏡ばっかり万引きしたの？」

緑髪の女はハスキーな声で訊《たず》ねると、デスクに目を向けた。

デスクの上には大量の手鏡がずらりと並べられている。花や蝶《ちょう》、動物などがモチーフになっている、ファンシーなデザインのものばかりだ。その中から、緑髪の女は一つを手に取って黒《くろ》髪《かみ》の女に向けた。

「あなた、鏡に映らないでしょう。何に使うのよ」

緑髪の女の言うとおり、手鏡に黒髪の女の姿は映っていなかった。小さな鏡面は、無人の回転椅子と、背後のデスクだけを収めている。

草太は耳をそばだてた。鏡に映らない妖異が、鏡を求める理由。少し興味をそそられた。

ややあって、黒髪の妖異は俯《うつむ》き加減《かげん》のまま、消え入りそうな声でぼそりと呟いた。

「だって……可愛《かわい》いし。欲しかったんだもの」

（なんだそりゃ）

いまどき、万引きして捕《つか》まった女子中学生だって、もう少しましな言い訳をするだろう。

「来島くん、何をやってるの」

呼び声に振《ふ》り向くと、刹里が既《すで》に回転椅子に座って待機していた。すぐ近くにもう一つ、同じ回転椅子が置かれている。

「座って」

促《うなが》されるままに腰《こし》を下ろしてから、草太はようやく気がついた。

「あれ、なんで俺の名前」

「少し前から、あなたのことをマークしていたのよ、来島草太くん」

刹里は少し得意げに言って、デスクの上からファイルを手にとった。中から書類を一枚取りだして、傍《かたわ》らのクリップボードに挟《はさ》んでペンを取る。調書をとるらしい。

「別件で、ある妖異を捜索《そうさく》中に、偶然《ぐうぜん》あなたの家の近くを通りかかったの。驚いたわ。瘴気《しょうき》——妖異の残り香《が》のようなもののことだけど、あなたの家の周りだけ瘴気濃度が不自然に高かったの。登記簿《ぼ》を調べてみても、付近で生活許可を受けている妖異はなし。しばらく張り込みをしてみても、妖異《ようい》が出入りしている様子もない。それで試《ため》しに罠《わな》をしかけてみたんだけど」

《それが、あの妨害《ぼうがい》電波ってわけね》

ミコトは忌々《いまいま》しげに言った。彼女の力を奪《うば》う装置だか何だかをあちこちに設置し、抜《ぬ》け穴の先で網《あみ》を張っていたのは、やはり刹里だったらしい。

「ええ。相手はグレムリンだってわかっていたから、あらかじめ退路を塞《ふさ》いでおいて一カ所だけ逃《に》げ道《みち》を残しておけば、」
《ちょ、ちょっと待ってよ！　あたしはグレムリンじゃないわよ！》
ミコトが慌《あわ》てた声を出して反論した。
《文車妖妃！　れっきとした付喪神なんだから！　器物の妖異と、器物を壊《こわ》す妖異を一緒にしないでくれる？》
利里はちらりと自分の胸ポケットに目を向けた。そこにはまだミコトの宿にして草太の携帯《けいたい》電話《でんわ》が収まっている。
「あなた、自分の体を見たことある？　ちょっと変わったデザインだけど、ただの携帯電話よ。小型の牛車みたいなかたちをした文車とはまったくの別物」
素っ気なく言って、再びクリップボードの書類に目を落とす。実に淡々《たんたん》とした態度だ。ミコトが反発してくることも想定済みらしく、大声で叫《さけ》ばれても表情一つ変えない。
ミコトはなおも食い下がった。
《現代版の文車妖妃なのよ、あたしは！　携帯電話だって、文車みたいに手紙とかデータとか運べるでしょう!?　あたしみたいな妖異が生まれたっておかしくないわ！》
「そうね。あなたみたいな新種のグレムリンが生まれてもおかしくないわね」
《だからグレムリンじゃないってば！　ねえ、草太も何とか言ってよ！》
いきなり話を振られて、草太は困った。そもそも、さっきから二人、いや一人と一匹《ぴき》が連呼している〝グレムリン〟というのが何なのかすらわかっていない。

「いやー俺、妖異のことはさっぱりだし」

《裏切り者ー！》

とはいえ、草太にも腑《ふ》に落ちない点はある。

ミコトが草太の携帯電話を勝手に操作して、周囲の人間を巻き込んだイタズラをしでかしたのは、つい一週間前のことだ。

しかし、彼女は草太に現場を見られるとすぐに正体を明かし、イタズラ行為《こうい》もすべて認めた。謝罪の言葉を口にし、罪滅《つみほろ》ぼしにと宿題も手伝ってくれた。性格の善し悪しはともかく、根は素直《すなお》なやつなのだ。少なくとも、草太はそう思っている。

そんな彼女が、ここまで言われてもなお強情《ごうじょう》に自分の罪を否認し続けるだろうか。

草太は妖異に関してはまったくの無知だ。ずぶの素人《しろうと》だ。

それでも、ミコトという妖異に関する知識は、目の前の退魔師よりはるかにたくさん持っているはずだ。

「──さっぱりだけど、本人がこんだけ否定してるんだから、冤罪《えんざい》なんじゃねーの？」

草太は刹里を見て、うっかり頬《ほお》が引きつりそうになった。

彼女もまたこちらを見つめていた。もともと眦《まなじり》の印象が強い美人である。真っ正面から見つめられると、その迫力《はくりょく》たるや相当なものがあった。

物怖《ものお》じしそうになって、ぐっと腰に力を入れる。怯《ひる》むな来島草太。気合いを入れろ。歳の近そうな女の子を相手に気迫《きはく》負けしてどうする。

「それに、あんたが追ってた犯罪者……被疑妖《ひぎよう》って言ったっけ？　そいつがグレムリンとかいう妖異だってことは確かなのかよ？」

「目撃《もくげき》証言と手口からして、グレムリンによる犯行と見てほぼ間違《まちが》いないわ」

あっさりした回答だ。おまけに証拠《しょうこ》を掴《つか》んでいないことをみずから明かしている。失言したわけではなく、素人に知られてもたいした情報ではないと思っているのだろう。

「ほぼ、ね。で、罪状は？　そのグレムリンとやらはどんな大犯罪をやらかしたわけ？」

「——連続器物損壊《そんかい》」

刹里はぼそりと小声で罪状を述べた。一瞬《いっしゅん》、聞き間違えたかと思った。

「は？　いや悪い。よく聞こえなかった。もっかい言って」

「だから、器物損壊よ」

刹里は苛立《いらだ》たしげに言って顔を逸《そ》らした。その視線の先へ、草太は席を立って回り込んだ。

「キブツソンカイって、人様のものを壊したってことだよな」

「ほかに意味があるんだったらわたしが知りたいくらい」

「……そんだけ？」

「そんだけとは何よ！　れっきとした犯罪でしょう！」

刹里はばん、と両手でデスクを叩《たた》いて立ち上がった。むきになって叫ぶということは、本人も軽犯罪だと思っているのだろう。必死に重罪だと自分に言い聞かせているように見える。

「被害《ひがい》だってすごいのよ。聞いて驚《おどろ》きなさい。パソコン、テレビにレコーダー、コンポにエアコンなどなど、全部で十九台も壊されて、被害総額はなんと六十五万円よ！」

「…………」

「何よその顔は。六十五万円稼《かせ》ぐのがどれだけ大変だと思ってるの？　親の臑《すね》をかじっているからお金のありがたみがわからないのよ。一度アルバイトでもしてみるといいわ」

「バイトかあ。そだな、高校入ったし、はじめてみるのもありかも。てか、あんたマチ学だよな？　お嬢《じょう》学校じゃん。バイトなんかしてていいのかよ？」

「これはバイトじゃないわ。退魔師はあくまで八重崎《やえざき》家の家業……」

話が逸れたことに刹里も気づいたらしい。こほんと小さく咳払《せきばら》いをして取り繕《つくろ》った。

「とにかく、わたしたちとしてはこれ以上被害を拡大させたくないの。否認でも黙秘《もくひ》でも好きにすればいいわ。封印房《ふういんぼう》で何日か頭を冷やせば気持ちも変わるでしょうし」

「――だから、あたしじゃないって言ってるでしょ！　この石頭ーっ！」

叫《さけ》び声とともに、着物姿の少女が空中に出現した。

どうやら携帯《けいたい》電話を押さえられている状態でも、実体化は可能らしい。少し前まで声を出すのも精一杯《せいいっぱい》だったくせに、元気な頃《ころ》と寸分も変わらない姿で宙に浮《う》いている。妨害《ぼうがい》電波とやらのダメージから回復したというより、単に怒《いか》りを原動力に変えているだけだろう。

「あたしは文車妖妃よ！　付喪神の端《はし》くれとして、器物を傷つけるような真似《まね》なんて、絶対に、死んでもしないわ！」

小さな胸に手を当てて、堂々と言い放つ。対する退魔師はにべもない。

「そうね。あなたが本当に文車妖妃だったら、ね」

「しつこいわよ！」

ミコトは八重歯を剝《む》きだしにして利里に飛びかかった。

草太は咄嗟《とっさ》に長い帯の端を摑んで、全力で引きよせた。和装の妖異《ようい》は天敵の胸倉《むなぐら》に指先が届く直前で急停止させられ、怒りもあらわに手足を振《ふ》り回した。

「草太、邪魔《じゃま》しないでよ！　いま、この女に正義の鉄槌《てっつい》を下すところなんだから！」

「アホ！　場所を考えろ、場所を！」

ここは利里たち退魔師の本拠地《ほんきょち》なのだ。ミコトのような妖異が一匹で暴れたところで、返り討《う》ちに遭《あ》うのが目に見えている。ついでに巻《ま》き添《ぞ》えを食らう自分の姿もありありと目に浮かんだ。とばっちりで見えない壁《かべ》に頭をぶつけ、落下して尻《しり》を打ったのはたった数分前の出来事だ。

正義の鉄槌イコール拳《こぶし》を振り回す妖異の帯を必死に引っぱっていると、

「――人間が生まれ落ちてから自分が何者かを探《さぐ》るのに対して、妖異は生まれ落ちた瞬間《しゅんかん》から、自分が何者かを知っている」

歌うような声が響《ひび》いてきた。どこかで聞いたようなハスキーボイスだ。

見ると、緑髪《みどりがみ》の美女がこちらに近づいてくるところだった。ついさきほど、鏡を万引きした妖異の取り調べをしていた女性だった。

「妖異はおのれの宿命を知っているし、完璧《かんぺき》なアイデンティティを持っている。だから逆に、アイデンティティを崩壊《ほうかい》させられること、特に他の妖異に間違われることを極端《きょくたん》に嫌《きら》う」

緑髪の女は草太の横を通り過ぎると、利里の後ろに回り込んだ。回転椅子《かいてんいす》の背もたれにたおやかな手を置いて、親しげな態度で身を寄せる。

「という話を前にもしたことあったと思うのだけど、忘れちゃった?」

「ヒルダさん……」

利里は少し困った顔をして、緑髪の女を振り仰《あお》いだ。

彼女のその表情を見て、草太は意外に思った。緑髪の女に向ける眼差《まなざ》しは、草太たちに対するときと違《ちが》って棘《とげ》がない。それどころか、家族に向けるような親しみや甘えすらかいま見えた。

「そうでしたね。ごめんなさい。失念していました」

「謝る相手が違《ちが》うんじゃなくて?」

ヒルダと呼ばれた緑髪の女は、妖艶《ようえん》に微笑《ほほえ》んでウインクをした。どこの出身かは知らないが、西洋系の美女だけあってウインクがすこぶる上手《うま》い。

利里は少しの間、叱《しか》られた子供のような顔でヒルダを見上げていた。やがて一度目を伏《ふ》せると、改めてミコトに向き直った。

そして、まっすぐに視線を合わせてから、正しい角度で頭を下げた。

「グレムリン扱《あつか》いをしたことは謝ります。ごめんなさい」

草太は閉口した。清々《すがすが》しいほどの潔さだ。

ミコトがやけに静かなので横目に見ると、彼女も口をあんぐりと開けて利里を眺《なが》めていた。

拍子抜《ひようしぬ》けして、憎《にく》まれ口を叩くのも忘れてしまったようだ。

「でも、あなたが電気製品に関連する妖異であることに変わりはないし、他に被疑妖《ひぎよう》も挙がっていないの。そもそもグレムリンによる犯行だという見解が間違《まちが》っているかもしれない。あなた以外に、疑わしい妖異がいないのも事実なのよ」

改めて被疑妖扱いをされても、ミコトはもう大声でがなり立てたりはしなかった。利里がみずからの非を認めて謝罪したうえで、疑う理由を述べたからだろう。

「ねえ、そこの君」

ヒルダがぐいと体を寄せて、顔を覗《のぞ》き込んできた。

白人の美女に顔を近づけられて、草太は上体を仰け反らせた。ふわりと漂《ただよ》ってきた花の芳香《ほうこう》すら心臓に悪い。知らない花の香《かお》りだ。癖《くせ》がなくて爽《さわ》やかだった。

「君、さっき面白いことを言っていたわね。確か、『冤罪《えんざい》』とか」

耳元で囁《ささや》かれたとき、吐息《といき》が耳朶《じだ》にかかった。思わずびくりと反応してしまった。真っ赤なルージュが塗《ぬ》られた唇《くちびる》が美しい弧《こ》を描《えが》く。絶対わざとだ。

「言、いましたけど、それが何か？」

草太は動揺《どうよう》を悟《さと》られまいと強気に言った。無駄《むだ》な努力であっても、男として虚勢《きょせい》を張らずにはいられなかった。

「冤罪だと思うのなら、君が証明してみせてはどう？　その子の無罪を」

「はあっ⁉　俺が？　なんで！」

「だって君、その子の持ち主なんでしょう？　持ち主ならば、責任とらなきゃ。ね？」

ヒルダはハリウッド女優ばりのウインクを閃《ひらめ》かせると、長い髪を揺《ゆ》らして去っていった。

利里はデスクの上に大判の間名井市縮尺図を広げてみせた。

草太は回転椅子に逆向きに跨《また》がって、背もたれの上に腕《うで》を載《の》せて地図を覗き込んだ。

地図には赤いサインペンで×印がいくつか書かれていた。×印は一部の地域、間名井商店街のある鈴階町から、草太の自宅がある東鈴階町に集中している。

「事件が発覚したのは、ある妖異《ようい》からの通報がきっかけだったの」

利里はキャップを閉めたままのサインペンで、商店街の中にある×印の一つをこんこんと叩《たた》いてみせた。草太にも覚えのある場所だった。確かここには古い店があったはずだ。

「人間社会でクリーニング店を営んでいた妖異から、テレビの」

「ちょっと待て！」

一発でぴんときた。思わず利里の説明を遮《さえぎ》って叫《さけ》ぶ。

「クリーニング屋って『あずきクリーニング』か⁉　あのばーさん、妖異だったのかよ！」

道理で草太が小学生の頃《ころ》から外見年齢《ねんれい》に変化が見られないわけだ。昔から同級生の間で妖怪《ようかい》ババアとして有名だったから、驚《おどろ》きよりも納得《なっとく》の割合が大きい。これで謎《なぞ》が一つ解けた。

「あらあ？　あららのらー？」

あからさまなからかい声が耳についた。

案の定、ミコトが意地悪な笑みを顔に張りつけて、利里の周りをぐるぐると漂っていた。利里はミコトと視線を合わせまいと目を伏せ、口元を押《お》さえている。

「ひょっとしていまのって失言ってやつぅ？　プロの退魔師さんが、人間のふりして暮らしている妖異の情報を一般《いっぱん》人に流しちゃっていいのかしらー？」

人の弱点を見つけたミコトが黙《だま》っているはずもない。相手が自分を捕縛《ほばく》した退魔師ならばなおさらだ。いーけないんだいけないんだー、と歌いながら飛び回るミコトは、ほとんど獲物《えもの》を見つけたハイエナだった。細い肩《かた》を震《ふる》わせて必死に耐《た》えている利里が少し気の毒だった。

「あ、えーと。俺、口《くち》が堅《かた》いから。誰にも言わねーって」

「……そうしてもらえると助かるわ」

刹里は肩から力を抜《ぬ》いて、小さく息をついた。

「ちょっと草太、あんたどっちの味方なのよ」

ミコトがつまらなそうに頬《ほお》を膨《ふく》らませる。そういうミコトの方も、自分の冤罪を晴らすための捜査《そうさ》だということを完全に忘れている。

「ある妖異からの通報によると、テレビの近くに小さな妖異らしきものを見かけた直後から、テレビの調子が悪くなったそうなの。具体的には白黒でしか映らなくなったとか。古いブラウン管テレビだけど、妖異を見かける前まではきれいに映っていたのに、よ。修理に出しても原因不明って言われたらしいわ」

草太は横目でミコトを盗《ぬす》み見た。ミコトは中学生の頃の箕琴の姿を借りているから小柄《こがら》ではあるものの、「小さい妖異」という表現には当てはまらない。なのになぜ疑われるのだろうと考えて、すぐにミコトが任意の姿に実体化できることを思い出した。

「それで、機械を壊《こわ》す妖異ってことでグレムリンと決めつけたってわけね。安直ー」

ミコトの発言で、草太はようやく得心がいった。

「あー何、グレムリンってそういう妖異だったんだ」

「……来島くん。あなた、グレムリンが何か知らずに話していたの?」

刹里が呆《あき》れた様子で頬杖《ほおづえ》をつき、冷ややかな視線を送ってきた。

ずっと不思議に思っていたのだが、聞くタイミングを逃《のが》していただけだ。

「とにかく、わたしたちはグレムリンによる器物損壊《そんかい》事件の可能性があると見て、同時期に似たようなケースが発生していないか調べてみたの。そうしたら」

と、サインペンの蓋《ふた》で×印たちを叩く。ごそっと十九件も見つかったらしい。このぶんだと、露見《ろけん》していないだけで他にも同様の故障事件がありそうだ。

「ただし、他の十八件に関しては〝小さな妖異〟の目撃《もくげき》証言はなし。持ち主はみんな普通《ふつう》の人間だったし、故障したのもパソコンだったりテレビだったりビデオデッキだったりコンポだったりで、メーカーもごちゃごちゃ。共通点があるとしたら、被害《ひがい》地域が間名井商店街の周辺に偏《かたよ》っているっていうくらいで、東鈴階町や宮岡《みやおか》町でも原因不明の故障騒《さわ》ぎは起きてる」

「うーん……」

草太は回転椅子《かいてんいす》の背に顎《あご》を載せた。

成り行きで首を突《つ》っ込んだとはいえ、少しでも事情を知ってしまうと本気で気になって仕方がない。勉強は嫌《きら》いだが、こういうことに頭を使うのはもともと好きなのだ。ゲームをしているみたいだから、と言ったらさすがに不謹慎《きんしん》だと怒《おこ》られそうだから口には出さなかった。

「被害者《ひがいしゃ》は故障品を修理に出したりは？」

「パソコンはメーカーに直接、っていうパターンが多いわね。その他の家電はほとんど購入《こうにゅう》したお店に持ち込まれたみたい。あとは、修理を諦《あきら》めて、新しいものを買った人もいるわ」

「その買った場所っていうのは……やっぱリンカイ電器？」

　このあたりに住んでいる人間ならば誰もが知っている、家電量販店《りょうはんてん》の名前を挙げる。

「ええ、確かにそこで買った人が多いわね。来島くん、あなたが言いたいことはわかるわ。この一連の故障事件で得をした者が一番怪《あや》しい。そのくらい、わたしも考えた。でも、違《ちが》ったの。このお店からは、瘴気《しょうき》反応がほとんど出なかった。少なくとも、妖異が頻繁《ひんぱん》に出入りしている様子はないの。もちろん、雇《やと》ったグレムリンを出入りさせてない、っていう可能性がないわけではないけど」

　利里は地図の端《はし》の方へサインペンを向けた。霧立《きりたち》市との市境にある、大きな長方形をペン先でこんこんと叩く。リンカイ電器のある場所だった。

「いや、そこじゃなくてさ。俺が言いたいのはこっちの方」

　草太は視線で間名井商店街の通りを辿《たど》り、ある店舗《てんぽ》を見つけてから指で示した。被害地域の中にある、唯一《ゆいいつ》の電気製品店だ。普通に考えれば、近所にある電気屋を疑うのが自然な流れだろう。むしろ、容疑者候補から外れているのが不思議なくらいだ。

「ああ、そこね。わたしも最初は疑ったのだけど」

　利里は一度言葉を切った。ミコトが苛立《いらだ》たしげにせっついた。

「だけど、何なのよ？」

「その店、今回の件でほとんど利益を上げていないのよ。被害者のうち、そこに修理に持ち込んだのはたったの三人。そのうちの二人は修理を諦めて、さっきの量販店に新品を買いに行ってるわ」

草太は顔を上げた。眉間《みけん》に皺《しわ》を寄せて地図を睨《にら》む利里をまじまじと見つめる。目の前の美少女が連続器物損壊事件を解決できずにいた理由が、なんとなくわかった。

「あんたさ、ひょっとして学校の成績よかったりするタイプ？」

「……何よ、急に」

「頑張《がんば》ったら頑張ったぶん、結果が出て当然だと思ってるだろ？」

「だから、何が言いたいの？」

利里は苛立たしげに眉《まゆ》をひそめた。ほとんど当てずっぽうで言ったのだが、当たったらしい。

草太は苦笑《くしょう》して左眉を掻《か》いてみせた。

「世の中さ、あんたみたいな出来のいいやつだけじゃないってこと」

＊

数十分後。草太と利里は、間名井商店街のアーケード下を突き進んでいった。

二人だけだ。ミコトは連れてきていない。妖異《ようい》を連れていると瘴気に気づかれて逃《に》げられる恐《おそ》れがあると言われ、利里のデスクに置いてきた。いまごろは鍵《かぎ》のかかった抽斗《ひきだし》の奥で不満の声をあげていることだろう。

さすがに午後九時を過ぎているせいか、まだ明かりのついている店はまばらにあっても、営業している店は少ない。営業中の札を下げているのは、居酒屋やスナックばかりだ。

草太たちは、ある店の前で足を止めた。店内に明かりはついているが、入り口のガラス扉《とびら》には「閉店」と書かれたプレートがぶら下がっている。

そこは間名井商店街にある、唯一の電気製品店——いわゆる電気屋だった。

今回の事件で、この店はほとんど利益を得ていない。

(けど、本当は儲《もう》ける計画だったのが、失敗しただけって可能性もある)

事件を起こした妖異は、保証期間が短いもの、あきらかに過ぎているものを狙《ねら》って故障させていたふしがある。近所の電気屋を利用させるのが本来の目的だったものの、目論見《もくろみ》通りにいかなかっただけではないか。それが草太の推論だった。

草太は隣《となり》の退魔師に視線を送った。

「そっちの反応はどうよ?」

彼女はティッシュボックスほどの大きさもある黒い塊《かたまり》を抱《かか》えていた。

表面に文字がびっしりと刻まれていて、なかなか不気味な代物《しろもの》だ。一部分だけくりぬかれて表示窓になっており、そこにアナログ式の体重計のようなメーターの針が見えた。

瘴気測定器といって、妖異が放つ瘴気の濃度《のうど》を測定する装置らしい。瘴気の濃度が高ければ、それだけ強い妖異がいるか、あるいは強くなくても妖異が頻繁に出入りしているということになるらしい。

測定器の針は、現在、真ん中あたりで小さく揺《ゆ》れ動《うご》いている。

「反応はあるけれど、微妙《びみょう》なところね。さっきも言ったけれど、この商店街には妖異も住んでいるから。毎日通っている道だとしたら、このくらいの反応があってもおかしくはないわ」

「じゃあ、シロだって言うわけ？」

「そうは言っていないわ。可能性があるなら、確かめないと」

利里は電気屋の看板を睨みつけた。

「閉店」の文字を無視してガラス扉を駄目元《だめもと》で押してみると、意外とあっさり扉は開いた。まだ戸締《とじ》まりをする前だったらしい。運が良かった。

店の中は思っていた以上に狭《せま》かった。商品陳列棚《ちんれつだな》が三列も収まっているのが奇跡《きせき》に近い。デッドスペースが一切《いっさい》ないのはともかく、人が通るスペースも足りていない。扱《あつか》っている商品こそ今春の新作モデルばかりだが、品揃《しなぞろ》えは少ない。取り扱っているメーカーも一社だけだ。

「悪いねえ、もう店じまいなんだよ」

店の奥の襖《ふすま》が開いて、店主らしき初老の男が出てきた。開いた襖の隙間《すきま》から畳敷《たたみじ》きの居間が見える。店主は首にタオルを巻き、ラクダシャツにズボンというラフを通《とお》り越《こ》してだらけた格好をしていた。くつろぎ中だったようだ。

「すいません。俺ら客ってわけじゃなくて」

「営業時間外に押しかけてすいません。最近、この近所で電気製品が何の前触《まえぶ》れもなく故障するケースが頻発《ひんぱつ》していて、その調査をしているんです」

利里が物怖《ものお》じせずに進み出た。なぜか持ってきた赤い傘《かさ》の先で、こん、と床《ゆか》を叩《たた》いて注意をみずからに向ける。

店主は怪訝《けげん》そうに顔をしかめた。

「まあ、そういう話も聞かないではないけど……何だい、学校新聞の取材か何か？」

「単刀直入にお聞きします。ここに、電気製品を故障させる生き物がいますね？」

「何だい、やぶからぼうに。ああ、電気製品を壊《こわ》す生き物ならいるさ。ものを壊すのも作るのも人間だからな」

「違《ちが》います。今回の件で電気製品を壊しているのは人間ではありません。妖異です」

一瞬《いっしゅん》、店主の顔が強張《こわば》ったのを草太は見逃《みのが》さなかった。

「人間じゃない？　ヨウイ？　いったい何の話だい。おたくら、怪談《かいだん》の記事でも書いてんのかい？　まだ夏には早いだろうに」

「もっと具体的に言いましょうか。機械を壊す妖精《ようせい》を匿《かくま》っていますね？　それとも、黒幕はあなたですか？　潰《つぶ》れそうな店をなんとか建て直そうと、妖精に命じてご近所の家に侵入《しんにゅう》させ、次々と電気製品を壊させ、自分は何食わぬ顔で修理を受け付けようとしていた。最低ですね。あなたにプロとしての誇《ほこ》りはないんですか？」

ミコトを尋問《じんもん》したときとは比べものにならないほどの刺々《とげとげ》しさだ。隣で聞いていただけなのに、草太は自分が責められたかのように応《こた》えた。

「さすがにそれは言い過ぎじゃ……」

草太は制止すべく細い肩《かた》に手を伸《の》ばして、触《ふ》れる寸前で止めた。

既視感《きしかん》があった。利里の強硬的《きょうこう》な姿勢は、あの古い洋館の中でも目にしている。あのとき、彼女の態度は一見すると理不尽《りふじん》に思えた。だがそのあとに彼女がとった行動はどうだったか。

脳裏《のうり》に、潔く頭を下げた利里の姿が過ぎった。そのときだった。

「——ふざけたこと抜《ぬ》かしてんじゃねえぞ、このアマ！」

唐突《とうとつ》に、商品棚《だな》の隙間から小さな影《かげ》が飛び出してきた。

体長は三〇センチから四〇センチ程度だろうか。基本形は人間と似ているが、耳が大きく、頭部に角があり、背に翼《つばさ》が生えている。おまけに肌《はだ》の色は青っぽい灰色だ。小鬼《こおに》と言うべきか妖精と呼ぶべきか、判断に迷う外見だった。

「黙《だま》って聞いてりゃ好き放題言いやがって！　オヤジさんはこれっぽっちも悪くねえ！　モノはよく調べてから言えってんだ！」

生意気そうな面構《つらがま》えに相応《ふさわ》しく、口調も荒々《あらあら》しくて勇ましい。

「こいつがグレムリンか……」

牙《きば》を剥《む》きだしにして叫《さけ》ぶ小さな妖異《ようい》をまじまじと観察する。名前からもっとグロテスクな姿を想像していたので、意外だった。SF映画に出てくる偉《えら》い宇宙人みたいだ。

店主が小さな妖異の姿を認めて、狼狽《ろうばい》した声をあげた。

「ジョン！　なぜ出てきたんだ！」

草太はその場ですっ転びそうになった。妖異の名前がジョンとは。某《ぼう》ミュージシャンを含《ふく》む世界中のジョン氏を敵に回す覚悟《かくご》で思う。犬の名前みたいだ。

「オヤジさん、すまねえ。やっぱ俺、これ以上オヤジさんに迷惑《めいわく》かけらんねえや——あんたは、大刀早坂の退魔師だな？」

「そうよ。といっても、わたしだけ」

だけ、の一言が、なぜか心の奥で燻《くすぶ》った。草太は首を傾《かし》げた。利里は事実を言ったに過ぎない。気にかける理由など何もないはずだ。

「俺を捕《つか》まえに来たわけか。ま、そりゃそうだろな。自分でもちょっと派手にやりすぎたと思ってたんだ。オヤジさんにもバレちまって、余計なことすんなって怒《おこ》られたばっかだしな」

「……何度も自首させようと思ったんだがねえ」

店主は居間の畳《たたみ》にがっくりと腰《こし》を下ろして、首に巻いたタオルを下ろして嘆息《たんそく》した。

「こいつは見てのとおりだし、世間に知られたら大騒《おおさわ》ぎになって、偉い学者先生たちの研究材料にされてしまうかもしれないと思ったら、言い出せなくてねえ……見た目が違《ちが》っても、長年一緒《いっしょ》に暮らしてりゃ家族みたいなもんだ。やっぱり、可哀想《かわいそう》でねえ」

そう言って、大きな職人の手で顔を覆《おお》う。指の隙間からかすかに嗚咽《おえつ》が聞こえてきた。

「オヤジさん、本当にすまねえ」

涙《なみだ》ぐむ店主の肩に、グレムリンはぴょんと飛び乗って項垂《うなだ》れた。グレムリンの金色っぽい双《そう》眸《ぼう》にも、心なしか光るものが浮《う》かんで見える。

人間と妖異の垣根《かきね》を越えた、麗《うるわ》しき家族愛が展開されつつあった。

（ありえねー……）

草太は呆《あき》れて何も言えなかった。犯人の目星がついて意気揚々《いきようよう》と乗り込んできたはずが、もうすっかり意気が失われて、脱力感《だつりょくかん》に襲《おそ》われている。これはこれで面白《おもしろ》いものの、何かが違う。

こほん、と可愛《かわい》い咳払《せきばら》いが響《ひび》いた。利里が再び進み出た。

「では、グレム……ジョンさん。罪を認めますね？」

「もちろんだ。もう逃《に》げも隠《かく》れもしねえよ」

グレムリンは鼻をすすって振《ふ》り向いた。こんな外見の妖異でも涙と鼻水が出るらしい。

「では、あなたの身柄《みがら》は一時的に大刀早坂にて預からせていただきます。この後、あなたは黄《たそ》昏《がれ》機関へ送致《そうち》され、審判《しんぱん》で量刑《りょうけい》が決定されることになります」

事務的な説明を神妙《しんみょう》な顔をして聞くと、店主は小さな妖異に向き直った。

「ジョン。立派におつとめを果たしてくるんだぞ。待ってるからな」

「オヤジさん……俺、お天道様の下を堂々と歩けるような、まっとうな妖異になって帰ってくるよ！」

再び涙ぐんで、ひっしと抱《だ》き合う初老の店主と小さな妖異。

草太は左眉《まゆ》の真ん中をぽりぽりと搔《か》いた。おかしなところが多すぎて、どこから攻《せ》めればいいのか迷ってしまう。悩《なや》んでいると、隣《となり》で利里が生真面目に指摘《してき》した。

「一応、昼間にその姿で出歩く場合は、黄昏機関の許可を得てからにしてください」

「そういう問題かよ……」

草太の呟《つぶや》きは、グレムリンと店主の泣き声に掻き消された。

捕縛《ほばく》を終えて、草太たちは洋館の大広間へ戻《もど》った。

グレムリンの聴取《ちょうしゅ》を他の職員に委《ゆだ》ねると、利里は改めて草太に向き直った。

「一応、お礼を言わせてもらうわ。ありがとう」

「いいよ。俺も結構楽しかったし」

「……楽しい？」

「いや、なんでもない。こっちの話」

不可視の壁《かべ》に激突《げきとつ》させられて、自転車のカゴはぼこぼこに凹《へこ》み、尻《しり》を強打して打撲《だぼく》し、頭にこぶも出来た。本当に酷《ひど》い目に遭《あ》った。

だが、ここで目にし、耳にしたことは、カゴと尻と頭のぶんを差し引いてもお釣《つ》りがくるほどの価値があった。十五年間生きてきて、つい一週間前までその存在すら知らなかった妖異《ようい》を、たった数時間で何人、何匹《びき》見かけただろう。携帯《けいたい》ゲーム機の小さな液晶《えきしょう》画面を眺《なが》めているだけとは違《ちが》う、生の非日常、生の異世界を体験できた。正直に言う。かなり面白かった。

「それよりさ、そろそろ携帯を返してくれないかな」

刹里のデスクに目を向ける。グレムリンが捕縛されたことで、ミコトの疑いは晴れた。当然、返却《へんきゃく》されるものだと思っていた。

だが、刹里は首を横に振った。

「それはできないわ」

《なんでよー！　もうあたしの容疑は晴れたんでしょ！》

抽斗《ひきだし》の中から抗議《こうぎ》の声が響いてくる。言うまでもなくミコトの声だ。抽斗に携帯電話を入れる前に、封印帯《ふういんたい》という妖異の力を封《ふう》じる効果のある細長い帯でぐるぐる巻きにされていなかったら、即座《そくざ》に実体化して、振り袖《そで》を振り回して飛びかかっていただろう。

「わたしが担当していたのは『連続器物損壊《そんかい》事件』だけじゃないの。わたしはいま、事件を三つ掛《か》け持ちして捜査《そうさ》してる。『連続携帯メール送信事件』もその一つよ」

「連続……携帯メールって、まさか……」

すぐに思い当たった。つい一週間前、草太自身が被害《ひがい》に遭ったばかりだ。ミコトによって。

理解と同時に疑問も生まれた。容疑が切り替《か》わったというのに、利里の対応に一切《いっさい》の混乱は見受けられない。まるで想定通りと言わんばかりだ。

（まさか、最初から両方狙《ねら》いだったんじゃ）

利里は最初から、二つの事件でミコトを疑っていたのではないだろうか。執拗《しつよう》にグレムリンではないかと疑ってかかったのも、二つある可能性のうち、一つを消すためだったように思えてきた。だとしたら、あの潔すぎるほどの引き際も納得できる。

「今度は『連続携帯メール送信事件』のことで彼女に話を聞きたいんだけど、構わないかしら？　ちなみに被疑妖《ひぎよう》は他人の携帯電話に乗り移って勝手にメールを送信し、ばれる前に別の携帯電話へ乗り移って同じことを繰《く》り返しているようなんだけど」

「……おまえ、俺以外にもやってたのかよ」

ごとん、と抽斗の奥で小さな物音がした。携帯電話が身じろぎしたのかもしれない。

「なーにが、『磁場がいいのよねー』だよ。誰でもよかったんじゃねーか」

《それは違《ちが》うわ！》

「何がどう違うんだよ！」

《草太と会う前に、他の人間の携帯電話を操作したのは認めるわ。でも、磁場がいいっていうか、あんたのそばにいると力が安定するっていうのは本当よ！　他の人間じゃダメなの。理由はわからないけど、あたしはあんたじゃないと――》

「では、罪を認めるわけね？」

利里の静かな指摘に、ミコトはうっと声を詰《つ》まらせた。肯定《こうてい》したも同義だった。

「ミコトさん、あなたにとってはちょっとしたイタズラでも、あなたの行為《こうい》で傷ついた人もいるの。まあ、中には運良くカップルが成立しちゃったケースもあったみたいだけど」

《やだ、あたしってばいいことしたんじゃない！》

「それは例外だって言ってるでしょう！　メールを送信させられた側も受信した側も、ほとんどの人が嫌《いや》な思いをしているの。他人の名前を騙《かた》って、本人の気持ちとは異なる思いを伝えるのって、あなたたち妖異が最も嫌《きら》う、存在の否定に近いところがあると思うんだけど？」

うう、とミコトはさらに情けなく呻《うめ》いた。

《……そうかも。ごめんなさい、二度とあんなことしないわ……》

悄然《しょうぜん》とした返事を聞いてから、利里は振《ふ》り向いた。

「というわけで、ミコトさんを別の携帯電話に封印するまで、この携帯電話はこちらで預からせてもらうわ。処置が終わったらすぐに返すから、不便でしょうけどそれまで我慢《がまん》して」

草太は、はい、とも、いやだ、とも言えなかった。

ミコトのイタズラは、確かに大迷惑《めいわく》だった。場合によっては、いじめに発展しかねない行為だろう。草太のぶんは帳消しにしてやるとしても、他にも被害者《ひがいしゃ》がいて不快な思いをさせたのだとしたら、その人たちのぶんくらいは罪を償《つぐな》うのが道理だろう。

わかっているのだ。それが正しいと頭ではわかっているのに。

「来島くん」

思考が顔に出ていたのかもしれない。利里がこちらを見つめていた。眼差《まなざ》しにいままでのような強さや鋭《するど》さがない。むしろ優《やさ》しさを覚えるほどだった。あるいは気遣《きづか》いか。

「最初にも言ったけど、もう妖異とは関《かか》わらない方がいいわ。いえ、関わってはダメ。ここにも……耳鳴り通りにも二度と近寄らないこと。わたしたちのことも忘れなさい。どうしても忘れられないというのなら、外法をかけて忘れさせてあげる」

忘れさせる。本当にそんなことができるのか。できるのだろう、とわりとすんなり思えた。外法とかいう奇妙《きみよう》な術を使えば、記憶《きおく》を消すことも可能に違いない。

イタズラ好きの文車妖妃のことも。

ちょっと頭の固い少女退魔師のことも。

ここで見かけたさまざまな妖異のことも。クリーニング屋の妖怪ババアが本当に妖異だったことも、電気屋の店主を慕《した》っていたグレムリンのことも、全部。

惜《お》しいな、と思った。忘れてしまうにはあまりにももったいない。

（もったいない、で済ませていいのか？　本当に？）

草太は自問した。このままでいいのか。後悔《こうかい》しないか。

気がついたときには、口が勝手に動き出していた。

「あのさ、ミコトってどんな罰《ばつ》を受けるんだ？」

「ミコトさんが心配？　大丈夫《だいじょうぶ》……って言うのもおかしいけど、心配するほどじゃないわ。それほど重い罪でもないから封印刑《ふういんけい》にはならないでしょうし。被害者への賠償金《ばいしょう》――さすがに妖異の存在を明かすわけにはいかないから、口座にこっそり振り込むことになるんだけど、そのぶんを働いて稼《かせ》いでもらうくらいじゃないかしら」

「働くって、刑務所《けいむしょ》とかで？」

「いいえ。大刀早坂――うちみたいな退魔師の組織で捜査《そうさ》協力することになると思う。実を言うと、ここで働いている妖異の半分くらいはそのパターンなの。期間を過ぎても居座ってる妖異もいるくらい」

律儀《りちぎ》に説明してから、なぜそんなことを聞くの、とばかりに眉《まゆ》をひそめる。

「そっか」

草太は安心した。そして、決心した。

「だったら、俺もやる。その捜査協力ってやつ」

一拍《いっぱく》の間を置いて、利里がかたちの良い眉をきりりと吊《つ》りあげた。

「わたしがさっき言ったこと、ちゃんと聞いてた？　わたしは関わるなって言ったの」

「聞いてたしわかってるよ。でも、ヤダ」

利里は絶句した。端整《たんせい》な顔立ちがぽかんと緩《ゆる》んで、少し間の抜《ぬ》けた顔になった。

「ミコトが受ける罰ってやつ、半分くらい俺にも肩代《かたが》わりさせてくれよ。俺はミコトの持ち主だからさ。さっきヒルダって人にも言われたんだ。持ち主ならば責任とれって」

《草太ぁっ……！》

抽斗《ひきだし》の奥から感極《きわ》まった声が聞こえてきた。

罪悪感で少し胸が痛んだ。持ち主だから、なんていうのはただの建前だ。ミコトのためでも、他の被害者のためでも、誰のためでもない。他でもない自分自身が、せっかく見つけた「面白《おもしろ》そうなこと」を逃《のが》したくないだけだ。

利里が眉間《みけん》に人差し指を当てて皺《しわ》を押さえた。

「勝手なことを言わないで。あなたは一般人《いっぱんじん》なの。本来は妖異《ようい》の存在すら知ってちゃいけない人間なの。捜査協力なんて、そんなこと許されるはずが」

「――いや、いいよ。許す」

第三者の声が会話に飛び込んできた。反射的に振り向く。

いつからそこにいたのか、すぐ後ろにスーツ姿の男が突《つ》っ立っていた。

男の存在に気づいた途端《とたん》、急に煙草《たばこ》の臭《にお》いがぷんと漂《ただよ》ってきた。この臭いはラッキーストライクだ。中学の時、若気の至りで何度か吸ったことがある。

年齢《ねんれい》は三十代の半ばくらいか。猫背《ねこぜ》気味なせいで実際の身長より低く見えていそうだ。何の洒落《しゃれ》っ気もなく刈《か》り込んだ短髪《たんぱつ》に、うっすらと生えた無精髭《ぶしょうひげ》。外見に気を遣《つか》う気はさらさらないのか、皺の寄ったワイシャツの首に、よれたネクタイをだらしなくひっかけていた。

「叔父《おじ》さま！」

利里が声を張りあげた。叔父さまと呼ばれた男は、はあ、と煙草臭《くさ》い吐息《といき》をついた。

「利里くん、支部長って呼びなさいっていつも言ってるでしょ」

「そういう叔父さ……支部長こそ、わたしを名前で呼ぶの、やめてくれませんか。みんなが真《ま》似《ね》をして困ります」

「いいじゃないの。八重崎が何人もいちゃ呼びにくいでしょ。ねえ？」

いきなり同意を求められて、草太は困惑《こんわく》した。どう答えていいのかわからない。

ただ、理解が追いついたことが一つあった。支部長。一番奥にある席に「支部長」と印字された三角プレートが置いてあった。この男は、あの席の主だ。

「君、うちで働きたいんだって？　いいよ別に。人手も妖手《ようで》も足りてないし」

「支部長！　そうやって気分で決定するのはやめてください！　彼は一般人なんです。わたしたちのように〝外法三家〟の血を引いているわけじゃないんですよ！」

「だからこそじゃないの。むしろ新しい風が入っていいと思うけどね、俺は。陰気《いんき》で閉鎖《へいさ》的な退魔師組織にも、たまには換気《かんき》が必要でしょ」

「換気が必要なのは支部長の肺の中です！　一日中喫煙《きつえん》室にこもるのは体に悪すぎます。能力が弱まったのも煙草が原因じゃないんですか？」

「その話はまた後にしようよ利里くん――君、名前なんていったかな？」

と、見下ろしてくる眼差しは覇気《はき》がなく、あまり草太に関心がなさそうだった。いままさに品定めをしている最中で、結論を保留にしているのかもしれない。

そう思うと、自然と腹にぐっと力が込もった。

「来島、草太」

短く名乗る。敬語にするかどうか少しだけ悩《なや》んだが、敢《あ》えてぶっきらぼうに答えた。なめられたら負けだ。多分。

「そ、来島くんね。いいよ。そこの文車妖妃の賠償金を肩代わりするっていうなら、こっちも給料を払《はら》わなくてすむし、タダ働きは大歓迎《だいかんげい》」

「……え？　タダ働き？」

草太はこの瞬間《しゅんかん》、ミコトを言い訳に使ったことを後悔《こうかい》した。

「いやあの、せめて労働基準法は守っていただけると嬉《うれ》しいんすけど」

「契約《けいやく》書類はヒルダに言えば用意してくれるから、適当に書いといて。保護者と連帯責任者のサイン欄《らん》は空欄《くうらん》のままでいいよ。日付も入れないでおいて。ああそれと」

八重崎は亀《かめ》が甲羅《こうら》から首を伸《の》ばすような角度で、ひょいと背後の姪《めい》を顧《かえり》みた。

「新人の指導は利里くん、君に任せるから」

「……は？」

完全に不意討ちだったらしく、利里は間の抜けた声を漏《も》らした。

「じゃ、あとはよろしくぅ」

おざなりに手を振《ふ》って、八重崎支部長はフロアを縦断して出て行った。喫煙室へ行ったのかもしれない。多分、この予想は高確率で当たっている。

草太は横目で利里を見た。

彼女はぽかんと口を半開きにして、くたびれたワイシャツの背中を見送っていた。だがこちらの視線に気づくと、慌《あわ》てて一つ咳払《せきばら》いをして取り繕《つくろ》った。すぐに厳しい表情に戻《もど》る。

「ものすごーく不本意だけど、支部長の命令だから面倒《めんどう》を見てあげる。感謝しなさい」

間抜《まぬ》けな顔を見られた恥《は》ずかしさからか、目元が少し赤い。

「ああ、よろしく」

く、を言い終えるかどうかのタイミングで、鼻先に傘《かさ》の先端《せんたん》を突きつけられた。

「指導その一。先輩《せんぱい》には敬意を払いなさい。でないと八つ裂《ざ》きよ」

「……はい、利里センパイ」

草太は上半身を仰《の》け反らせて、降参するように両手を挙げた。上司に対する不満の矛先《ほこさき》が方向転換《てんかん》されて、全部新人に向けられたらしい。八つ裂きの前に八つ当たりだ。

《指導なんかいいから、早くここから出してよー》

抽斗《ひきだし》の中で、すっかり忘れられていた文車妖妃が不満の声と振動《しんどう》音を奏《かな》でた。

第二章　現代妖異の基礎知識

草太は暗闇《くらやみ》の中にいた。

煤《すす》のように曇《くも》った闇《やみ》だった。暗いだけでなく、あらゆるものが霞《かす》んで見えるせいで、真《ま》っ暗《くら》闇《やみ》でもないのに異常なほど不明瞭《めいりょう》だ。足元に横たわる体の輪郭《りんかく》くらいしかわからない。

草太はいま、その体に腰《こし》から下を埋《う》めるようにして立っている。

頭のどこかで異常事態が起きているとわかっているのに、なぜだか心は落ち着いていた。

幽体離《ゆうたいり》脱《だつ》をしているのかもしれない、と思った。肉体から魂《たましい》だか精神だかが抜《ぬ》けている状態のことだ。しかし、それは臨死体験の一種ではなかっただろうか。

改めて足元の体を見下ろす。

巨大《きょだい》な体軀《たいく》だ。ぼやけて見えるせいでおおまかな目測になるが、常人に比べて一回りほども大きい。その傍《かたわ》らには、刀らしきものが地面に突《つ》き立てられているのが見えた。

やがて、視界に白っぽい人影《ひとかげ》が入り込んだ。

白い和装の人物だ。和装といっても成人式前に見かけるチラシに載《の》っているものとはだいぶ異なる。日本史の資料集や古典の教科書の挿絵《さしえ》、あるいは神社の神事で見た覚えがある。平安時代だか鎌倉《かまくら》時代だかの装束だ。確か、濡《ぬ》れ衣《ぎぬ》。間違《まちが》えた。狩衣《かりぎぬ》というやつだ。

狩衣の人物は頭に薄《うす》い衣を被《かぶ》っており、顔の上半分が隠《かく》れていた。だが、血のように赤い紅をさした薄い唇《くちびる》と、細い顎《あご》で女だとわかった。

同時に、これが夢の中の出来事だということも漠然《ばくぜん》と悟《さと》る。

夢ならば、何が起きてもおかしくはない――

狩衣の女は草太の体の前で儀式《ぎしき》のように跪《ひざまず》いた。そして、すっと胸を張って薄い唇を開いた。

「一つ御魄《みたま》を送りませう」

歌うような囁《ささや》き声が漏れた。

いや、実際にそれは歌だった。数え歌だ。子供向けの教育番組や大河ドラマでも聞いた覚えのない歌なのに、すぐに理解できたのは夢だからだろう。自分の頭の中で進行しているのだから、わかって当然だ。

狩衣の女が両手を伸ばしてきた。手が近づくにつれて前のめりになっていく。両の手とともに顔を近づけてくる女を、草太はぼんやりと見下ろしていた。女を止めたいとも、はね除《の》けたいとも思わなかった。だが。

「己《おれ》を喰《く》らうつもりか」

拒絶《きょぜつ》の声が響《ひび》いた。野太く、地を震《ふる》わすようなしゃがれ声だ。それが間近で聞こえた。姿は見あたらないが、声の主は草太のすぐ近くにいるらしい。

「魄《たましい》だけになってもなお口を利《き》けるのか」

女は呼び声から一拍《いっぱく》以上の間をおいて、大儀《たいぎ》そうに顔を上げた。

「喰らうのではない。弔《とむら》うのじゃ」

「同じことだ。弔女《とむらいめ》よ。そんなにあやかしの肉は美味《うま》いか」

「美味いとも不味《まず》いとも思わぬ。そうしてくれと頼《たの》まれたから喰ろうているだけのこと」

ちっ、と舌打ちが聞こえた。

「御前《ごぜん》め。余計なことをしてくれた。ぬしも、もうよい。弔いは無用だ」

「断る。妾《わたし》の雇《やと》い主は御前じゃ。おまえの指図は受けぬ」

「……己の体だぞ？」

狩衣の女は白い袖《そで》で口元を隠した。くつくつと喉《のど》を鳴らして笑う。肩《かた》を震わすその姿すら雅《みやび》で絵になっている。まるで現実感がない。

「のう、＊＊＊よ。人の生は面白いぞ。生まれ変わってみたいとは思わぬか？」

「思わぬ。それに、あやかしのような女に言われたくはない」

「ならばこのまま露《つゆ》と消えるか。おまえほどの鬼《おに》がこれで終わりとは、つまらぬのう」

顔の見えない女と姿が見えない男の会話を、草太はぼんやりと聞いていた。何の話をしているのかさっぱりわからない。自分の夢なのにずるいと思った。

ただ、どことなく懐《なつ》かしさを覚える光景だった。

《――誰だ？》

唐突《とうとつ》に、どこからかしゃがれ声が響いてきた。

女と話している男とまったく同じ声だが、二人の会話は現在も続いている。それに、女と話している声は足元から、いまの声は頭上から聞こえた。二つの場所から、同じ声で違《ちが》う言葉が聞こえてくる。

《己の記憶《きおく》を盗《ぬす》み見ているのは、誰だ？》

二度目の誰何《すいか》。押し殺した声の調子から、静かな怒《いか》りが感じられた。

草太は答えられなかった。望んで見ている夢ではないが、相手が怒っているのなら正直に名乗り出て謝るのが礼儀《れいぎ》だろう。なのに、うまく口が動かせない。声が出ない。そもそも、この夢を見はじめてから草太は指先ひとつ満足に動かせていなかった。

何も言えずにいると、ああ、と諦《あきら》めの混じった声がした。

《ああ、何だ――己か》

突如《とつじょ》、落雷《らくらい》のような衝撃《しょうげき》が腹部を襲《おそ》った。

草太は声にならない悲鳴をあげ――

跳《は》ね起きると、目の前にミコトの顔があった。

「九時だよ？」

草太は困るほど可愛《かわい》い顔をしばし呆然《ぼうぜん》と眺《なが》め、ついでに腹に乗っかった重みで状況《じょうきょう》を把握《はあく》した。腹を圧迫《あっぱく》しているのは掛《か》け布団《ぶとん》の重量だけではない。

まだ眠気《ねむけ》の残った目で、腹の上で腹這《はらば》いになっている文車妖妃を睨《にら》みつける。普段《ふだん》は重力を無視しているくせに、こういうときだけ確かな重みを作っているあたりが小憎《こにく》らしい。

「アラーム、セットしてなかったっけ」

草太を起こしたのは電子音ではなく、なぜか妖異《ようい》のボディプレスだった。

枕元《まくらもと》から棺桶《かんおけ》デザインの携帯《けいたい》電話をたぐり寄せる。時刻表示は九時ちょうどを示していた。土曜なので急いで学校へ向かう必要はないが、アラームの設定時刻を一時間もオーバーしているから、寝坊《ねぼう》といえば寝坊だ。

ミコトは悪びれずに笑った。

「ただ鳴らすだけじゃつまんないと思って」

「鳴るだけでいいの！　つまらなくていいの全然！　余計な演出すんな！」

とりあえずベッドに手をついて上半身を起こす。寝起《ねお》きで叫《さけ》んだせいか、頭が痛い。

携帯電話をたぐり寄せて画面を起こし、生活機能《ライフツール》を確認してみれば、普段から三段階に設定してあるアラームがすべてオフになっている。気分で設定を変更《へんこう》する携帯電話は世界中を探してみても自分の携帯電話くらいだろう。ユーザーに厳しすぎる仕様だ。

「それより、急がなくていいの？」

「は？　今日は休みだろ。つかいいかげん降りろ」

ミコトを腹の上から払《はら》い落としてから、掛け布団を剝《は》いだ。

布団の中から黒革の装丁《そうてい》の事典が出てきた。耳鳴坂への捜査《そうさ》協力が決まったとき、帰り際《ぎわ》に利里からもらったものだ。妖異と関わっていくうえで知っておくべきことがたくさん書いてあるから熟読しなさい、と言われて渡《わた》されたものだが、まだ一行しか制覇《せいは》できていない。

（あれ？　なんか大事なことを忘れているような）

頭を使おうとした途端《とたん》に腹が鳴った。今日は好きなだけだらだらできる日とはいえ、一人暮らしの身では待っていても朝食は勝手に出来あがってくれない。コンビニに行くのも牛丼《ぎゅうどん》屋へ行くのも面倒《めんどう》だから、カップうどんでもお茶漬《ちゃづ》けでも、何でもいいから適当に作って食べよう。

朝食のメニューをいくつか頭に浮《う》かべていると、ふわりと宙に浮かんだミコトがつんつんと指でつついてきた。

「学校は休みかもしれないけど、バイトはどうするの？　今日が初出勤でしょー？」

草太は固まった。初出勤。耳鳴坂への捜査協力はいつからだったか。

体の停止とともに頭が活性化し、理解が冷や水のように頭の芯《しん》に染《し》み渡った。

「――なんでアラーム止めたんだアホー！」

ベッドを飛び下り、ミコトの帯を摑《つか》んで部屋の外へ放り出すと、大急ぎでスウェットを脱《ぬ》いだ。タンスの抽斗《ひきだし》を次々に開けて、とりあえず適当に選んで床《ゆか》に放り出す。コーディネートなど考えている時間はない。Tシャツを頭から被《かぶ》り、ジーンズに足を突《つ》っ込む。

「だあって、あんまり気持ちよさそうに寝《ね》てたから、起こしちゃ悪いと思ったんだもん」

猫《ねこ》なで声がドアの向こう側から――ではなく、すぐ後ろから聞こえてきた。

ジーンズを太腿《ふともも》あたりまで持ち上げた格好のまま、振《ふ》り向いた。

ミコトが意地の悪い笑《え》みを浮かべながら、こちらをにやにやと見つめていた。

「今日はストライプね」

草太は大急ぎでジーンズを一番上まで引き上げた。勢いよくチャックを閉めると、勢いあまってトランクスの生地《きじ》を挟《はさ》んでしまった。チャックに挟んだ部分を必死に引き剝がして閉め直してから、面白《おもしろ》そうにこちらを眺めている妖異を睨《し》みつける。

文句は腐《くさ》るほどある。だが、真っ先に聞きたいことは決まっていた。

「……おまえ、どうやって入った？」

確かに部屋から追い出して、ドアをしっかり閉めたはずだ。鍵《かぎ》こそかけていないものの、あれきりドアは一度も開いていない。

ミコトは振り袖《そで》で口元を隠《かく》して、わざとらしくほほほと笑った。

「あたしが実体化している身だってこと忘れたの？　一旦《いったん》実体化を解けば、中継点《ちゅうけい》である携帯電話の半径五メートル以内なら、いくらでも顕現《けんげん》し直せるのよ」

「ほー。そりゃあいいことを聞いた」

草太はベッドまで戻《もど》って携帯電話を拾いあげた。親指で弾《はじ》くように開いて、容赦《ようしゃ》なく電源ボタンを長押しする。

途端にミコトが血相を変えた。

「待って！　それは――」

ミコトの伸ばした手がこちらに触《ふ》れる寸前、彼女の姿が空中に掻《か》き消えた。まるでテレビの電源を切ったときのように、何の前触《まえぶ》れもなくぷつりと消えた。

本人いわく中継点にしているという携帯電話の電源が切れたため、実体化できなくなったようだ。

「勝った」

草太は携帯電話を握《にぎ》りしめ、初勝利の余韻《よいん》を噛《か》み締めた。とうとう自分は、あの厄介《やっかい》な文車妖妃への対抗《たいこう》手段を手に入れたのだ。

ひとりほくそ笑むと、草太は安心して着替《きが》えを再開した。

＊

耳鳴通りの古い洋館に到着《とうちゃく》したときには、九時半を回っていた。

草太は番人のようにそびえ立つ堅牢《けんろう》な門を見上げて、生唾《なまつば》を飲み込んだ。

大刀早坂間名井支部、通称《つうしょう》〝耳鳴坂〟。

大刀早坂とは、妖異《ようい》が起こす問題を解決する退魔師たちの組織だという。かつては凶悪《きょうあく》で残《ざん》忍《にん》な妖異を退治――〝退魔〟していたらしいが、時代が変われば思想も変わる。やがて妖異たちの中に「人間に迷惑《めいわく》をかけないようにしよう」と考える者が増えはじめ、いまでは退治するのではなく捕縛《ほばく》するのが退魔師の主な仕事になったのだそうだ。

大刀早坂は全国のあちこちに存在し、人々の知らないところでひっそりと活動しているという。その数、八十八。都道府県の数よりだいぶ多い。一都道府県に一つ以上ある計算になる。

正直、そんなに大きな組織だとは思ってもいなかったので、説明を受けたときは血の気が引いた。とんでもないところに自分を売り込んでしまったものだ。

つん、と頭をつつかれた。

「ねえ、まだ入んないの？」

ミコトが不思議そうにこちらを覗《のぞ》き込んでいた。ちなみに、草太は支度を済ませてすぐに携《けい》帯《たい》電話の電源を入れ直している。

「いや……いまさらだけど、俺バイトって初めてなんだよな。ちょっと緊張《きんちょう》」

社会奉仕《ほうし》活動への協力とはいえ、賃金は発生する。ヒルダたちの計らいでタダ働きだけは免《まぬか》れたのだ。ただし、時給は六百円。全国の最低賃金よりもかなり低い。

「そうねー。初めてのバイトの、しかも初出勤の日に遅刻《ちこく》なんて、あんたも大物よねー」

「ぐっ……」

喉《のど》まで出かかった抗議《こうぎ》の声を無理やり呑《の》み込む。さっきは猛烈《もうれつ》に抗議をしたが、これ以上ミコトを責めるのは筋違《すじちが》いだ。目覚まし時計を持っているのに、携帯電話のアラーム機能に頼《たよ》った自分にも落ち度はある。

草太は一つ深呼吸をすると、意を決して門をくぐった。

敷地《しきち》内に足を踏《ふ》み入れてすぐに、以前来たときと何かが違《ちが》うと感じた。

「ねえねえ、草太。こんなところに花なんてあったかしら？」

ミコトが指を差して訊《たず》ねてくる。

門のすぐ脇《わき》に、立派な植物が育っていた。立派というのは葉や茎《くき》の状態だ。表面にツヤがあり、栄養が充分《じゅうぶん》に行き届いているのが素人目にもよくわかる。ところどころに開いた赤い釣《つ》り鐘《がね》状の花が見事だった。どこかで見た覚えがある気がして、すぐに思い当たった。利里の髪飾《かみかざ》りだ。あの赤い花の髪飾りにそっくりだ。むしろ、こちらがオリジナルで、利里の髪飾りはこの花を加工して作ったようにも思える。

だが、以前来たときから咲《さ》いていたかというと、まったく覚えがない。ここ二、三日の間に運び込まれて、植えられたのだろうか。それにしては不自然だ。

ミコトは無防備に花へ近づいていき、うっとりと花弁に手を添《そ》える。

「綺麗《きれい》な花ねー。何ていう花かしら」

「——アルラウネ、よ」

答える声が聞こえた瞬間《しゅんかん》、植物が風もないのにぞわりと動いた。

「きゃあ!?」

小さな悲鳴をあげて飛び退《の》いたミコトを、草太は顔面で受け止めた。視界を遮《さえぎ》る和服の少女を少し退かす一方で盾《たて》にしつつ、植物の動きを凝視《ぎょうし》する。

植物はがさがさとまるで生きているかのように——植物も生き物に違《ちが》いはないが——動き出し、茎や葉が複雑に絡《から》み合って寝袋《ねぶくろ》ほどの大きさもある歪《いびつ》なアーモンド形を作っていった。茎と葉で出来た巨大《きょだい》な蕾《つぼみ》にも見えた。

「な、何なんだ……」

一人と一妖異が固唾《かたず》を呑んで見守る中、巨大な蕾の中央が縦にぱっくりと裂《さ》けた。

そして裂け目からハイヒールを履《は》いた美脚が現れたときには、草太は驚《おどろ》いて尻餅《しりもち》をついてしまった。

「ようこそ、耳鳴坂へ。草太くん。それとミコトちゃんも。歓迎《かんげい》するわ」

ハスキーな声とともに現れたのは、ダークグレーのスーツに赤いストライプのブラウスを身に纏《まと》った美しい女性。ヒルダだった。

彼女が両方の足を地面に下ろすと、カラになった蕾は急速に萎《しぼ》んで、ずぶりと土の中へ潜《もぐ》っていった。この植物も外法とかいう術の一種なのだろうか。

「驚かせてごめんなさい。でも、これは女性を待たせた罰《ばつ》」

「……遅《おく》れてすいませんでした……」

「うふふ。どんな埋《う》め合わせをしてくれるのか、楽しみにしているわよ」

妖艶《ようえん》に微笑《ほほえ》む。草太の記憶違《きおくちが》いでなければ、九時に約束をしていた相手はヒルダではなく利里だったはずだ。疑問が顔に出たのか、ヒルダはすぐに補足してくれた。

「利里ちゃんのこと？　あの子ね、今朝方まで仕事で張り込みしてたの。少し寝《ね》かせてあげたかったから、君の案内役を交替《こうたい》したってわけ。こんな年増が相手では不満かしら？」

「いえ！　決してそんなことは！」

草太は首を激しく横に振《ふ》った。むしろヒルダが相手で運がよかったとさえ思う。一日中とはいわずとも長時間、利里のような堅物《かたぶつ》と一緒《いっしょ》にいたら、息が詰《つ》まってしまいそうだ。

ああっ、とミコトが得心した声をあげた。長い帯をくるりと振って、ヒルダに向き直る。

「アルラウネって、ドイツの民間伝承に出てくる植物の妖異《ようい》ね？」

「え？　ヒルダさんって妖異だったんですか？」

てっきり人間だと思っていた。ということは、さっきの植物は妖異の特殊《とくしゅ》能力だったのか。言われてみれば、黒革の事典にもアルラウネの項目《こうもく》があった覚えがある。

「あれ。でも、ここにいるってことは退魔師なんですよね？　妖異でも退魔師に？」

「いいえ。私は黄昏《たそがれ》機関に雇《やと》われていて、上層部からの指示で出向しているの」

「黄昏機関？」

どこかで聞いた覚えがある名称《めいしょう》だが、思い出せない。

「妖異を管理するお役所みたいなところよ。最近では海外から流れてくる妖異も増えてきたでしょう？　日本国内の退魔師だけでは対応しきれなくなって、私のような妖異が雇われるようになったのよ」

増えてきたでしょう、と同意を求められても、妖異事情に疎《うと》い草太にはそうなんですかとしか言えない。ただ、妖異の世界でもグローバル化は進行中だということはわかった。

「うん？　何で黄昏機関は自分たちで妖異を捕《つか》まえないんすか？」

人間の犯罪者は人間の警察官が逮捕《たいほ》しているのに、妖異の犯罪者は妖異ではなく、人間の退魔師任せというのがいまいち腑《ふ》に落ちない。

「いいところに気がついたわね。花マルをあげるわ」

アルラウネの妖異はそう言って、花マルの代わりに花のような笑顔《えがお》を閃《ひらめ》かせた。

「理由は単純。元々妖異には、同胞《どうほう》を捕まえようとか、退治しようとか、そういう概念《がいねん》がなかったからよ。ねえ、草太くん。黄昏機関が出来たのはいつだと思う？　何と、第一次大戦後よ。もちろん戦前にも妖異たちのパイプラインは存在していたでしょうけれど、組織だったものではなかった。それが戦争を経験したことで、妖異――特に黄昏機関の創始者である《桔梗《ききょう》の座《ざ》》の大妖異たちは、これからは人間と力を合わせて生きていく時代だと考えたようね」

「要は、人間の技術力、特に軍事技術にびびっちゃったってわけ」

「ミコトちゃん。言葉にはお気をつけなさい。あなたも黄昏機関からの出向者だってこと、まさか忘れたわけではないでしょう？」

「ごめんなさーい。いまのはオフレコね？」

ミコトが舌を覗《のぞ》かせて両手を合わせた。ヒルダは苦笑《くしょう》して、緑色の髪《かみ》を指先で梳《す》いた。

「話を戻《もど》しましょう。妖異には妖異を捕縛《ほばく》したり退治したりする概念がなかったから、いざはじめようとしても何をどうしたらいいのかわからなかった。でも、人間には千年以上も前から受け継《つ》がれてきた妖異退治のノウハウがある。だから、黄昏機関は大刀早坂に妖異がらみの事件の捜査《そうさ》を委任しているの」

「それってつまるところ、赤点取って課題を出されたけど解き方がわからなくて、しょうがないから近くにいた頭のいいクラスメイトを捕まえて代わりにやってもらいました、ってのと同じようなもの？」

「……君、いつもそんなことやってるの？」

「こういう子なの。許してあげて」

ミコトが頬《ほお》に手を当てて、なぜか保護者面をして溜息《ためいき》をついた。

ヒルダの後に従って洋館の中に入り、受付の前を顔パスして奥へ進んでいく。

「一階は共用の施設《しせつ》が集中しているの。近いところから順に見ていきましょう」

肩越《かたご》しにそう言って、エントランスの正面、階段の脇《わき》にある大扉《とびら》へ向かっていった。木製の両開きの扉で、二階の大広間にあるものとよく似ている。

「前の持ち主が食堂として使っていた部屋よ。いまはというと」

くすりと笑ってから、取っ手を握《にぎ》って引き開ける。

大きな部屋だった。二階の大広間と同じくらいの広さがある。二階と大きく異なっているのは、部屋中に並べられているのが事務机と回転椅子《かいてんいす》ではなく、上品なクロスを敷《し》いたテーブルと、木製の椅子《いす》という点だろう。雑然とした様子は一切《いっさい》なく、きちんと整えられている。どこかのレストランのように見えるのは、各テーブルの上に置かれた調味料の瓶《びん》のせいだろう。

「なるほど。いまは別の意味での食堂になってるってわけね」

ミコトが呆《あき》れ半分、感心半分の声で呟《つぶや》いた。

「そう、職員食堂。結構美味《おい》しいのよ?」

「へえ……」

草太はきょろきょろと中の様子を見回した。隅《すみ》の方がパーテーションでボックス席のように仕切られていたり、隅の台に冷水器とグラスが用意されていたりと、学校の食堂と似た要素がそこかしこに見受けられる。自動販売機《じどうはんばいき》が見あたらないのは、妖異が出入りする屋敷《やしき》に業者を立ち入らせるわけにはいかないからだろう。券売機がないのは注文制だからとして、メニューが見あたらないのが気になった。

「メニューはどこっすか?」

「メニューなんて、最初からないわよ」

ヒルダは肩《かた》をすくめてみせた。

「ここって、大刀早坂の中でも特に妖異——黄昏《たそがれ》機関からの出向者が多い支部なのよ。それに、留置所にいる妖異の食事もここで作らなきゃならないでしょう? 妖異は偏食《へんしょく》だったり、食べられるものが限られていたりするから、決まったメニューだけじゃ対応しきれないのよ。例えば、飛頭蛮《ひとうばん》という首が飛ぶ妖異は虫やミミズを主食にしているし、吸血鬼《きゅうけつき》には輸血パックを用意してあげなきゃならないわ。ミコトちゃんなら、携帯《けいたい》電話の充電《じゅうでん》器と電池かしらね?」

ミコトは珍《めずら》しく口をへの字にして、不本意そうな渋面《じゅうめん》を作った。あっさり言い当てられたのが面白《おもしろ》くないのだろう。

草太は想像してみた。ミコトがカウンターに身を乗り出して、「いつものをちょうだい」と言ったら、出てきたのが携帯電話の充電器と電池。なかなかシュールで面白い。

「何をにやついてるのよ？」

ミコトが睨《にら》んできた。顔に出ていたらしい。

「だから、あらかじめコックに職員や留置されている妖異のリストを渡《わた》しておいて、彼ら彼女らが注文しそうな料理や食材を出してもらっているの。うちのコックは優秀《ゆうしゅう》だから」

ヒルダは奥のカウンターに向かってウインクをした。

カウンターの奥は厨房《ちゅうぼう》になっていて、白いエプロンに三角巾《さんかくきん》を被《かぶ》った年配の男が立っていた。かなりの小男で、カウンターからやっと首が出るくらいの背丈《せたけ》しかない。男はヒルダに気づくと、にこにこと愛想《あいそ》のいい笑顔になった。

ヒルダはカウンターに手をついて、こちらを振《ふ》り向いた。

「食べたいものがあったら彼に言って。大抵《たいてい》のものは揃《そろ》ってるから、何でも言って大丈夫《だいじょうぶ》よ」

草太の中で悪戯《いたずら》心が芽生えた。何でも大丈夫と言われると、無理難題をふっかけてみたくなるものだ。

「じゃあ北京ダック」

「あいよ。お代は給料から天引きだけど構わんね？」

笑顔をぴくりとも歪《ゆが》ませずに返されて、逆に草太が慌《あわ》てた。

「ちょ、待った！　やっぱいまのなし！」

「ばーか」

ミコトが半眼になり、ヒルダが苦笑《くしょう》した。

「ニーさん。新人をからかうのはそのくらいにして、いつものをいただける？」

「あいよ」

男は身を翻《ひるがえ》すと、厨房の奥に置かれた大型の冷蔵庫を開けた。中から、手のひらに収まるほどの小さなものを取り出して戻ってくる。

「おまちどお」

数秒も待たせることなく出されたのは、小さなプラスチックの瓶《びん》だった。中は黄緑色の液体で満たされている。

逆さまにして鉢《はち》植えに差すタイプの活力剤《ざい》、液体肥料というやつだ。

「疲《つか》れたときにはこれが効くのよ～」

ヒルダは活力剤を受け取ると、嬉《うれ》しそうに頬擦《ほおず》りをしてみせた。すぐにキャップを外して、人目も憚《はばか》らず一気に飲み干してしまう。

「……やっぱ、ヒルダさんて植物なんすね」

唐突《とうとつ》に、ぐう、と腹が鳴った。

ヒルダが美味《うま》そうに活力剤を飲むものだから、見せつけられた空腹の胃袋《いぶくろ》が抗議《こうぎ》の声をあげたのだ。決して活力剤を美味そうだと思ったからではない。

かなり大きな音だったので、ヒルダとミコト、そして厨房の男の視線がこちらに集中した。

取り繕《つくろ》う余地もなく、草太は左眉《まゆ》を掻《か》いて苦笑した。

「朝メシ食ってなくて……」

「あら、だめじゃない。育ち盛りなんだから、ちゃんと食べないと。いいわ、何か食べてからにしましょう。お祝いに奢《おご》ってあげる。私と同じものでいいかしら？」

ヒルダは空になった活力剤の容器を振ってみせた。

草太はぎくりとした。頬《ほお》を引きつらせ、顔の前に両手をかざして辞退する。

「いやあのお気持ちだけで……」

「ふふ、冗談《じょうだん》よ。ニーさん、何か適当に作ってちょうだい。人間が食べられるもので。ミコトちゃんはどうする？」

「やっぱ充電器か？」

ミコトはあからさまにむくれた顔になった。

「あたしも草太と同じのがいいわ！」

とカウンターに向かって怒鳴《どな》って注文する。

あいよ、という返事とともに、ニーさんと呼ばれた男が奥に引っ込んだ。

ものの数分ほどで戻《もど》ってきて、カウンターに置かれたトレイの上に、フレンチトーストとポテトサラダ、ヨーグルトにホットコーヒーが次々と載《の》せられていった。調理が異常に速いのが気にかかるところだが、意外とシンプルなメニューだったのでほっとした。

草太たちはトレイを抱《かか》えると、カウンター近くのテーブルに陣取《じんど》った。四人席で、草太とミコトが並んで座り、ヒルダが草太の向かいに腰《こし》を下ろした。

やけに座り心地《ごこち》のいい椅子《いす》だった。この椅子一つとっても、職員食堂という感じがしない。

「じゃ、いただきます」

「どうぞ、召《め》し上がって」

ヒルダは頬杖《ほおづえ》をついて、真っ正面からこちらを見つめている。

いい知れない居心地の悪さを覚えつつ、草太はトーストを齧《かじ》った。

椅子の座り心地がいいのにこんな気分になるのは、ヒルダの視線のせいだけではなく、内装にも要因があるに違《ちが》いない。こんな重要文化財に指定されていてもおかしくないような場所では、落ち着いて食事なんてできるわけがない――という意味ではなく、天井《てんじょう》から豪奢《ごうしゃ》なシャンデリアと一緒《いっしょ》にぶら下がった「食器返却口《へんきゃくぐち》」やら「喫煙席《きつえん》」やらのプレートに違和感《いわかん》がありすぎるという意味だ。とにかく、いろんな意味で台無しだ。

「大刀早坂のお偉《えら》いさんはなんでこんなところを支部……だっけ？　そういうのに使おうと思ったんすかね」

「確かに珍《めずら》しいかもしれないわね。でも、明治や大正の時代の洋館を実際に使っている市役所や郵便局だってあるくらいだから、別段おかしいことではないと思うけれど」

ヒルダは怪訝《けげん》そうに首を傾《かし》げた。むしろ草太の発言を不思議に思ったようだ。彼女は既《すで》にこの環境《かんきょう》に慣れてしまって、違和感を感じなくなっているのかもしれない。

「そういえば、大刀早坂の上には公的機関があるって聞いたような気がするんですけど。確か、警察じゃあないとかって」

「気象庁よ」

「へえ、気象……気象庁っ⁉」

咄嗟《とっさ》にヒルダが顔の前に手を出した。その手のひらに、パンの滓《かす》が付着する。草太が思わず口から噴《ふ》き出してしまったものだ。慌《あわ》てて口元を押さえる。

「……すいません」

「構わないわよ」

ヒルダは苦笑して、おしぼりで手を拭《ふ》いた。

「気象庁って、あの気象庁ですよね？」

「ええ。国土交通省の気象庁よ。そんなに驚《おどろ》くことかしら？　この国では、昔から天候と妖異《ようい》は同じ部署で扱《あつか》ってきたのでしょう？」

「そーなの？」

草太は隣《となり》の席に顔を向けた。

ミコトは真剣《しんけん》な顔つきをして、ボウルの中を転がるプチトマトをフォークで追い回していた。なかなか刺《さ》さらなくて苦戦しているようだ。そういえば、彼女が人間と同じ食事をとるところを見るのは初めてだ。この不器用なフォークさばきを見るかぎりでは、本当に初めての食事なのかもしれない。

ミコトはこちらの視線に気づくと、我に返ってぱっと顔を上げた。

「えっと、何の話？」

「いいの、いいの。あなたは食べてていいわよ、ミコトちゃん」

ヒルダは必死に笑いを堪《こら》えながら、軽く手を振《ふ》った。

「かつてこの国の中枢《ちゅうすう》には陰陽寮《おんようりょう》という役所が存在していたの。天文学に暦《こよみ》、占《うらない》に卜筮《ぼくぜい》をつかさどり、そして悪霊《あくりょう》や魑魅魍魎《ちみもうりょう》などの人ならざるものたちが起こす問題を解決していたそうね。草太くんも、陰陽師《おんみょうじ》っていう言葉は聞いたことがあるんじゃないかしら？」

「ああ、安倍晴明《あべのせいめい》？」

古文の教科書にも登場する、有名な歴史上の人物だ。彼を題材にした映画もあった。陰陽道とかいう魔法《まほう》みたいな力を使って、悪霊を蘇《よみがえ》らせようとする悪い陰陽師と戦っていた。

ヒルダは満足そうに頷《うなず》いてみせた。こちらの表情から理解の色を見て取ったのだろう。だがすぐに何かを思いついたらしく、意地悪な微笑《びしょう》を作った。

「さて、草太くん。ここで問題よ。この世で最も恐《おそ》ろしいのは、どんな妖異だと思う？」

「……人を殺す妖異？」

当てずっぽうで答える。案の定、ヒルダは静かに首を横に振った。

「天変地異を起こす妖異よ。妖異の中には、暴風や吹雪《ふぶき》を起こし、雷《かみなり》を落とし、大地を震《ふる》わせるものもいる。災害は、殺人よりもよっぽどタチが悪いわ。多くの人々の命と、生活を奪《うば》っていくから。だからこそ、気象と妖異は同じ部署が管轄《かんかつ》しなければならないのよ」

「そうなのか……ん？　じゃあ、退魔師は陰陽師ってこと？」

「いいえ。陰陽師と退魔師――特に利里ちゃんたちのような〝外法使い〟はまったくの別物よ」

「外法――仏教において、他の教法を指す言葉。外道ともいう。あるいは、天狗《てんぐ》を祖とした妖《よう》術《じゅつ》や髑髏《どくろ》などを用いた呪術《じゅじゅつ》。この場合は後者ね」

いつの間にか話を聞いていたらしいミコトが、辞書を読み上げるように説明を引き継《つ》いだ。

プチトマトを射貫《いぬ》いたフォークを得意そうに振ってみせ、口に放り込む。

「あんたが生まれるよりずーっと昔、天狗をはじめとする妖異が、同じ妖異への対抗《たいこう》手段として人間に授けたのが外法よ。毒を以《もっ》て毒を制す、妖《あやかし》を以て妖を制すための術ってわけ」

そう言って、今度は左手でソーサーを押さえ、右手でコーヒーカップを持ち上げて縁《ふち》に口をつけた。さすがは博識な文車妖妃だけあって、もうだいぶ慣れたらしい。それでもまだ動作の端々《はしばし》からぎこちなさ、しったかぶりの滑稽《こっけい》さが見え隠《かく》れしている。

ヒルダはミコトを見て口元をひくひくとさせつつも、必死に笑いを堪えていた。

「ミコトちゃんの言う通りよ。そんな邪道《じゃどう》とも言える外法に対して、陰陽道は儒教《じゅきょう》に陰陽《いんよう》五行説を取り入れ、さらに日本古来の呪術をミックスさせているもの。れっきとした学問よ。外法とは性質的に正反対と言ってもいいんじゃないかしら」

「……そ、そうすね」

草太は曖昧《あいまい》な返事をしつつコーヒーをすすった。

長々と説明してもらっておいて申し訳ないかぎりだが、いまいちぴんと来ないというのが本音だ。見えない壁《かべ》の外法は体験済みではあるものの、実際に発動する瞬間《しゅんかん》は目にしていない。あのとき利里が具体的にどうやって外法を行使したのかは、いまだ不明のままなのだ。

「まあ、外法のことをもっと知りたかったら、利里ちゃんか支部長に聞いて頂戴《ちょうだい》。妖異の私が説明するより、ずっと詳《くわ》しくて正確でしょうしね」

ヒルダは困った笑みを浮《う》かべて、肩《かた》に掛《か》かった髪《かみ》を払《はら》った。実際に外法とやらを使っていないと、説明しづらい部分があるらしい。草太はそれ以上の追及《ついきゅう》はやめた。ヒルダの言うとおり、あとで利里あたりに聞いてみようと思う。

「さあ、食べたら次へ行くわよ……ミコトちゃん、どうしたの？」

「……なんでもないわ」

ミコトは眉根《まゆね》を寄せたしかめっ面で、両手に持ったシュガースティックとパルスイートを交《こう》互《ご》に睨《にら》みつけていた。

草太たちはヒルダに案内されるまま、館内をくまなく見て回った。

行く先々の部屋や廊下《ろうか》で目に付いたのは、釣《つ》り鐘《がね》状の赤い花を咲《さ》かせた鉢植《はちう》えだ。門の脇《わき》で咲いていたアルラウネの花とそっくりだ。ヒルダが置いたのだろう。前を進むヒルダの堂々とした後ろ姿からも、耳鳴坂に対する愛着が見て取れる。

赤い絨毯《じゅうたん》の敷《し》かれた階段を上って二階へ上がると、大きな両開きの扉《とびら》の前に出た。最初に訪れたときにくぐっているから知っている。この先は、あの警察署だかお化け屋敷《やしき》だかわからない大広間になっているはずだ。

「大広間は一度見ているから、後回しにしましょう」

大きな吹《ふ》き抜けを囲む通路を手すりを伝って進み、ドアを押し開けて奥の通路へ入ると、またもプレートの並ぶ廊下へでた。

さまざまなプレートが並ぶ中、「鑑識《かんしき》」の文字が目についた。

草太はそのプレートを掲《かか》げたドアの前で足を止めた。

これは刑事《けいじ》ドラマによく登場するので知っている。遺留品や現場から採取したものから、犯人捜査の手がかりを導き出す人たち、そしてその人たちが所属する部署が鑑識と呼ばれていた。顕微鏡《けんびきょう》やパソコン、その他草太にはよくわからない機器を使って真実に迫《せま》る姿は、地味だが頭脳的で格好いいとひそかに憧《あこが》れていた。

「ちょっと覗《のぞ》いていいっすか？」

ヒルダの返事を待たずに、意気揚々《いきようよう》とドアを開けた。

「失礼しま――」

室内の光景を見るなり、元気のいい挨拶《あいさつ》の言葉が急速に萎《しぼ》んだ。

段ボール箱やファイルが大量に詰《つ》まった棚《たな》に囲まれた、薄暗《うすぐら》い部屋だった。窓が遮《さえぎ》られているせいだ。おまけに狭《せま》い。少なくとも部屋面積の半分以上は無機物に占拠《せんきょ》されているだろう。

部屋の奥に機材を載《の》せたデスクがあり、手前に小太りの男が立っていた。男は顔の前で大事そうに鉄パイプを掲げ持っている。

いや、少し違《ちが》う。男は妙《みょう》に長い舌で、一心不乱に鉄パイプを舐《な》めていた。

「――したぁー」

草太はそのままドアを閉めた。かちり、と音がするまでしっかりと閉めてから振《ふ》り向くと、ミコトはものすごく嫌《いや》そうな顔をし、ヒルダは沈痛《ちんつう》そうに額を押さえていた。

「大丈夫《だいじょうぶ》です。俺、見なかったことにできますから」

「そうじゃなくてね、彼は一応仕事で……」

「何か用ですか？」

内側からドアが開いて、ニット帽《ぼう》を被《かぶ》った頭がひょいと飛び出した。

鉄パイプを嘗《な》めていた男だ。よく見るとまだ若い。二十歳《はたち》くらいだろうか。ぽってりと膨《ふく》らんだ樽《たる》のような腹をオーバーオールに包んでいる。平然とした顔の中で、引き結ばれた口から舌がだらりとはみ出しているのがいかにも怪《あや》しい。

「用というわけじゃなくて、決してお邪魔《じゃま》をするつもりは……」

しどろもどろになっていると、男は何かに気づいたように片方の眉《まゆ》を上げた。

「おや。君はもしや例の？」

「新しく入ってきた、来島草太くんと、文車妖妃のミコトちゃんよ」

すかさずヒルダが紹介《しょうかい》してくれる。草太はどうも、と軽く頭を下げた。ミコトもやや及《およ》び腰《ごし》になりながらお辞儀《じぎ》をする。

男は仕舞《しま》い忘れた舌をずるりと引っこめてから、ニット帽を脱《ぬ》いで会釈《えしゃく》した。

「これはどうも、初めまして。僕は宇壁《うかべ》です。垢嘗《あかなめ》っていう妖異《ようい》なんですが、ご存じで？」

「アカナメ……すいません、聞いた覚えはあるんすけど」

草太は慌《あわ》てて黒革の事典を取り出して、ページをめくった。アの次がカだから最初の方にあるはずだ。ほどなくして垢嘗のページが出てきた。壁や天井《てんじょう》の垢《あか》を嘗める妖異で、特に実害はなし。挿絵《さしえ》では口から長い舌を垂らし、半裸で、引き締まった痩身《そうしん》の姿で描《えが》かれている。

(引き締まった……?)

目の前でニット帽を被り直している小太りの妖異をまじまじと見つめる。

と、宇壁が目を半眼にして、ずい、とにじり寄ってきた。

「いま、垢嘗にしては太ってるな、って思いませんでした?　思いましたよね?」

「い、いいいえ」

ずいずいと迫ってくる垢嘗に気圧《けお》されて、ろくな返事ができない。

「嘘《うそ》をついても無駄《むだ》です。鑑識の目を誤魔化《ごまか》せると思ったら大間違《おおまちが》いですよ。いいですか、僕は確かに垢嘗ですが、垢しか嘗められない、垢しか摂取《せっしゅ》できないわけではないんです。アイスクリームだってチョコレートだって練乳だって、マヨネーズだって嘗めるんですよっ!」

「糖尿《とうにょう》になりそうなラインナップねー」

「つか、マヨラーの妖異って……」

「何か言いましたか?」

ニット帽の下でつぶらな瞳《ひとみ》がぎらりと輝《かがや》いた、ように見えた。

途端《とたん》にミコトは帯を翻《ひるがえ》し、草太の背に隠《かく》れた。ぐいぐいと後ろから押して、持ち主を盾《たて》にする。

(この裏切り者!)

草太は胸中で毒づきつつ、必死に笑顔を作った。

「いーえ！　こういう妖異だからああいう姿じゃなきゃいけない、なんてのは古い考えだなーと。イマドキ、妖異にだって個性はあってしかるべきっすよねー。ははは」

我ながら苦しいと思った。頬《ほお》が引きつるのを感じる。

宇壁は真顔でこちらを見つめていた。ややあって、にっこりと破顔した。

「まったくもってそのとおりです！　いやー、わかってもらえて嬉《うれ》しいですよ。なんだか君とは仲良くなれそうな気がしますねぇ」

草太の手をとり、両手で固く握《にぎ》りしめてぶんぶんと上下に振りはじめる。上機嫌《じょうきげん》だ。誠に不本意ながら、気に入られてしまったらしい。

「もう説明の必要もないかもしれないけど、宇壁くんには通常業務の他に、鑑識も担当してもらっているの」

ヒルダが頃合《ころあ》いを見計らって解説を再開した。

「うちは基本的に担当業務が決められてはいないのだけど、彼は特別なの。嘗めることで瘴気《しょうき》や妖力《ようりょく》を感じ取れる特殊《とくしゅ》能力を買われてね」

どうやら鉄パイプを嘗めていたのはれっきとした鑑定行為《かんていこうい》だったらしい。

草太は鑑識《かんしき》に対する幻想《げんそう》が炎天下《えんてんか》に晒《さら》されたソフトクリームのように溶《と》けて崩《くず》れていくのを感じた。さようなら、知的でクールな鑑識。こんにちは、唾液《だえき》まみれの鑑識。

「でも、嘗めたら指紋《しもん》とか消えちゃうんじゃない？」

ミコトが不思議そうに首を傾《かし》げて、顎《あご》に人差し指を押し当てた。

「もちろん、先に指紋や血痕《けっこん》などは採取しておきますよ。しかしですね、そもそも指紋のある妖異の方が少ないんですよ。特に、化けるタイプの妖異は指紋をいくらでも変えられるので、証拠《しょうこ》としてあまりあてになりませんし」

「へー。じゃあミコトもそうなんだ？」

ミコトを見ると、彼女はしげしげと自分の両手のひらを見つめていた。彼女の手足に指紋があることは草太も知っている。

「わかんない。でも考えてみたら、この姿って草太が持ってたあの娘《こ》の写真に、ちょろっとアレンジを加えているだけなのよねー。ねえ草太、この指紋ってあの子とまったく同じ？」

「わかるかっ！」

目の前に突《つ》きだされた両手を、草太は怒鳴《どな》りながら払《はら》いのけた。

「残念ですねえ。覚えているようでしたらぜひとも鑑識にほしい人材だったのですが」

垢嘗の見当違《ちが》いな発言は、聞かなかったことにした。

草太たちの耳鳴坂見学に、なぜか宇壁もついてきた。

人間一名、妖異三名の総勢四名でぞろぞろと館内を練り歩く姿はさすがに目立つ。行く先々で好奇の視線を浴びて、草太はいたたまれなくなった。

居心地の悪さを感じながら二階を一通り見て回り、地下まで下りて留置所を覗《のぞ》き、留置中の妖異たちから野次を浴び、また階段を上って一階に戻《もど》る。そうして食堂の脇《わき》の廊下《ろうか》を突き進み、両開きの扉《とびら》を開け放つと、太陽の下に出た。

緑色の芝生《しばふ》が広がる上に石畳《いしだたみ》の細い道が伸《の》び、その先が枝分かれして二つの建物へと続いていた。右奥にあるのが、瓦《かわら》屋根の木造建築で、一見すると道場に見える。そして左手にあるのが、本館と同じ煉瓦《れんが》で出来た、アパート風の二階建てだった。草太は敷地《しきち》内に洋館以外の建物があることを初めて知った。耳鳴通りから眺《なが》めているだけでは、大きな洋館に隠れて見えなかったのだ。

「右にあるのが鍛錬《たんれん》場。退魔師や妖異《ようい》たちが戦闘《せんとう》訓練を行う場所よ。左が職員寮《りょう》。空き部屋は仮眠《かみん》室として使っていいことになってるの。草太くんも使う機会があるかもしれないわね。使い方を教えるわ」

ヒルダは振《ふ》り向いて艶《つや》やかに微笑《ほほえ》むと、ミス・ユニバースも顔負けの正しい姿勢で職員寮へと歩いていった。

草太はふと思いついて、隣《となり》を歩く垢嘗を見やった。すました顔で舌をはみ出させており、相変わらず何を考えているのかさっぱり読み取れない。だが、もしかしたらという考えが浮《う》かんだ。前を行く女妖異たちを意識して、小声で訊《たず》ねる。

「ひょっとして、ヒルダさんみたいな女性が好みっすか？」

「いえ全然。皮脂《ひし》と角質のない女性にはまったく興味が持てないもので」

「……そっすか」

　ヒルダが目当てでついてきたのではないかと思ったのだが、予想は見事に外れてしまった。植物系妖異のヒルダが対象外ならば、付喪神のミコトも同じだろう。

（待てよ。この場で皮脂だの角質だのがあるやつって……）

　草太は強制的に思考を打ち切った。これ以上考えると、とても恐《おそ》ろしい結論に辿《たど》り着いてしまいそうだと直感したからだ。世の中には知らない方が幸せなことが山ほどある。

　職員寮の中は、絢爛《けんらん》さの残る本館と違って質素なものだった。煤《すす》のあとが残る壁紙《かべがみ》も、部屋の扉も、本館にあるものと比べてだいぶ安っぽい。それもそのはずで、かつてこの屋敷《やしき》が実際に使われていた頃《ころ》、使用人の住居として建てられたのだという。

　二階が職員の部屋になっているらしく、一階は守衛室と管理人室の他は共用の施設《しせつ》になっていた。食堂にトイレ、洗面所、それに浴場。トイレと脱衣所《だつい》への扉は二つずつあって、それぞれ男性と女性を表す人形《ひとがた》のマークが貼《は》り付けられていた。

　赤い人形のマークをなんとなく見つめていると、首筋にぞくりとする感触《かんしょく》が走った。

　ミコトが首に腕《うで》を回して、例の如《ごと》く後ろから抱《だ》きついてきたのだ。

「草太ってば、やらしーこと考えてたでしょ？」

耳元に息がかかるほど顔を寄せて、ねちっこい声音《こわね》で囁《ささや》きかけてくる。顔と指摘《してき》内容とスキンシップのトリプルパンチで、心臓が跳《は》ね上がった。

「な、なわけないだろ。腕《うで》離せよ」

「ふふん、あたしに隠《かく》し事が通用すると思ってるの？　あたしはね、あんたのことなら何でもわかるのよ。趣味《しゅみ》嗜好《しこう》はもちろん、今日のパンツの柄《がら》だって」

「黙《だま》れ痴女《ちじょ》！」

「……草太って、頭悪いくせに意外と珍《めずら》しい言葉を知ってるわよねー。いまどき痴女なんて言葉、知ってる人の方が少ないんじゃない？」

ミコトは変態扱《あつか》いされたことなど気にもせず、しみじみと感心した声を漏《も》らした。と――

かちゃり、とドアが開く音がした。

草太は反射的に音がした方へ顔を向けた。

いままさに話題に上っていた女性用脱衣所の扉が開いており、バスローブ姿の少女が濡《ぬ》れた髪《かみ》を肩《かた》に垂らし、かすかに湯気を纏《まと》って立っていた。右手で内側のドアノブを握《にぎ》り、左手には洗面用具などの入った桶《おけ》を抱《かか》えている。

利里だった。

のぼせているのか、それともまだ眠気《ねむけ》が残っているのか、だるそうな眼差しでこちらをぼんやりと見ている。桃色《ももいろ》に上気した頬《ほお》と、いつも以上に赤い唇《くちびる》が艶《なま》めかしい。

細い顎《あご》を伝った滴《しずく》が大きく開いた胸元《むなもと》へ落ちていくのを目で追っていると、急に耳を強く捻《ひね》られた。

「やらしい目で見ない！」

ミコトの大声で我に返ったのは、草太だけではなかった。

利里ははっと目を見開いて、慌《あわ》てて胸元を手で隠し、もう一方の手で太腿《ふともも》のあたりの合わせ目を摑《つか》んで閉じた。真っ赤になって睨《にら》みつけてくる。

「なんであなたがここにいるの！」

「いや、だって今日は初出勤の日なわけで……ちょ、待ってッ！」

草太は動転した。利里が洗面用具の中から楔形《くさびがた》のものを三つ抜《ぬ》き出すのが見えたのだ。

利里が楔《くさび》を構えた瞬間《しゅんかん》、ヒルダが咄嗟《とっさ》に草太の前に体を割り込ませた。

「私が連れてきたのよ。草太くんも、これからここを使うかもしれないと思って。ちょっとタイミングが悪かったわね。ごめんなさい。まだ寝《ね》てると思ったのよ」

「……いえ、わたしの方こそ。わざわざ代わってもらったのに」

利里は楔を構える手を下ろした。相変わらず利里はヒルダに対しては素直《すなお》で聞き分けがいい。向ける表情も柔和《にゅうわ》で棘《とげ》がない。仲良くしようとしたら敬意を払《はら》えと突《つ》き放された身としては、少しヒルダが羨《うらや》ましかった。

「いいですよねえ」

宇壁の呟《つぶや》きに思わず心臓が跳ねた。心を読まれたかと思った。

「あっああ、本当の姉妹みたいっすよねー。人間と妖異なのに」

ちょうどヒルダがタオルを奪《うば》い取って、利里の髪を拭《ふ》きはじめたところだった。利里は子供扱いしないでとむくれつつも、少し嬉《うれ》しそうだ。聞いた話によると彼女は草太より一学年上らしいのだが、こういう姿を見ると逆に年下だと言われても納得《なっとく》してしまいそうだ。

「いえ、僕は利里さんのことを言ってるんです」

草太は思わず垢嘗の顔を凝視《ぎょうし》した。

「なんだ、あんたまともな趣味《しゅみ》の持ち主だったんだな！　いやー、心配して損したー」

「いつの間にどんな悲しい誤解が生まれていたのか非常に気になるところですが、僕はまっとうですよ。いいですよね、利里さんて。いつか彼女の垢《あか》をゲットするのが僕の夢です」

「……前言撤回《てっかい》」

にこにこと同意を求められても困る。やはり妖異《ようい》との相互《そうご》理解は難しい。

唐突《とうとつ》に頭上でスピーカーが鳴り響《ひび》いた。

『本部より通達。鳴上支部より逃走《とうそう》中の妖異が管内にて目撃《もくげき》された模様。被疑妖《ひぎよう》は付喪神。緊《きん》急《きゅう》度二。任務遂行《すいこう》中の捜査《そうさ》員以外はデスク域に集合せよ。繰《く》り返す――』

「着替《きが》えてきます！」

利里の反応は速かった。濡れ髪《がみ》を靡《なび》かせ、バスローブの裾《すそ》を翻《ひるがえ》して階段を駆《か》け上っていく。

「草太、行くわよ！」

言うが早いか、ミコトが身を翻し、草太の手を引いて走り出した。職員寮《りょう》の玄関《げんかん》を体当たり気味に押し開けて、外へ飛び出していく。妖異の飛行速度で容赦《ようしゃ》なく引っぱられて、草太は足をもつれさせながら走り、入り口の段差で足を引っかけて転びそうになった。

「おい、行くって」

どこへだよ、と口に出す前に思い当たった。

さっきの館内放送だ。任務遂行中の捜査員以外はデスク域に集合せよ。「任務遂行中」の内に、館内見学中の草太とミコトは当然含《ふく》まれない。

ごくり、と生唾《なまつば》を飲み込んだ。渇《かわ》いた喉《のど》にかすかに引っかかる感覚に、草太は自分が緊張《きんちょう》しているのだと知った。

当然だ。緊張しないはずがない。記念すべき初仕事なのだ。

五月の暖かい風とともに、ぴりりとした戦慄《せんりつ》が首筋を撫《な》でていく。

ヒルダと宇壁が追いついてきて、それぞれが左右の肩をぽんと無言で叩《たた》いていった。


八重崎鷹司《たかし》支部長は相変わらず強い煙草《たばこ》の臭《にお》いを漂《ただよ》わせて待ちかまえていた。

「逃走中の被疑妖は、鉄鍋《てつなべ》の付喪神だ。鳴上支部のやつらがあと一歩まで追いつめておいて取り逃《に》がしたらしい」

口を動かすたびに、唇に挟《はさ》まれた禁煙《きんえん》パイポがぴこぴこと上下に揺《ゆ》れる。一目で禁煙パイポだとわかったのは、デスクの上にパッケージが出しっぱなしになっていたからだ。パッケージに書かれた「フレッシュ梅味」の文字が妙《みょう》に気になる。

「越境捜査《えっきょうそうさ》の要請《ようせい》があったらしいが、上が気を利《き》かせて勝手に却下《きゃっか》してくれた。別に縄張《なわば》り意識なんかないのになあ。仕事増やさないでほしいよ、まったく」

状況《じょうきょう》説明がいつのまにか愚痴《ぐち》へと変貌《へんぼう》を遂《と》げている間に、事務方の女性職員がプリントアウトした資料を配っていった。ちなみに、集まったのは草太とミコト、ヒルダ、宇壁、そして出遅《でおく》れた利里の計五名だけだった。

草太は手渡《てわた》されたA4サイズのプリントに視線を落とした。妖異の写真や名前の表記はなし。ただ、種別の欄《らん》に『付喪神・甲《こう》型』とあったのが目に留まった。

「甲型って何?」

「妖異は同じ名で呼ばれていても、伝承や起源、外見や能力が違《ちが》うものが存在するの。それを、わたしたちは甲乙丙《こうおつへい》の三つに分類して区別することにしているのよ。甲に分類されるのは、主に能力が高かったり、起源が古かったりするもの。乙や丙は、甲より能力が劣《おと》っていたり、あるいは比較的《ひかくてき》新しい伝承から生まれたものになるわね」

利里が小声で説明してくれた。

驚異《きょうい》の速着替《が》えで合流した彼女は、白いブラウスの上にロングカーディガンを羽織り、下はトラッド系のショートパンツを穿《は》いていた。剝《む》きだしの白い生足が目に眩《まぶ》しい。

さすがにブローの時間はとれなかったらしく、洗《あら》い髪をそのまま結《ゆ》ってポニーテールにしており、毛先が少し濡《ぬ》れそぼっていた。いつもつけている赤い花の髪飾《かみかざ》りは、いまは結い紐《ひも》のところで咲《さ》き誇《ほこ》っていた。

「付喪神の場合は、百年以上使われ続けて妖異化したものが甲型。九十九年で捨てられた器物が不完全に妖異化したのが乙型。そして、言霊《ことだま》の影響《えいきょう》や死者の未練など、特殊《とくしゅ》な条件下で妖異化したものが丙型。ミコトさんは丙型になるわ」

「本人の了解《りょうかい》なしに勝手に分類しないでほしいわね」

ミコトがむくれてそっぽを向いた。それを見たヒルダが困った顔をして笑った。

「そう怒《おこ》らないで。あくまで形式上の分類よ。特に付喪神の場合は、いろんなタイプがあるから三つに区分するなんて不可能なのに、無理やり当てはめているだけなんだから」

「で、この鉄鍋は甲型ってわけか。けど、この罪状は何だよ?」

捜査資料を指さす。容疑の欄には、傷害、器物損壊《そんかい》、公務執行妨害《しっこうぼうがい》の他に、被《ひ》使用契約不履《けいやくふり》行《こう》の文字があった。

「ああ、そういや来島は初めて聞く言葉か」

八重崎は面倒《めんどう》くさそうにスラックスの尻《しり》を掻《か》いた。

「器物ってのは使われてナンボ、ってのはわかるよな？　人に使われるのが嬉《うれ》しいんだよ、付喪神は。で、なかには逆に自分に相応《ふさわ》しい使用者を求めるやつもいる。器物の方が人間を選んで、使わせてやるって契約《けいやく》を結ぶんだな。当然、契約には金銭が発生するんだが、その契約を、この鉄鍋はみずから破ったたってわけ」

「それって、平たく言うと詐欺《さぎ》ってこと？」

八重崎はふと目を見開いて、すぐに気まずそうに視線を逸《そ》らした。当たりらしい。詐欺なら詐欺と書いてくれればいいものを、なぜわざわざわかりにくい表現をするのだろうか。

「つーか、こいつ付喪神なんすよね？　妖異って金使うんだ……」

妖異が硬貨《こうか》や紙幣《しへい》を手にして買い物へ行く姿が、草太にはいまいち想像しづらかった。

同じ付喪神の文車妖妃に視線で問うと、彼女は応じるように肩《かた》をすくめてみせた。

「そのへんは妖異《ようい》によるんじゃない？　この先進国・日本にだって、山奥に籠《こ》もって自給自足生活をしている人もいるわけだし。その逆もしかりでしょ。妖異がお金を使ったって全然おかしくないわ。あたしだって、草太が買い物につきあってくれるんだったら、下着とか買いに行きたいと思ってるのよ？」

「ぜってーヤダ」

草太は即答《そくとう》した。女の子と一緒《いっしょ》に下着を買いに行くというシチュエーションに興味がないわけではないが、相手がミコトとなれば話は別だ。

「誰がその手にのるか。百パー罠《わな》だろ。何企《たくら》んでやがる」

「あら、失礼ね。せっかく下着を選ばせてあげるって言ってるのに。いい？　女の子が下着を選ばせてくれるってことは、イコール脱《ぬ》がせてもオーケーってことなのよ」

「この痴女妖怪《ちじょようかい》が、またそういう……」

「——あなたたち、無駄《むだ》話は外でしてくれる？」

利里の押し殺した叱声《しっせい》に、草太とミコトは揃《そろ》ってびくりと肩を跳《は》ねあげた。

ごほん、と八重崎が禁煙パイポを銜《くわ》えたまま器用に咳払《せきばら》いをした。

「じゃあま、そろそろはじめますか。利里、来島、ミコトの三名は霧立市本町五丁目の信号に向かえ。目撃《もくげき》証言のあった現場だ。瘴気《しょうき》測定器を使えば、やつの足取りを追えるはずだ。ヒルダと宇壁は館内で待機」

「待ってください！」

利里が進み出た。人選への不満が仏頂面《ぶっちょうづら》となって表れている。

「宇壁さんは被疑妖《ひぎよう》の痕跡《こんせき》を見つけるプロですし、ヒルダさんは捕縛《ほばく》時に有利な能力を持っています。なのに、なぜわたしと新人二人なんですか？　納得《なっとく》できません」

「宇壁には別件の遺留品を鑑定《かんてい》してもらう。ヒルダは緊急《きんきゅう》の事件が発生したときのための補充《ほじゅう》要員だ。というか、なんだね。利里くんはヒルダおねーさんに手伝ってもらわないと、鍋《なべ》一つ捕《つか》まえられないってわけかな？」

八重崎は子供をからかう口調で言った。あからさまな挑発《ちょうはつ》だった。だが。

「……わたし一人でもできます、鍋ごときっ！」

利里は細い肩を怒《いか》らせて、憤然《ふんぜん》と宣言した。それを認めた叔父《おじ》がにっこりと笑った。笑顔がここまで胡散臭《うさんくさ》い男を草太は初めて見た。

「そりゃ頼《たの》もしいこと。じゃ、任せたから。よろしくぅ」

八重崎支部長はおざなりに手を振《ふ》って、姪《めい》の横を通って離《はな》れていった。

猫背《ねこぜ》の後ろ姿が廊下《ろうか》へ消えるのを見送ってから、ミコトがぽつりと呟《つぶや》いた。

「なんか、うまく丸め込まれちゃったって感じがするんだけど」

「支部長と利里さんはいつもこんな感じですよ。ほとんど恒例行事になってますねえ」

「こう言ってはなんだけど、あの子ってからかい甲斐《がい》があるから……可哀想《かわいそう》だけど」

宇壁が顎《あご》に手を当て、ヒルダが頰《ほお》に手を添《そ》えて嘆息《たんそく》した。

「じゃあ、二人とも頑張《がんば》ってね。あの子をよろしく」

「ご健闘《けんとう》をお祈《いの》りしていますよ」

ヒルダと宇壁が口々に言って、支部長のデスクから離れていった。

草太は再び利里に目を向けた。心なしか、後ろ姿が寂《さび》しそうに見える。

「えーと。じゃ、行かれますか？」

「……まずは庶務《しょむ》課で瘴気測定器を借りてきましょう」

捜査《そうさ》をはじめる前から、退魔師の声は疲《つか》れ切っていた。

二時間後。草太と利里は霧立市の住宅街の一角で立ち尽《つ》くしていた。

「ここで反応が途切《とぎ》れているわね」

利里は草太が両手で抱《かか》えている瘴気測定器を覗《のぞ》き込んだ。霧立市本町五丁目の交差点から瘴気を辿《たど》ってきたものの、道の途中《とちゅう》で唐突《とうとつ》に反応が途絶《とだ》えてしまった。

「どこへ行っちまったんだか。まさかテレポートとか」

「調理器具の付喪神にそんな能力はないはずよ。ミコトさんならやりかねないけど」

と言って、空を仰《あお》ぐ。

二階の屋根くらいの高さを、鳩《はと》に化けたミコトが飛び回っている。上空から鉄鍋《てつなべ》の付喪神を捜しているのだ。鳩に化けているのは、一応人目を気にしてのことらしい。

ミコトは一旦《いったん》実体を解いて、再び実体化するという手段を使えば、瞬間《しゅんかん》移動の真似事もできる。ただし、その場合の移動範囲《はんい》は、携帯《けいたい》電話を中心として半径五メートルほどに限られる。その程度の距離《きょり》では、今回のように瘴気測定器が一切《いっさい》反応しなくなることはないだろう。

「あのさ、利里——先輩《せんぱい》」

うっかり呼び捨てにしかけたところへ鋭《するど》い視線が投げられて、慌《あわ》てて大事な単語を付け足した。ここまで面倒《めんどう》な女は初めてだ。扱《あつか》いづらくて困る。

「瘴気が途切れるときって、どんなケースが考えられるんすか?」

「妖異が死亡した場合。瞬間移動した場合。そして、密閉空間に入れられて移動した場合」

利里も可能性を考えていたらしく、すらすらと答えが返ってきた。

「その三つの中じゃ、密閉空間ってのが可能性大ねー」

羽ばたきの音とともにミコトが舞《ま》い降りてきて、草太の肩《かた》に止まった。本物の鳩と違《ちが》って、独特の鳥臭《くさ》さがないのがいい。

「密閉空間っつーと、家とか……は違《ちが》うか。そしたら玄関《げんかん》前に痕跡が残るだろうし」

「考え方としては悪くないんじゃない?」

草太の肩で首を巡《めぐ》らせていたミコトが、ふと動きを止めた。ぐっと肩に痛みが走ったかと思った途端《とたん》に飛び立ち、とある家の庭先へ入っていった。枯《か》れた芝生《しばふ》がまばらに生えた地面に降り立って、落ちていた丸いものを嘴《くちばし》でつつく。

「ねえ、これ何かしら?」

紙片を丸めたものらしかった。

利里はすぐに駆《か》け寄ってそれを拾いあげ、くしゃくしゃの紙を丁寧《ていねい》に伸《の》ばした。広げてみるとそれなりの大きさがある。草太も近づいて、紙面を覗き込んだ。

ごくありふれたコピー用紙だ。張り紙として使ったのか、四隅《よすみ》にセロハンテープの跡《あと》がある。

紙には黒の油性マジックででかでかと殴《なぐ》り書きがしてあった。

『中井様《なかい》へ。ゴミ出しの日を守ってください。みんなが迷惑《めいわく》をしています』

ひょいと振り向いて玄関の表札を見ると、まさにその『中井』の文字があった。

「ここ、中井さんちか」

「これは……もしかしたら」

利里は紙を草太に押しつけて走りだした。庭の反対側にある車庫に足を踏《ふ》み入れ、中腰《ちゅうごし》になって庫内を見て回り、ときおり地面に手をついて何かを探しはじめる。

「あの、どしたんすか？」

「確証はないから、見当違いになってしまうかもしれないけど」

ぱっと顔を上げて、ミコトを振《ふ》り返る。

「ミコトさん、このあたりで不法投棄《とうき》スポットとして知られている場所を片《かた》っ端《ぱし》から調べて」

その一言で、ミコトは利里の考えを完璧《かんぺき》に理解したらしい。

「りょうかーい！」

元気な声とともに、鳩の姿が忽然《こつぜん》と消滅《しょうめつ》した。実体化を解いて携帯電話に戻《もど》ったのだ。

ただ一人、事情が把握《はあく》できていない草太としては面白《おもしろ》くない。

「あの、どゆことっすか？」

「車庫の中に車がなく、砂埃《すなぼこり》が積もるほど長い間放置しておいたものを、つい最近動かした跡があった。さらに、ここの住人はゴミ出しのルールを守らない人物。となれば、簡単な推理よ——鉄鍋は車で移動したのよ。他の粗大《そだい》ゴミと一緒《いっしょ》に」

利里は両手を打ち合わせて埃《ほこり》を払《はら》うと、毅然《きぜん》と言い放った。


不法投棄で知られている場所は、霧立市だけでも七カ所もあった。

「まだ使えるのに捨てるってだけでも気にくわないのに、ルールまで破るなんて最低だわ！きちんと分別して回収されたものはリサイクルされて、新しい器物として生まれ変わることだってできるんだから！」

「なあ、おまえ文車妖妃って嘘《うそ》だろ。本当はもったいないお化けだろ」

「何でよっ⁉」

「もったいないお化け？初めて聞く妖異《ようい》ね。来島くん、詳《くわ》しく教えて。新種の妖異だとしたら妖異事典編纂《へんさん》委員会に登録申請《しんせい》しないと……いえ、まずは支部長に報告して、黄昏《たそがれ》機関に事実確認《かくにん》をする方が先かしら」

「……センパイ、冗談《じょうだん》を真に受けないでほしいんすけど」

そんな会話をしながら、草太たちは近いところから順番に回っていった。

そうして六カ所目に到着《とうちゃく》した頃《ころ》には、既《すで》に日が暮れて辺りに夜の帳《とばり》が落ちていた。

緑の多い一帯だった。民家よりも、畑やビニールハウスが占《し》める面積の方が大きい。夜風にまじった、かすかな土と青草の匂《にお》いが心地《ここち》よかった。ミコトではないが、こんなところに平気でゴミを放棄《ほうき》する人間の神経が理解できない。

草太は手元の瘴気《しょうき》測定器に視線を落とした。測定器の針はかなり強い瘴気を示している。

「反応はあるな。噂《うわさ》の鉄鍋だって根拠《こんきょ》はないけど」

「だんだん強くなってきてる。いるとしたら近いわね。どう、ミコトさん？」

「んー、それっぽいのは見えてきたけど。あれじゃない？」

頭上で、普段《ふだん》の着物姿に戻ったミコトが腕《うで》を伸ばして指さした。

前方に自動車くらいの小さな山のようなものが見えてきた。月明かりだけでも、その歪《いびつ》な輪郭《りんかく》から土砂《どしゃ》や石の山などではないとわかる。あぜ道の脇《わき》に堆《うずたか》く積もったそれは、CDラジカセや炊飯器《すいはんき》、雑誌やおもちゃなど不法投棄されたゴミの山だ。

ここは一度マスコミでも取り上げられたことのある場所だった。業《ごう》を煮《に》やした自治体が定期的にゴミの撤去《てっきょ》をし、ボランティアで巡回《じゅんかい》もしているという。ただし、休日のためか巡回員の姿はない。これでは巡回のない休日なら捨てても平気だと言わんばかりだ。自治体のやることはいつもどこかしら抜《ぬ》けていると草太は思う。

目をこらして不審《ふしん》者ならぬ不審物がないか見回していると、急に腕を掴《つか》まれて制止された。利里だ。口元に人差し指を押し当てて、鋭《するど》い眼差《まなざ》しをある方向へ向けている。

草太も彼女につられて同じ方向を見た。そして息を呑《の》んだ。

ゴミ山の近くに、動く影《かげ》があった。野良猫《のらねこ》や野良犬とは見間違《みまちが》いようのない、ずんぐりとした丸いシルエット。

月明かりの下に現れたものを認めて、草太は思わず呻《うめ》いた。

「これはない……」

百年以上も使用されてきたという器物の姿に、畏《おそ》れよりも真っ先に不満を抱《いだ》いた。

隣《となり》で、ぱん、と手を打ち合わせる音が聞こえた。ミコトだ。彼女は月明かりの下でもわかるほどに両目をきらきらと輝《かがや》かせて、うっとりと羨望《せんぼう》の視線を被疑《ひぎ》妖《よう》に向けていた。

「なんて荘厳《そうごん》なお姿！　やっぱり付喪神はかくあるべきよね！」

同意はできなかった。むしろ絶対にしたくない。

そこにいたのは、確かに鉄鍋《てつなべ》の妖異だった。

丸底で、摑むところが左右両側についている中華鍋《ちゅうかなべ》だ。月光がわずかに反射しているところを見ると、あまり錆《さ》びていないようだ。錆びやすさが欠点の鉄鍋でありながら、防錆《ぼうせい》効果があるのはそれだけでも名器と言わざるをえないだろう。

だがしかし。

いくら意思を持った器物の妖異といえ、器物にそのまま細い手足を生やして二足歩行する必要はないと思う。せめて、念力だか妖術《ようじゅつ》だかで飛行してみせるくらいの威厳《いげん》はほしかった。

「あれが最高ランクの付喪神？　嘘だろ。ねえだろあれは」

「何を言っているの。典型的な付喪神じゃない。むしろミコトさんみたいなのが特殊《とくしゅ》なのよ。さあ、さっさと捕縛《ほばく》して帰るわよ。おなかすいたし」

「あ、実は俺も腹が減ってて。帰りにラーメンでも」

どうっすか、と言おうとした鼻先に、傘《かさ》を押しつけられた。反射的に片手で受け取ると、予想していた以上の重量が載《の》っかってきて、慌《あわ》てて両手で支える。

「あなたはこれね」

「これって言われましても……つか、変わった傘だな」

いったいどんな素材で出来ているのか、柄《え》から傘の先端《せんたん》にかけて全体的に重い。柄の部分も変わっていて、よくあるJのかたちではなく、細長い台形だ。普通《ふつう》に傘を差すときのように、指をひっかけて手のひらで軽く支える握《にぎ》り方には根本的に向いていない。ただ、ぎゅっと強く握りしめるにはちょうどいいかたちかもしれない。

「相手は甲型《こう》よ。どんな妖術を使ってくるかわからないわ。危ないから、それを広げて構えてなさい。防性の言霊《ことだま》を書き込んであるから、盾《たて》の代わりになる」

「え、マジで？」

草太は言われるままに傘を広げてみた。なるほど、漢字とひらがなを崩《くず》したような文字でできた文章らしきものが、金属の骨組みと同じ数だけ書かれている。

「妖術を使われる前に捕《つか》まえるわよ。ミコトさん、あなたは反対側から対象を引き付けて。わたしが奇襲《きしゅう》をかける」

「了解《りょうかい》！　なーんか面白《おもしろ》くなってきたわ！」

ミコトが上空へ舞《ま》い上がって、ゴミ山の裏に回っていった。

「来島くんはここで待機ね。それと、間違《まちが》ってもトリガーには触《ふ》れないこと」

「……トリガー？」

聞き返したときには、利里は既に背を向けていた。

三本の楔《くさび》を取り出して、一本ずつ足元に投げつけていく。一本目は左斜《なな》め後ろ、二本目は右斜め後ろ、そして三本目は前。自分を中心に正三角形を描《えが》いているようだ。

「確か、このあたりは昔は農村だったはず。運がいいわ。これなら使えるはず」

独り言を漏《も》らして、両手を胸の前で合わせる。

「集《つど》え集え、彷徨《さまよ》う妖魄《ようはく》の残滓《ざんし》。我が陣《じん》に応じ、力を貸《か》し与《あた》えよ」

利里は一旦《いったん》そこで言葉を切った。楔から楔へ、青白い線が繋《つな》がっていくのを見やりもせず、前方に鋭い視線を向けている。

はるか前方では、ちょうど鉄鍋が上空から降りてきた和服の少女に驚《おどろ》いて尻餅《しりもち》をついたところだった。

「貴様、何者だっ⁉」

「えへへー。あたしも付喪神ですぅ。よろしく、鉄鍋さま」

そんな会話が聞こえてくる。相手が百年以上も長く使われてきた器物とあってか、ミコトにしては珍《めずら》しく相手に敬意を払《はら》っている。

利里が、すう、と息を吸ったのが、後ろから見ていてもわかった。

「示せ、水流に住まう悪童。洪水《こうずい》をもって禊《みそ》ぎと成せ」

右手の人差し指と中指を揃《そろ》え、前へ突《つ》きだす。

指先の少し先、空中の一点から大量の水が迸《ほとばし》った。

本当に洪水だった。周囲の土砂《どしゃ》を巻き込んで濁流《だくりゅう》となり、付喪神たちに襲《おそ》いかかる。

急上昇《じょうしょう》したミコトを見送ってから、ようやく鉄鍋は状況《じょうきょう》を把握《はあく》したらしい。

慌てて飛び退《の》こうとしたものの、わずかに反応が遅《おそ》かった。激流の帯の端《はじ》っこに足をすくわれ、錐揉《きりも》み状に回転しながら流されていく。途中《とちゅう》、少し先に生えていた木の根に取っ手が引っかかって難を逃《のが》れた。運のいい奴《やつ》だ。

洪水が退いてから、鉄鍋は慌てた様子で取っ手に引っかかった根を外し、すっくと起き上がった。ぶるりと犬のように身震《みぶる》いをしてから、余裕《よゆう》の態度を取り繕《つくろ》う。

「笑止！　こんなぬるい水流、こびりついた米粒《こめつぶ》を落とす役にも立たんわ！　食洗機以下！」

つい数秒前、逃《に》げ遅《おく》れて流されておきながら堂々とのたまう。それにしても、名器と謳《うた》われているわりには食器洗浄機《せんじょうき》を体験しているとは、意外と雑に扱《あつか》われてきたようだ。

「今度はこちらからゆくぞ！　ほれ、ほれほれほれ！」

鉄鍋は大股《おおまた》を開いて構えると、どこかで拾ったらしいおたまで鍋《なべ》の縁《ふち》をかかかん、と軽快に打ち鳴らした。

すると、その音に呼応するように、ゴミ山がごそりと動いた。

「な、何だ？」

草太は目を瞬《しばたた》いた。

動いたのはゴミ山ではなかった。ゴミ山を築いていた、大量の粗大《そだい》ゴミだ。

三合用の小型電気釜《でんきがま》にCDラジカセ。十五型ほどのブラウン管テレビに古そうなビデオデッキ。はては四ドアの冷蔵庫までもが、危なげに揺《ゆ》れながらゆっくりと浮遊《ふゆう》していく。

これが鉄鍋《てつなべ》の超能力《ちようのうりよく》、いや妖術《ようじゆつ》なのだろう。間抜《まぬ》けな容姿に目がいって、正直甘く見ていた。

粗大ゴミたちは人の頭くらいの高さまで浮《う》き上がると、空中でぴたりと停止した。

草太は宙に浮かぶ面々を眺《なが》めて、こっそりと息を吞《の》んだ。ものすごく嫌《いや》な予感がした。これから起きる事態、それもとびきりひどい惨状《さんじよう》が目に浮かんだ。この予感はきっと当たる。

鉄鍋は得意そうにふんぞり返った。

「ゆけ、我が同胞《どうほう》たちよ！　捨てられたものの恨《うら》み、いまここで晴らすがいい！」

びしっとおたまを前へ突きだした、直後。

空中の粗大ゴミたちが、一斉《いつせい》に動きだし——こちらに襲いかかってきた。

「あんたは捨てられてないだろ……」

　思わず鉄鍋に向かって抗議《こうぎ》の声をあげる。と、肩《かた》の数センチ横をものすごい速さで電気釜が通過していった。殺気の混じった突風《とっぷう》が首筋を妖《あや》しく撫《な》でていく。

　草太は首をすくめた格好のまま、しばし固まった。

　その硬直《こうちょく》は、こちらへ飛んでくるCDラジカセの姿を認めた途端《とたん》に解けた。

　自分がラジカセの軌道《きどう》上にいることを悟《さと》り、慌《あわ》てて左を向いて走り出す。と、すぐ後ろでラジカセが地面に激突《げきとつ》して砕《くだ》け散る、やかましい音が響《ひび》いた。

　反応があと一秒でも遅かったら、完全にアウトだった。

「きゃあああああっ！」

　悲鳴じみた声があがった。ミコトの声だ。草太の身を案じての悲鳴かと思いきや、

「鉄鍋さま、さっすがー！　格好いいーっ！」

　実際は、いわゆる黄色い歓声《かんせい》だった。

　現在、ミコトはなぜか鉄鍋の隣《となり》で、袖《そで》と長い帯を振《ふ》ってチアガールのように跳《は》ねている。

「その調子よ、鉄鍋さま！　付喪神の真の力、見せつけてやって！」

「おまえはどっちの味方だっ⁉」

「来島くん、傘《かさ》を下ろさないで！」

　利里の叱責《しっせき》が飛んだ。見ると、彼女は最初に外法を使った位置にいた。飛んでくる粗大ゴミ

を華麗《かれい》なステップでかわしては、元の位置に戻《もど》っている。

「そうは言っても、この状況じゃ……」

「防性の言霊《ことだま》が書いてあるって言ったでしょう？　ジュラルミンの盾《たて》程度には効果があるわ」

「マジで？　て、うわ！」

ちょうど傘を開いたと同時に、傘にブラウン管テレビが激突してきた。一瞬《いっしゅん》で傘がひしゃげるかと思いきや、鈍《にぶ》い衝撃《しょうげき》が手に伝わってきただけだった。テレビが傘に弾《はじ》かれて地面に落ち、がこんごとんと転がっていく。

「……この傘すげえ。どこで売ってんだ」

「非売品よ」

すっ、と再び二本の指が突《つ》きだされた。

「さらに示せ、水流に住まう悪童。洪水《こうずい》をもって禊《みそ》ぎと成せ」

利里がもう一度、さきほどと同じ言霊を唱える。

突きだした指先のさらに先から奔流《ほんりゅう》が溢《あふ》れだし、鉄鍋に容赦《ようしゃ》なく襲《おそ》いかかる。

鉄鍋は咄嗟《とっさ》に丸底を利用して地面を転がった。勢いあまって転がりすぎ、ぬかるみにはまって少しじたばたするはめになったものの、激流に呑み込まれることだけは回避《かいひ》した。

「ふん、効かんというのがまだわからんんか。愚《おろ》かな娘《むすめ》よ。外法使いも底が知れるな！」

利里は鉄鍋に嘲笑《あざわら》われてもまったく動じなかった。指先を突きだした姿勢のまま、

「続いて示せ、稲妻《いなずま》とともに舞《ま》い降りたる獣《けもの》」

「……なぬ？」

鉄鍋がはたと動きを止める。

草太も違和感《いわかん》を覚えて周囲を見回した。違和感の正体はすぐに見つかった。足元の影《かげ》が消えている。ついさきほどまで、月明かりでうっすらと影が落ちていたはずだ。

空を仰《あお》ぐと、夜空に不気味な暗雲が集まりだしていた。

上空からかすかに聞こえてくる唸《うな》り声に似た音から、物理的な危険が感じ取れた。

「ヤバっ！」

これから起きるであろう事象を直感して、慌てて傘から手を離《はな》した。借り物を手荒《てあら》に扱《あつか》ってはあとで怒《おこ》られるかもしれないが、いまは自分の身の安全が第一だ。身を屈《かが》めて電線の下から移動しつつ、首を巡《めぐ》らして避雷針《ひらいしん》になりそうな樹木か街灯を探す。

視線の先に手頃《てごろ》な大きさの木を見つけたのと、ほぼ同時だった。

外法使いの凛《りん》とした声が、夜のしじまに響き渡《わた》った。

「雷《いかずち》をもって——裁きと成せ！」

その瞬間《しゅんかん》、閃光《せんこう》が辺りを埋《う》め尽《つ》くした。

草太は咄嗟に目を固く瞑《つぶ》った。それでも瞼越《まぶたご》しに浸透《しんとう》してくる眩《まばゆ》さに耐《た》えきれず、右腕《みぎうで》で顔の上半分をかばう。轟音《ごうおん》が響き、足元から痺《しび》れるような振動《しんどう》が伝わってきた。実際に少し感電して痺れていたかもしれない。落雷《らくらい》があったのだ。それも人為《じんい》的な、外法による雷だ。

キンと耳鳴りが続く中、腕《うで》を下ろしておそるおそる目を開ける。

利里の後ろ姿の向こう側に、鉄鍋が無様にひっくり返っていた。手足がぴくぴくと痙攣《けいれん》して
おり、かすかに白い煙《けむり》が立ちのぼっている。

「錆《さ》びない鉄鍋さまでも、さすがに雷には弱いみたいね。期待してたのに、ちょっと残念」

ミコトが細い木の枝でつんつんと鉄鍋をつつく。

草太は彼女ほど呑気《のんき》な感想は抱《いだ》けなかった。

(外法って怖《こえ》え……)

あまり利里を怒《おこ》らせないようにしよう、と固く胸に誓《ちか》う。

その恐《おそ》ろしい退魔師は、既《すで》に両手に白い綿手袋《てぶくろ》をはめて、包帯に似た紐《ひも》を取り出していた。

妖異《ようい》の力を封《ふう》じることができる、捕縛帯《ほばくたい》というものだ。

「何をぼーっとしているの。捕縛するから手伝って」

「りょ、了解《りようかい》っす」

草太は利里のもとへ大急ぎで駆《か》け寄った。走りながら、唐突《とうとつ》に気づく。

(俺って今回、測定器を運ぶ以外に何かやったっけ……?)

米粒《こめつぶ》を落とす程度の役にも立たないのは自分かもしれない。

そう思ったら、少し気分が落ち込んだ。

「このわしに非はない！　断じてない！　契約違反《けいやくいはん》をしたのはあの人間の方だ！」

＊

耳鳴坂、第一取調室。

草太とミコト、刹里、それに待機していたヒルダの見守る中、捕縛帯でぐるぐる巻きにされた鉄鍋《てつなべ》の付喪神は憤然《ふんぜん》と言い放った。椅子《いす》に座ると見えなくなるのでデスクの上に立ち、細い足で精一杯《せいいっぱい》の地団駄《じだんだ》を踏《ふ》んでいる。

ちなみに、刹里とヒルダの鉄鍋を見る目は冷ややかだ。完全にあきれ返っている。多分、自分も同じ目をしているのだろうと草太は思った。気の毒そうな視線を向けているのは、同じ器物の妖異であるミコトだけだ。

「契約違反って、具体的には？」

刹里がクリップボードとペンを構えて、事務的に聞き返した。対して、鉄鍋は鼻息を荒《あら》くする代わりに鍋《なべ》から煙をあげてみせた。怒りの感情表現の一種だろう。

「わしは、あの者が世界こんくーるの元覇者《はしゃ》だと言うから、腕を信用して被使用《ひ》契約《けいやく》を結んだのだ。だというのに、あの者の作る料理といったら、煮《に》すぎるわ、かたちを崩《くず》しすぎるわ、目も当てられんものだった。まったく、わしが手を貸してやらなければどうなっていたことか」

草太は手元の捜査《そうさ》資料に目を落とした。

そこには、現在の契約者が鉄鍋と出会う前に作った料理の写真も載《の》っていた。素人目《しろうとめ》には、煮すぎているとも、かたちが崩れているとも思えない。カニがたっぷり入ったチャーハンも、酢豚《すぶた》も、五目焼きそばもフカヒレスープも、どれも光り輝《かがや》いて見えるほど美味《うま》そうで、写真を眺《なが》めているだけで涎《よだれ》が垂れてくる。単に、鉄鍋が要求するレベルが高すぎるとしか思えない。

「わしはこう見えても寛大《かんだい》だからな、二度までは見逃《みのが》した。だが三度となればさすがに黙《だま》ってはおられん。料理の先達として、的確なあどばいすをしてやったのだ。そうしたらあの者、どうしたと思うか？――『鍋は鍋らしく黙ってろ』とほざきおって、このわしを食洗機に突《つ》っ込みおったのだ！」

「なんてひどい！　血も涙《なみだ》もない料理人ね！」

ミコトが大声をあげて同意する。本気で言っているのだからタチが悪い。ついでにいうと、血も涙も流れていないのはどう考えても付喪神の方だ。

ヒルダがこつん、とペンでデスクを叩《たた》いて注意をひいた。

「それで、食洗機を破壊《はかい》して器物損壊《そんかい》、飛び散った部品で怪我《けが》をさせて傷害、鳴上支部の退魔師を怪我させて公務執行妨害《しっこうぼうがい》が追加されたわけね……利里ちゃん、どうしましょうか？」

「黄昏《たそがれ》機関へ送るほどの事件とも思えませんね。できれば書類上だけで済ませて、使用契約を結んだ人間のもとへ返却《へんきゃく》したいところですけど」

疲れた眼差《まなざ》しが、これ以上関《かか》わりたくないと雄弁《ゆうべん》に語っている。

だが、鉄鍋は両腕《りょううで》を組んでそっぽを向いた。断固として拒否《きょひ》する構えだ。

「ねえ、鉄鍋さま？」

ミコトがそっと近づいて、鉄鍋を覗《のぞ》き込んだ。

「鉄鍋さまの言い分はもっともだと思うわ。あたしだって、自分に相応《ふさわ》しい人間に使ってもらいたいと思うもの」

言いながら、妙《みょう》に上手《うま》いウインクを送ってくる。からかっているのだとわかっていても、思わせぶりな態度にどきりとしてしまう。やはり初恋《はつこい》相手と同じ外見というのは卑怯《ひきょう》だ。

「でも、いきなり暴れて逃《に》げるのはよくないと思うの。相手が自分に相応しくないからといって、怪我をさせてはいけないわ。傷害は親告罪だっていうし、鉄鍋さまが帰れば——」

「断る！」

比較的《ひかくてき》親身になっている同類の言葉にも、耳を貸す気配はない。

ヒルダは頬《ほお》に手を当ててため息をついた。

「できれば穏便《おんびん》に解決したかったんだけど……」

「元がつくとはいえ、世界一の料理人を未熟者呼ばわりだもの。相応しい相手なんて存在しないんじゃないかしら。まったく、プライドが高いっていうのも厄介《やっかい》よね」

利里が溜息《ためいき》まじりに呟《つぶや》いて、肩《かた》にかかった横髪を払《はら》った。

「…………」

草太は思うところはあったものの、口には出さなかった。ただ黙って利里に視線を送る。ほぼ同じ感想を抱《いだ》いたらしいミコトとヒルダも、半眼になって利里に目を向けていた。

「……何よ、みんなして」

「「いえ何でも」」

奇跡《きせき》的に三人の声が重なった。一斉《いっせい》に、プライドの高い退魔師から目を逸《そ》らす。

こほん、とヒルダがわざとらしく咳払《せきばら》いをした。

「ともかく、こんな性格では捜査協力も無理でしょうし、このままだと封印刑《ふういんけい》になりかねないわね。せっかくの名器なのにもったいないけど」

「仕方がないわ。封印房《ふういんぼう》で鍋を冷やしてもらいましょう。何十年かかるかわからないけど」

「鉄鍋さま、お願いだから改心して！」

相も変わらずそっぽを向く鉄鍋。反省の色がまったく見あたらない。

食器洗浄《せんじょう》機に突っ込まれたのは同情するが、高い契約金を払ったという元世界王者も気の毒だ。そもそも、契約金の中には鉄鍋に〝手を貸して〟もらう分の代金も含《ふく》まれていたと考えられないか。

ふと、脳裏《のうり》に苦い思い出が蘇《よみがえ》った。ネットオークションで欲しい商品を激戦の末なんとか競《せ》り落とし、届いた小包を期待を胸に開けてみたら、安っぽい粗悪《そあく》品だったときの落胆《らくたん》といったら、まさに天国から地獄《じごく》だ。

それとこれとは事情がだいぶ異なるだろうが、急に契約者が憐《あわ》れに思えてきた。どうにかしてこの鉄鍋《てつなべ》を反省させる方法はないだろうか。

（つっても、相手は鍋だしなあ）

しかも、元世界王者の腕前《うでまえ》をもってしても満足しないほどの完璧《かんぺき》主義なのだ。そんな鍋に対して、ろくに自炊《じすい》もできていない草太ができることは――一つだけあった。

「あのー、ちょっといいっすか？」

草太は手を挙げた。ミコトと利里、ヒルダが一斉に顔を向ける。鉄鍋も動いたが、どこが顔なのか、そもそも顔があるのかすらわからない。

「思いついたことがあるんだけど、この鍋借りてもいいっすか？　あと、食堂の厨房《ちゅうぼう》も使いたいんだけど」

利里が不思議そうに眉《まゆ》をひそめた。

「夜間は営業してないから、頼《たの》めば使わせてもらえると思うけど……何をする気？」

「いや、もしかしたら、そこの鍋を持ち主のところに帰りたいって気持ちにさせられるかなーって思ってさ。ミコト、出かけるぞ！」

軽く手招きをして、取調室を出る。ミコトが慌《あわ》てた様子で追いかけてきた。

「どこへ行こうっていうのよ？」

草太は廊下《ろうか》を走りながら、隣《となり》を飛ぶ相棒ににやりと笑いかけた。

「決まってるだろ。材料の買い出しだよ」


三時間後。深夜の厨房に、付喪神甲型の情けない声が響《ひび》いていた。

「わしが全面的に悪かった！　だから頼む、いやお願いします、どうか元の契約者《けいやく》のもとへ帰してくだされーっ！」

もう何度めかになる懇願《こんがん》を、草太は口笛を吹《ふ》いて聞こえないふりをした。

ぐつぐつと沸騰《ふっとう》する鉄鍋の中を漂《ただよ》う、インスタントのノンフライ麺《めん》を菜箸《さいばし》でほぐす。ときおり、隣の片手鍋にも菜箸を突《つ》っ込んで、野菜の茹《ゆ》で具合も確認《かくにん》する。

ぎし、と音を立てて鉄鍋が身じろぎした。まともな食材を茹でている安物の片手鍋が羨《うらや》ましくて仕方がないのだろう。

草太はまたも見なかったふりを決め込み、肩越《かたご》しに振《ふ》り向いた。

カウンターの向こう側に、ほぼ満席状態の食堂が見えた。四十席あるという椅子《いす》のほとんどが客で埋《う》まっている。客が一様に掻き込んでいるのはラーメン、それも五食で一九八円の激安インスタントラーメンだった。

『館内の皆様《みなさま》にご連絡《れんらく》します。ただいま本館一階食堂におきまして、インスタントラーメンを全品百円にて提供しております。インスタントラーメンとはいえ、ちゃんと具も入ってますから、百円以上の価値があると思います。といいますか、僕も食べたいんですけど、もう戻《もど》っていいですか？』

頭上のスピーカーから、宇壁の私情が混じったアナウンスが流れる。

草太が鉄鍋に対してできること。それは館内放送のとおり、インスタントラーメンの調理だった。

名器と謳《うた》われてきた調理器具の付喪神なら、インスタントラーメンを茹でさせられた経験などないだろうと踏《ふ》んだのだ。思った通りだった。そして、思った以上の効果があった。

「来島殿《どの》、来島殿っ！　頼むから無視しないで聞いてくだされ！」

「んー、何か言った？」

と、わざと気のない声で返事をする。焦《じ》らすのは結構面白《おもしろ》い。

「わしのような鍋では、麵類《めんるい》は茹でにくいでしょう！　ここは一つ、そこの棚《たな》にある鍋を使われてみては」

「草太ーっ！」

注文を取りに行っていたミコトが、カウンターを飛び越えて戻ってきた。

ミコトはいつもの着物の上に、フリルのついたエプロンをかけていた。着物にエプロンという格好がドラマなどで見かける昔の使用人のようで、普段《ふだん》の一割増しくらい可憐《かれん》でおしとやかに見えるから不思議だ。ついでにいうと、この洋館の雰囲気《ふんいき》にもよく合っていた。

「醤油《しょうゆ》ラーメンと味噌《みそ》ラーメン、一つずつ追加ねー」

鉄鍋に好意的なわりにはずいぶん乗り気だ。付喪神甲型に対する畏敬《いけい》の念よりも、悪戯心《いたずら》を優先しているのが、ミコトらしいといえばミコトらしい。

「草太くん、塩ラーメンもよろしく」

カウンターから、同じく注文を受けていたヒルダが顔を出した。彼女もあきらかに状況《じょうきょう》を楽しんでおり、悪戯っぽい笑《え》みを浮《う》かべている。

「だってさ？」

「ぎゃあああああああああっ！」

鉄鍋が断末魔《だんまつま》じみた悲鳴をあげた。

「よくこんなこと思いついたわね」

調理テーブルの一角で、利里が醤油ラーメンを食べながら呟《つぶや》いた。猫舌《ねこじた》なのか、レンゲに載《の》せた麺に何度も息を吹きかけて冷ましてから、ちゅるっと少しずつすすっている。

「確かにこりゃダメージでかいだろうねえ。いままで高級食材ばっか調理してきたのが、いきなり底辺までランクダウンしてインスタント麺だもんなあ。トラウマになるんじゃないの」

八重崎支部長も味噌ラーメンを豪快《ごうかい》にすすっている。ちなみにこれで三杯《ばい》目だ。どんぶりの近くで、百円玉が三枚積み重なっている。

「ほとんど拷問《ごうもん》だもんね。草太にSっ気があったなんてびっくり。絶対Mだと思ってたのに」

「おいコラ」

不名誉《めいよ》なことを言う文車妖妃の帯を引っぱっていると、あ、と先輩《せんぱい》退魔師が声を漏《も》らした。箸《はし》を持っていない方の手で、ぐつぐつと煮立《にた》っている鍋《なべ》を指差している。

「鍋。ちょっと茹ですぎじゃない？」

「やべ、本当だ三分過ぎてら」

草太は鉄鍋の中の麺を菜箸でごそっと摘《つま》みあげて、あらかじめスープの素《もと》が入れてあるどんぶりにぶち込んだ。後からお湯を注ぎ、別の鍋で茹でておいたもやしをどさっと載せる。最後に缶詰《かんづめ》のコーンをトッピングして、味噌ラーメンの完成だ。

どんぶりを載せたトレイを片手に飛び出していくミコトを見送って、次の注文に取りかかる。次々と注文が入ってくるせいでなかなか忙《いそが》しい。布巾《ふきん》で鉄鍋の取っ手を摑《つか》み、流しに湯を捨てる。ざっとたわしで中を洗っていると、ずずっと豪快にスープをすする音が聞こえてきた。

八重崎だ。彼は満足げに大きく息を吐《は》くと、胸ポケットの煙草《たばこ》に手を伸《の》ばした。途中《とちゅう》でここが喫煙《きつえん》室ではないことに気づいて引っこめる。

「ま、何だ。こんな方法、俺らじゃあ思いつかなかっただろうな。気まぐれで採用してみたけど、わりとめっけもんだったかもねえ」

「……やっぱ気まぐれだったんすか」

草太は鉄鍋に水を注いで火にかけて、醤油ラーメンのパッケージを破り捨てた。勢いあまって、パッケージの中に沈《しず》んでいた麺のカスがコンロまわりに飛び散る。

「そう言うなよ、来島。なかなかお手柄《てがら》じゃないの。初仕事にしちゃ上出来。この調子でよろしく。あと、ごちそーさん」

八重崎はどんぶりの上に箸を置いて席を立ち、ぶらりと勝手口のドアから出ていった。

「身に余る評価じゃない？」

配膳《はいぜん》を終えて戻《もど》ってきたミコトが、口元をトレイで隠《かく》してくすくすと笑った。

「支部長は、あんたが解決したって言ってくれたのよ？　捕縛《ほばく》のときは後ろでぼーっと見てただけなのにね？」

草太ははっとした。そうだ。鉄鍋いじめが楽しくてすっかり忘れていたが、自分は今日の捕縛でまったく役に立てなかったのだ。逃《に》げた鉄鍋の手がかりを見つけ、逃走《とうそう》先を推理し、見事捜し当てて捕縛したのは、他でもない――

「ごちそうさま」

利里がテーブルの上に箸を揃《そろ》えて、立ち上がった。

食後の挨拶《あいさつ》をしたわりには、どんぶりの中にはスープはおろか、麺《めん》も半分くらい残っている。

鉄鍋を捕縛する直前に「おなかがすいた」と零《こぼ》していたはずなのに、だ。

「先にデスクに戻ってるわね。報告書もまだだし。鉄鍋を移動させるときは携帯《けいたい》で呼んで」

口早に言って、支部長とは違《ちが》って食堂に続く扉《とびら》から出ていった。見たところ機嫌《きげん》を悪くしたわけではなさそうだった。完全にいつもどおりの利里だった。

だからこそ、気になった。

「待った！」

草太はノンフライ麺をミコトにパスして、厨房《ちゅうぼう》を飛び出した。

「ちょっとぉ、これどうすんのよー！」

「沸騰《ふっとう》したら鍋に突《つ》っ込んどいて！」

「おやめくだされー！」

抗議《こうぎ》の声を無視して、満員御礼《おんれい》の食堂に駆《か》け込んだ。席と席の間を縫《ぬ》うようにして進んでいくうちに、利里の姿は廊下《ろうか》へ消えていた。さっきの呼び声は聞こえなかったらしい。

ようやく食堂を抜《ぬ》けて廊下に出ると、左右を見回した。左の曲がり角に見覚えのあるポニーテールが引っ込むのが見えて、声を張りあげる。

「先輩、ストーップ！　待って！」

ポニーテールが引っ込んだ。遅《おく》れて、利里が不思議そうな顔を覗《のぞ》かせる。

「来島くん。どうかしたの？」

「いや、その……」

大急ぎで駆け寄ってみたものの、何を言うべきか考えていなかった。

向かいあったまま、何も言えずにただ時間が無為《むい》に過ぎていく。

ややあって、はあ、と利里がため息をついた。

「あなたね、せっかく支部長が褒《ほ》めてくれたんだから、少しは喜びなさいよ。お葬式《そうしき》みたいな顔してないで」

草太は咄嗟《とっさ》に両手で顔面を押さえ、頬《ほお》を引っぱってみた。

こちらを見ていた利里が、ふと口《くち》の端《はし》を少し歪《ゆが》めた。苦笑《くしょう》したのだ。

「わたしが初めてここに来たときなんて、本当にひどかったのよ。こんな性格だし、人見知りが激しかったから全然なじめなくて。当然、仕事も空回りしてばかり。外法が使えるってだけで、てんで役立たず、足を引っぱってばかりだった……ヒルダさんがいてくれなかったら、きっといまでも浮《う》いていたか、疎《うと》まれていたでしょうね」

ヒルダの名前以外は、固有名詞は一切《いっさい》出てこない。だからこそ真実を話しているのだと思えた。具体的にどんなことがあったのか興味はあったが、訊《たず》ねるのは憚《はばか》られた。利里はわざとぼかして話しているのだ。詳細《しょうさい》を語ってもいいと思っているのなら、最初からぼかさずに話していたはずだ。いつもの、さばさばとした口調で。

「あなた、前にこう言ったわよね？『頑張《がんば》ったら頑張ったぶん、結果が出て当然だと思ってるだろ』って。言い忘れてたけど、ハズレ。努力しても手に入らない、追いつけないものはある。わたしはいまだに、目的を果たせていない」

利里は胸の前で軽く右手を握《にぎ》り、ゆっくりと開いた。手のひらを見下ろす眼差《まなざ》しは鋭《するど》く、悲しげで、何かを強く追い求めていた。

このときになってやっと、草太はみずからの勘違《かんちが》いに気がついた。利里は確かに優等生だろう。外法の才能があり、退魔師としても優秀《ゆうしゅう》だ。

だが決して、万能《ばんのう》ではない。

欠陥《けっかん》のない完璧超人《かんぺきちょうじん》でもないかぎり、努力しても実らないものは必ずある。

自分はあのとき、知らず知らずのうちに残酷《ざんこく》なことを言ってしまったのか――

そう思ったら、いてもたってもいられなくなった。

「せ、先輩《せんぱい》こそ！」

何か言わなければという思いに急《せ》かされて、ろくに考えをまとめていないうちに口を開いていた。言いかけてから、大急ぎで続く言葉を考える。

「先輩こそ、勘違いしてるだろ。空回りの何が悪いんだよ。外法が使えるってだけでもじゅうぶんすげーだろ。何もできずにびびって突っ立ってるだけよりはるかに上等じゃねーか」

あり合わせの言葉でも、本心だった。

毅然《きぜん》と言霊《ことだま》を唱え、外法を操《あやつ》る利里の背中は、男から見てもとても格好良かった。

それに比べて自分のふがいなさといったらどうだ。利里から借りた盾《たて》代わりになるという傘《かさ》を放り出し、頭を抱《かか》えて逃げ回っていただけだ。野生のライオンと檻《おり》の中のナマケモノくらい差をつけられている。情けないことこの上ない。

思い出して軽く落ち込んだ。

「──突っ立っているだけなのが、嫌《いや》なの？」

草太は顔を上げた。利里が不思議そうにこちらを見つめている。

「そりゃ、当たり前っしょ」

格好悪いのは誰だって嫌に決まっている。かといって、格好いい真似《まね》をしたいわけではない。

地味でもいいから、何か役に立つことができればいい。ちょっとしたサポートでいいのだ。

そういう意味で言ったのだが、利里には通じなかったらしい。真剣《しんけん》な顔つきで頷《うなず》くと、

「わかったわ。じゃあ、わたしが鍛《きた》えてあげる」

「は？」

自分の耳を疑った。いま、この先輩は何とおっしゃったのか。

「戦い方を教えてあげるって言ってるの。正直言って、今日のあなたにはびっくりしたわ。あんな役立たずと組んだの生まれて初めて。宇壁さんだってもう少しまともに動いたわよ」

さっきまでの殊勝《しゅしょう》な態度が一変、いつもの利里に戻《もど》っている。しかも、さりげなく宇壁に対してひどい評価を下している。

「あの、先輩……さっき俺のことちょっと褒めてたりしませんでした？」

「お世辞に決まってるでしょ。支部長が褒めた相手をけなしたら、支部長の評価を否定したこ

とになるじゃない」

「いま思いっきりけなされたんですけど……」

「明日から毎日、仕事が終わったら鍛錬場《たんれんじょう》に集合ね。みっちりしごいてあげるから、覚悟《かくご》しておきなさい。ああそれと――ラーメン、残しちゃってごめんなさい。あんまり添加物《てんかぶつ》が多いものを食べると、外法の力が落ちるのよ」

「……え？」

思い出した。確かに、麺《めん》は半分ほど残っていたが、具はしっかり食べてあった。

ポニーテールをしっぽのように振《ふ》って、先輩退魔師は去っていった。

草太はその場に立ち尽《つ》くした。もう後を追いかける気にはなれなかった。腹の底にたまった重たい徒労感を、呟《つぶや》きとともに吐《は》き出した。

「すんげー面倒《めんどう》くせえ女……」

今日一日で、異種族間での相互《そうご》理解の難しさはじゅうぶん学んだと思っている。

だが妖異《ようい》よりも何よりも、職場の先輩と分かり合うことの方が何十倍、何百倍も難しい気がしてならなかった。

第三章　付け焼き刃に出来ること

煤《すす》けた闇《やみ》の中に、女の歌声が妖《あや》しく響《ひび》いていた。

「一つ御魄《みたま》を送りませう」

またこの夢か、と草太は落胆《らくたん》した。

顔の見えない狩衣《かりぎぬ》の女と、姿の見えない男の会話が続く、奇妙《きみょう》な夢だ。

もう何度目になるだろうか。そろそろ自分の脳味噌《のうみそ》も飽《あ》きてくれてもいいだろうに、しつこくこの夢ばかり見せてくる。展開がわかっていても内容が面白《おもしろ》ければ多少は楽しめただろうに、困ったことにこの夢は面白みがなく、ただ淡々《たんたん》と進行していく。娯楽《ごらく》性のない三流映画を繰《く》り返し鑑賞《かんしょう》している気分だ。いや、もっと酷《ひど》い。映画館ならば寝《ね》てしまえば済むが、夢ではこれ以上眠《ねむ》りようがない。

「二霊《ふたたま》あらねど逝《ゆ》き着くやうに」

顔の見えない女と姿の見えない男の会話が終わると、あとは女の一人舞台《ぶたい》がはじまる。

女はいつもどおり奇妙な歌を口ずさみ、草太の足元に這《は》い蹲《つくば》った。女の姿が視界からいったん消える。ややあって、くちゃり、と何か湿《しめ》ったものを食《は》む音がした。

「身は朽《く》ち果てども虞《おそ》れはいらぬ」

一句謳《うた》うたびに間を置いて、また何かを食む。

女は草太の足元で何かを食べているらしい。そこに横たわっているものは一つしかない。

巨大《きょだい》な、何者かの肉体だ。

くちゃり、くちゃり。咀嚼《そしゃく》する音がしばし続いたのち、女が顔を上げた。

口の周りが赤い液体で汚《よご》れていた。液体は顎《あご》を伝って胸元《むなもと》に染《し》みているため、白い狩衣の前半分ほどまで真っ赤に染まっていた。

赤く染まった細い喉《のど》が、こくんと上下して何かを飲み下した。

この女は、何かの生肉を食べているのだ。それも、死んだ直後の。

まるで獣《けもの》か、バケモノだ――

《また覗《のぞ》いておるのか。性懲《しょうこ》りもない》

嗄《しゃが》れた声が頭上から降りかかるように聞こえてきた。

草太は煤闇《すすやみ》に閉《と》ざされた空を仰《あお》いだ。予想通り、声の主らしき姿は見あたらなかった。狩衣の女と対話していた、声だけの男。そのもう片方だ。

しかし、この登場は予定にはない。

それにしても、覗き魔扱《まあつか》いされるとは心外だ。誰《だれ》も好きこのんでこんな退屈《たいくつ》な夢を見ているわけではない。どうせなら、美味《うま》いものをたらふく食う夢や、空を自由自在に飛び回る夢、可愛《かわい》い女の子にモテモテな夢などを見たいと思っているのに。

《よく言う。おぬしは好きこのんであやかしの世界に首を突《つ》っ込んだのではなかったか》

確かにそのとおりだ。さすが夢の中だ。過去の思考までもが筒抜《つつぬ》けだ。とはいえ、妖異の世界に首を突っ込んだことが、この夢とどう関係があるというのだろう。

《何だ、わかっておらんかったのか。呆《あき》れた奴《やつ》よ。下手《へた》にあやかしと関《かか》わるからこうなったのだろうが。瘴気《しょうき》に当てられれば、厭《いや》でも魂魄《こんぱく》が揺《ゆ》さぶられる》

抑揚《よくよう》のついた口調の端々《はしばし》から、男の感情がありありと感じ取れた。呆れられている。それは十二分にわかるのだが、何の話をされているのかがさっぱり理解できなかった。

（あのさ、もちっと嚙《か》み砕《くだ》いて言ってくんないかな）

口に出して言ったつもりが、まったく声にならなかった。

《口が利《き》けぬか。無理もない。今は己《おれ》が語っているのだからな。流石《さすが》の己も口は二つない》

自分の発言がよほど気に入ったのか、男は呵々《かか》と嗤《わら》った。大気を震《ふる》わすような低い笑い声が、煤闇の中で何重にもこだましていった。

草太は笑えない。声が出ないからではなく、単純にどこが面白いのかわからなかったからだ。

《さっさと目を覚ますがいい。そして、此処の覚えは置いてゆけ。夢のことなど忘却《ぼうきゃく》の彼方《かなた》へ押しやってしまえ。今のおぬしには必要なき事よ》

それきり、男の声は聞こえなくなった。

言われなくてもわかっている。こんな退屈な夢を見るくらいなら、さっさと目を覚ました方がいくらかマシだ。だが、それにはまだ幾分《いくぶん》か時間がかかる。

草太は視線を下ろして、その要因を見やった。

折しも足元では、狩衣の女がさらに顔と衣服を赤く濡《ぬ》らして歌っているところだった。女の一連の奇怪《きかい》な行為《こうい》がすべて終わらなければ、この夢もまた終わらないのだ。

「此処の覚えは置いてゆけ」

女は血の滴《したた》る生肉を頬張《ほおば》り、よく咀嚼して嚥下《えんか》しては、また顔を上げる。

そうして赤く濡れた唇《くちびる》が、恐《おそ》ろしくも美しい半月を描《えが》いて——最後の句を詠《よ》みあげた。

＊

目を覚ますと、草太は硬い床板《ゆかいた》の上で大の字になっていた。

身を屈《かが》めて覗き込んでくる二つの顔を眺《なが》める。一つはトラウマが蘇《よみがえ》るほど可愛い顔で、もう一つは氷の彫像《ちょうぞう》のように端整《たんせい》な顔だ。無論、ミコトと利里だ。

　二人のさらに頭上にある剝《む》きだしの梁《はり》と鋭角《えいかく》的な天井《てんじょう》を見て、現在地、および状況《じょうきょう》を把握《はあく》した。ここは耳鳴坂にある鍛錬《たんれん》場だ。そして自分は八重崎利里という鬼《おに》教官の指示のもとで「鍛錬」を行い――疲《つか》れ果てて床《ゆか》に倒《たお》れ込み、そのまま眠ってしまったらしい。

「生きてる？」

　利里が見ればわかることを律儀《りちぎ》に訊《たず》ねてくる。さっきから、彼女の肩《かた》から流れたポニーテールの毛先が草太の顎に触《ふ》れていて、やたらとむずがゆくてたまらない。

「見てのとーり存命してますが何かご不満でも？」

「そうね、不満はいろいろあるけど言わないでおくわ」

「そーっすか。実は俺も不満がてんこ盛りなんすけど」

　草太は寝転《ねころ》がったまま利里を睨《にら》みつけた。

　鬼教官こと利里が立案した鍛錬の内容は、十キロのロードワークと腕立《うでた》て伏《ふ》せや腹筋などのいわゆる筋トレだった。ほとんど運動部のトレーニングメニューだ。こんな状態が、かれこれ一週間近く続いている。大いに不満だった。草太は別に体力作りがしたくて耳鳴坂に入ったわけではない。汗《あせ》を吸ったTシャツとジャージのズボンが気持ち悪かった。

「あんたって体力ないのねー。思ってたとおりっていえばそうなんだけど」

　ミコトが大きな水筒《すいとう》を開けて、人数分の紙コップにこぽこぽと麦茶を注いでいた。その傍《かたわ》らには、スーパーで買ってきたパックの大福が置かれていた。

ちなみに彼女は初出勤の日に草太と同じ朝食を食べて以来、「人間と同じ食事をとる」ことに楽しみを見いだしたらしく、文車妖妃にとってはエネルギーにもならないものを無駄《むだ》に食べるようになった。おかげで食費が以前の倍だ。余計なことを言うんじゃなかった、と後悔《こうかい》してもしたりない。

「いまは帰宅部まっしぐらだけど、中学のときは一応サッカー部に入ってなかったっけ？　ベンチにも入れてもらえなかったみたいだけど」

ミコトは大福を頬張りながら言って、白い粉まみれになった口をもぐもぐと動かした。

「……何で知ってんだおまえ」

「やーね。最初に会ったとき、家捜《やさが》ししたって言ったじゃない。忘れたの？」

確かに言っていた。寝《ね》ている間に部屋の中を物色されたがために、ミコトはいまの顔と名前になったのだ。だがそれが事実だとしても、決して偉《えら》そうに言うことではないと思う。

「俺、どのくらい寝てた？」

利里は手首に塡《は》めたアナログ式の腕時計《うでどけい》に目を落とした。

「十分弱ってところね」

「いつまでこんなこと続けりゃいいんすか？　俺は確か、戦い方を教えてくれるって言われた気がするんですけど」

「睨まなくても、ちゃんと教えてあげるわよ。ただ、仮に外法を覚えたとしても、最初は防戦一方、逃《に》げ回ることになると思ったから、逃げ切るための体力作りが先だと思ったの」

「えっ、外法⁉　マジで⁉」

草太は腹筋の力だけで跳《は》ね起きた。筋肉痛ぎみだったため腹に若干《じゃっかん》の痛みが走ったが、一瞬《いっしゅん》で気にならなくなった。なんせ、あの外法を教えてくれるというのだ。そこまで期待していなかっただけに、俄然《がぜん》テンションが上がってきた。

「来島くんの場合、外法三家の血をひいてないから外法の習得はかなり難しいと思うけど。でも前例がないわけじゃないから、頑張《がんば》ればなんとかなるはずよ。多分」

利里は珍《めずら》しく自信なさそうに言って、両手に持った紙コップにふうふうと息を吹《ふ》きかけた。

「あのー。前から気になってたんだけど、その外法三家ってナニ？」

「……来島くん。外法がどんなものかは知っているのよね？」

「実はあんまり。確か陰陽師《おんみょうじ》とは全然違《ちが》くて、天狗《てんぐ》から教わったもので、毒を以《もっ》て毒を制すとか何とか……あれ？　違ったっけ？」

「あなた、その程度の認識《にんしき》で外法を覚えたいなんて思ったの？」

身の程《ほど》知らずだとでも言いたげな口ぶりだ。草太も同意見だ。一方で、あの魔法《まほう》みたいな術を使えたら面白《おもしろ》そうだ、と密《ひそ》かに思っている。

ミコトが両腰《ごし》に手を当てて、わざとらしく溜息《ためいき》をついた。

「もー。ちゃんと説明してあげたでしょ？　外法っていうのは」

「待った！　わかる！　わかるから言うな！　えーと、大昔の人が天狗とかの妖異《ようい》から教わった術だったよな？　他《ほか》の妖異を倒すために」

草太はミコトを制して答えてから、利里の顔色を窺《うかが》った。腕組《うでぐ》みをしつつこちらを見つめる顔にはやや呆《あき》れの色が混じっていたが、不機嫌《きげん》そうには見えなかった。

「だいたいそんなところかしら。間違《まちが》ってはいないわ……誰《だれ》に聞いたのか知らないけれど」

「で、最初の退魔師の血を色濃《いろこ》く受け継《つ》いでいる三つの家系を、〝外法三家〟と呼んでいるってわけ。ま、あんまり難しく考えることはないわよ。ほら、芸能人でも大御所《おおごしょ》の三人を御三家《ごさんけ》って呼んだりするでしょ？　あれとおんなじノリだってば」

「おお、なるほど」

「ノリって……でも確かに否定はできない……」

利里が沈痛《ちんつう》そうに額を押さえた。こういう仕草が少しヒルダに似ている。自然と影響《えいきょう》を受けたのか、真似《まね》をしているのかは知らないが、本人に自覚はなさそうだ。

「話を戻《もど》すわね。わたしが教えられるのは、八重崎の外法だけ。これはとてもシンプルよ。結界と言霊《ことだま》を使って周囲の魂魄《こんぱく》に呼びかけて、一時的に力を借りるの」

「利里、ダメよ。まずは魂魄が何かから説明してあげないと。ねえ？」

ミコトがにやりと笑う。馬鹿《ばか》にされているようで癪《しゃく》だが、一から説明してもらわないとわからないのは事実なので、不平の言葉はとりあえず呑《の》み込んだ。

「魂魄っていうのはタマシイのことよ。人間や動物、植物などのタマシイは〝魂《こん》〟と〝魄《はく》〟の二霊《ふたたま》にわかれていて、魂は死ぬと天に昇《のぼ》って新しい生命へと転生し、魄は大地に還《かえ》って新しい生命を育《はぐく》み、支える力となるの。ちなみに妖異には魄しかないんだけど、それについての説明は省くわね？」

「魂は天に昇り、魄は地に還る。これが世の理《ことわり》。でも、なかにはわけあって天に昇りそこねた魂や、大地に還りそこねた魄もいる。八重崎の外法は、そんな彼らの力を借りる術なの。結界道具で効果範囲《はんい》を決め、言霊で周囲の魂魄を呼び込み、念力に変換《へんかん》して簡単な手伝いをさせる。あるいはもう一歩踏《ふ》み込んで、呼び込んだ妖異の術を一時的に借りて行使する――こうして言葉にしてみると、たいしたことはやってないように聞こえるかしら」

「いや、一般人《いっぱんじん》から見たらありえないくらいたいしたことなんすけど……」

利里にとっての「たいしたこと」の判断基準は、草太とはかけ離《はな》れたところにあるとしか思えない。

「それじゃ、実際にやってみましょうか。ミコトさんは奥に行って待機」

「はあーい」

なぜか嬉《うれ》しそうに返事をして、ミコトは鍛錬《たんれん》場の奥へ飛んでいった。

「はい、来島くん起立」

委員長のように言われて、草太は立ち上がって気をつけの姿勢をとった。利里がしゃがみ込んで、碁石《ごいし》のようなものを三つ、草太の前に潰《つぶ》れた二等辺三角形を描《えが》くかたちに置いた。

「何すか、その石」

「点界材。結界道具の一種で、言霊が刻んであるの。わたしがいつも使っているものを貸してもいいんだけど、あれだと床《ゆか》に傷ができちゃうから」

刹里がいつも足元へ叩《たた》きつけていた楔形《くさびがた》のものを思い出す。ナイフのように尖《とが》った先端《せんたん》が地面に深々と突《つ》き刺さっていた。室内で使うにはあまり向いていないだろう。

「これからやるのは、三点結界による疑似障壁《ぎじしょうへき》といって、一番簡単な外法よ。あなた、前に自転車で見えない壁《かべ》に突っ込んだことがあるでしょう?」

「あー、アレっすか」

草太は渋面《じゅうめん》になった。実はあれが少しトラウマになっていて、最近は自転車であまりスピードを出せなくなってしまったのだ。

「手順を説明するわね。まず、陣《じん》——結界に向かって意識を集中する。言い忘れていたけど、疑似障壁とか、無生物に干渉《かんしょう》する場合は、外法使いは陣の中にいなくても問題ないわ。意識の集中は、目の前で手を合わせるとか、座禅《ざぜん》を組んだりとかするとやりやすいっていうわね」

草太はとりあえず両手を胸の前で合わせてみた。なんとなく目も閉じて、両手の指先と、その下にある陣とやらを強く意識する。

「次に言霊を唱える。わたしの後に続いて。集《つど》え集え、彷徨《さまよ》える魂魄の残滓《ざんし》」

「『集え集え、彷徨える魂魄の残滓』」

自分の中に何か温かいものが流れ込んでくる感覚。足の爪先《つまさき》から指先、頭のてっぺんにまで昂揚《こうよう》感がかすかな痺《しび》れをともなって伝っていく。

「我が陣に応じ、壁と成れ」

「『我が陣に応じ、壁と成れ』！」

視界の外――眼球の裏側で何かが閃《ひらめ》いた。

成功だ、と思った。根拠《こんきょ》はなくても確信できるだけの手応《てごた》えはあった。だが。

頭の中で生まれた光が、黒い靄《もや》にあっという間に呑み込まれ、闇《やみ》に埋《うず》もれていった。

煤《すす》けた闇の中に、赤褐色《せっかっしょく》の肌《はだ》をした腕《うで》がかいま見えた。一瞬《いっしゅん》だったが、その腕が蝿《はえ》を追い払《はら》うように手を振《ふ》ったあと、中指を突き立てた――気がした。

うまくいったかと思ったのに、急に邪魔《じゃま》が入って集中が切れてしまった。

（しかもあれ、どっかで……）

不透明《ふとうめい》な闇にも、赤褐色の肌にも既視感《きしかん》があった。

だが、いぶかしんでいる猶予《ゆうよ》はなかった。

鍛錬場の奥で、ミコトが何かを構えていた。野球の球よりも少し大きい。ソフトボールだ。ボールを強く握《にぎ》った手が、ぐるりと勢いをつけて回る。いいフォームだ、などと感心している余裕《よゆう》などもちろんない。

「ちょ、待てミコト、ストップ、ストーップ！」

制止の声は一足遅《おそ》く、豪速球《ごうそっきゅう》が飛んできた。

硬球《こうきゅう》が、微動《びどう》だにできない草太の耳をかすめていった。背後で、壁に激突《げきとつ》する轟音《ごうおん》が響《ひび》く。

背筋に冷たい汗《あせ》が伝い落ちていった。

いまのを食《く》らっていたら、多分、コブではすまなかった。

「壁、全然できてないじゃない。真面目《まじめ》にやってるの？」

見事なアンダースローを放ったミコトが、腰《こし》に手を当てて不満そうに口を尖らせた。

草太は笑った。無理やりのやけくそだ。顔で笑わなければ膝《ひざ》が笑いそうだったからだ。

「いい肩《かた》だなー。妖異《ようい》にしとくのが実にもったいない！」

「世界が狙《ねら》えそうよね……オリンピック種目から外されちゃったのが本当に残念」

珍《めず》しく利里が同意してくれたのは、同情からかもしれなかった。

結局、あれから何十回と挑戦《ちょうせん》したが、結果は同じだった。何度やってみても、壁どころかオブラート程度の膜《まく》すら作れず、そのたびに草太はデッドボールの危険に晒《さら》された。

振り袖《そで》の豪腕《ごうわん》投手はのんきに麦茶をすすった。

「どうしてダメなのかしらねー。才能ないんじゃない？」

「気にすることはないわよ。外法三家の血を引いていても、外法を使えない人もいるから。一般人のあなたが使えなくても無理はないわ。まあ、わたしの点界材を使っているのに反応すらしないっていうのは、ちょっと引っかかるけれど」

利里が顎《あご》に手を当てて、親指の先で下唇《したくちびる》をいじりながら呟《つぶや》いた。

「外法を使えない要因というと、体質の問題かしらね。特に食生活。食品添加《てんか》物たっぷりのものばかり食べていると魄《たましい》に嫌《きら》われるって話も聞くし。でもそれをいったら、叔父《おじ》さまはニコチン中毒になる前に廃業《はいぎょう》しているはずだし。わからないわね。他《ほか》に原因があるとしたら……」

利里はおもむろに近寄ってくると、草太のTシャツの胸元《むなもと》を掴《つか》んだ。

「えっ?」

乱暴に引っぱられるのかと思ったが、引き寄せられるように近づいてきたのは利里の方だった。掴んだ生地《きじ》の数センチほどにまで顔を近づけて、すんすんと鼻を鳴らす。

草太は硬直《こうちょく》した。ついで、一気に全身が熱くなった。

「せっ、ちょ、先輩《せんぱい》ッ!」

「ん……」

端整《たんせい》な顔が、胸元から首筋へと移動していった。また鼻から空気を吸う音がする。

利里ににおいを嗅《か》がれている。

草太は思わず息を止めた。少なくとも呼吸をしなければ口臭《こうしゅう》は発生しない。

相手は空気を吸い込んでいるはずなのに、温かい吐息《といき》が耳の下あたりに触《ふ》れた。いったいなぜなのか。草太はできるだけ意識しないようにした。意識したら負ける。理性が負ける。

「体を動かしたあとだからちょっと汗臭《あせくさ》いけど、嫌《いや》な臭いでもないわね。煙草《たばこ》や香水《こうすい》、整髪料《せいはつ》などの匂いもなし……来島くん、どうかしたの？」

利里は近寄ってきたときと同様、平然とした態度で体を離《はな》して小首を傾《かし》げた。異性の体臭《たいしゅう》を嗅ぐという奇行《きこう》に走っておきながら、非常識な行動をとった自覚はないらしく、表情の変化は微塵《みじん》も見られない。ただ一人動揺《どうよう》している自分が情けなく思えた。

「何でもないす……」

肩を落としていると、急に後ろから抱《だ》きつかれた。すんかすんかと鼻を鳴らす音が聞こえて肩越《かたご》しに覗《のぞ》けば、ミコトが背中に顔をうずめていた。

「何やってんだ、おまえ」

「……つまんなーい！」

ミコトは頬《ほお》を膨《ふく》らませると、ぱっと身を離して梁《はり》の高さまで飛んでいってしまった。利里の真似《まね》をしたかったにしても、意味も意図もわからない。妖異の思考回路は常人の斜《なな》め上をいきすぎている。

「それで先輩、いまの体臭チェックには何の意味が？」

「魄は臭気《しゅうき》を嫌う傾向《けいこう》があるから。あまりにも不潔だったり、煙草や香水の匂いが強かったりすると、外法が使えなくなるの」

だったら事前にそう説明してから行動に移ってほしかった。

利里は一つ嘆息《たんそく》すると、頭を掻《か》くかわりに長いポニーテールに指を絡《から》めて梳《す》いた。

「外法がダメとなると、どうしたものかしら」

「やっぱり草太には無理なのよ。いいじゃない、いままでどおり後ろで縮こまらせておけば」

ミコトが失礼を通《とお》り越《こ》して無責任な発言をする。草太が戦えようと戦えまいと、本気でどうでもいいと思っているようだ。鉄鍋《てつなべ》を捕縛《ほばく》したときのように、ミコトが囮《おとり》になって利里が外法を使えばすんでしまうのだからそのとおりではあるが、草太としては面白《おもしろ》くない。

「でも、退魔師なら妖異への対抗《たいこう》手段は持っていた方がいいわ。あなた、武術の心得は？」

「体育で柔道《じゅうどう》を習ったくらい」

「ま、そんなものよね。ちなみに得意だった技《わざ》とかある？」

「あえてあげるなら、受け身かな」

草太は胸を張った。体育が柔道のときは毎回、二クラスぶんの男子が見守る中で体育教師からマットに投げ飛ばされるという栄誉《えいよ》を賜《たまわ》ったのだ。近所に接骨院があったからという部分もあったかもしれないが。

「……つまり、一から教えなきゃいけないわけね。ちょっと待ってて」

利里は鍛錬《たんれん》場の奥にある引き戸を開けて出ていった。二、三分ほどして戻《もど》ってきたときには、人が一人入れるほどの大きな木箱を載《の》せた台車を転がしていた。

草太はひょいと箱を覗き込んで、唖然《あぜん》とした。

箱の中には大量の武器が入っていた。日本刀らしきものが長物から脇差《わきざし》まで含《ふく》めて数本、西洋風の剣《けん》に、槍《やり》と、槍に似た形状で柄《つか》が短く刃《は》が長いもの、突《つ》くことに特化した細身のレイピアなど映画やゲームなどで慣れ親しんだ武器に、鉈《なた》、斧《おの》など山小屋ライフで使いそうなもの、鎖鎌《くさりがま》、鞭《むち》といったマニアックなもの、そして三段式の警棒になぜか釘《くぎ》バットまで入っていた。

「流派や構えは気にしなくていいわ。相手にするのは妖異《ようい》だから、人間との戦いを想定した型はそれほど役に立たないし。何せ、いきなり空を飛んだり、関節や質量を無視して触手《しょくしゅ》を伸《の》ばしてきたり、炎《ほのお》を吐《は》いてきたりするような連中だから」

聞いているうちに気分が重くなってきた。肩《かた》も重いと思ったら、ミコトが手を置いてその上に顎《あご》を載せ、真剣《しんけん》な顔で大量の武器を眺《なが》めていた。

「……センパイ、俺やっぱり戦えなくても」

「まずはこの中から適当に選んでみて。勘《かん》で選んでもいいし、フィーリングとか握《にぎ》った感じとかでいいから」

「聞いてねえし……」

草太は観念した。この期《ご》に及《およ》んで後戻《あともど》りはできそうもない。とりあえず、目に付いたものから順番に、縁日《えんにち》で棒くじを引く感覚で引き抜《ぬ》いてみる。

まず日本刀を手に取り、鞘《さや》から抜いてみた。テレビの時代劇で見慣れている武器なので、扱《あつか》い方はなんとなくイメージできる。無論、あくまで頭の中であって、実際に扱えるかというとまったく別の話だ。それに、実際の日本刀は時代劇の殺陣《たて》のように、何人も斬《き》り伏《ふ》せる前に刃がダメになってしまうという話も聞いたことがある。手入れも大変そうだ。

次に西洋風の剣を取り出す。テレビゲームなどでお馴染《なじ》みの両刃《りょうば》の剣《つるぎ》だ。悪友たちとよくつるんでやっている携帯《けいたい》ゲームでも、草太は自分が操作しているキャラクターにこんな感じの剣を装備させている。一番システム的に安定した武器だからだ。ならば実際に使うぶんにも使い勝手がいいかというと、持ってみた感じがかなり重い。両手で柄を握って一振《ひとふ》りしただけで肩にきた。東洋人の骨格には向いていないのかもしれない。

続いて槍と長刀《なぎなた》が目に入った。間合いが広いから、相手にあまり近づかずに攻撃《こうげき》できる。だが、懐《ふところ》に飛び込まれたら最後だ。格闘《かくとう》ゲームをプレイしたかぎりでは、大きな武器やリーチの長い武器を装備したキャラクターは案外使いにくいのだ。

斧、鉈はあまり武器としてイメージできないので候補から外し、鎖鎌と鞭は使い方がわからないから同じく除外、釘バットは論外とする。

「やっぱこれかなあ」

草太は警棒を手に取った。思い切り強く振《ふ》ると、しゃかしゃかと軽快な音がして、三段階に伸びた。ツヤのない黒い表面もシンプルな形状も悪くはない。何より軽いのがよかった。このへんが無難なところかもしれない。

最終確認《かくにん》のつもりで箱を見ると、白っぽい柄が突き出ているのが目についた。

「こんなのあったっけ」

何となく気になって、柄《つか》を摑んで引っぱりだしてみた。

無骨な日本刀のようなものが現れた。

鞘に収まっていないせいか、あちこち刃こぼれしている。日本刀にしては刃が反り返っておらず、ほとんど直刀だ。しかも、少し重い。なんとなくだが、柄の中にまで刀身が続いているような感じがした。そういえば、普通《ふつう》の日本刀と違《ちが》って、柄の部分に糸が巻きつけられていない。白い皮が剝《む》きだしになっているため、少し手が滑《すべ》りやすい気がした。あまり使い勝手がいい武器とは思えない。

日本刀に似ていて、日本刀より重いのなら、軽い日本刀の方がいい——と、普段《ふだん》の草太なら思っただろう。少なくとも、根性《こんじょう》なしで面倒《めんどう》くさがりの理性はそう訴《うった》えた。

だが、なぜだか手放したくないと思った。

「それは毛抜《けぬ》き型大刀——野大刀《のだち》よ」

利里が手元を覗《のぞ》き込んできた。

「日本刀がいまの、彎曲《わんきょく》した形状になるよりずっと昔の刀ね。まだ武士が武士ではなく、刀を振り回すのは下《した》っ端《ぱ》のすることだと考えられていた時代の大刀。その、レプリカよ。実際は一メートルほどの長さがあったらしいけど、それは少し短く作られてる」

「へえ……」

草太は利里の話をほとんど聞き流していた。意識のほとんどが手の中にある刀に注がれていた。迷いが頭の中をぐるぐると駆《か》けめぐっていた。この刀は使いにくそうだ。でも気になる。

「気に入ったの？」

「なんとなくだけど……」

「いいじゃない。大刀早坂の由来にもなっている武器だもの。昔の退魔師は、妖異と大刀で戦っていたみたいだし」

利里がお墨《すみ》付《つ》きをくれる。

草太はふと、こういうとき真っ先に意見をしてくるやつが黙《だま》っていることが気になった。

「ミコト、おまえはどう思う？」

ミコトは着物の裾《すそ》を握りしめてこちらを凝視《ぎょうし》していた。珍《めずら》しく眉間《みけん》に皺《しわ》をよせて、真剣な顔というより思い詰《つ》めた顔をしている。

「どうしたんだよ？」

「あのね、草太。変なこと言うようだけど……あたしは、草太には大刀が合っていると思う。でも、だからこそ使わない方がいい気がするの」

予告通り、ものすごく変な言い分だった。

「それ矛盾してね？」

「あたしだって、自分でも何言ってるのかわかんないけど、何となく嫌《いや》な感じがするの！　最初から性格が合いすぎてるカップルが、うまくいかなくなるのが目に見えてるみたいな」

「わけわかんねーよ。どんな理屈《りくつ》だそりゃ」

「女の勘《かん》よ！」

「女っておまえ、付喪神だろ」

「じゃあ、妖異《ようい》の勘！」

可愛《かわい》い顔をせいいっぱい怒《いか》らせて叫《さけ》ぶ。ミコトがここまでムキになるのは、利里にグレムリン扱《あつか》いされたとき以来だ。妖異のアイデンティティだか何だかを否定されるのと同じくらい、気にかかる要素があるらしい。

草太は手の中の大刀を見下ろした。さっきまでいい意味で気になっていたものが、急に悪い意味で気になりだした。奇妙《きみょう》な考えが浮《う》かぶ。

(実は呪《のろ》われた武器で、装備をしたら外せなくなるものだったり……)

草太ははっとした。自分は既《すで》に大刀を握《にぎ》っている。これは装備と同義ではないか。

慌《あわ》てて床《ゆか》の上に大刀を置き、一歩、二歩と離《はな》れてみる。しゃがみ込んで凝視することしばし。

大刀が飛んで戻《もど》ってくることもなければ、自分が大刀の元へ引き寄せられることもなかった。

大丈夫《だいじょうぶ》だ。呪われていない。

ふと視線を感じて顔を上げると、刹里が可哀想《かわいそう》な人を見る目で見下ろしていた。

彼女からこういう類《たぐい》の視線を向けられるのは二度目だ。

草太は何でもない顔を作って立ち上がった。大刀の元へ戻って拾いあげる。

「で、どうするの？　決めるのはあなただと思うけど」

「これにするよ。悪いな、ミコト」

ミコトはふくれっ面《つら》になって、ぷいとそっぽを向いた。

「あたしは心配して言ったのに。ふん、怪我《けが》しても知らないんだから！」

「その言い方はおかしいわよ、ミコトさん。彼はこれからめいっぱい怪我するんだから」

「へ？」

目の前で、刹里が碁石《ごいし》に似た点界材を三つ、足元に配置しはじめていた。力を意味する三角形の陣《じん》を敷《し》くと、例の武器が大量に入った箱を近くに引き寄せた。

嫌な予感がした。冷たい汗《あせ》が草太の背中を伝い落ちていった。

「野球やソフトボールのキャッチング練習だと、あちこちに飛んでいくボールを追いかけて拾うでしょ？　これからやるのはその逆。あなたを狙《ねら》って飛ばすから、回避《かいひ》するか、その大刀で弾《はじ》き返しなさい」

と言って、武器が入った箱に手をかける。予感は刻々と確信に変わっていった。

「待ってセンパイ！　ボールが見あたらないんすけどいったい何を投げ」

「行くわよ。集《つど》え集え、彷徨《さまよ》える魂魄《こんぱく》の残滓《ざんし》——」

利里は聞く耳を持たずに言霊《ことだま》を唱えた。

「我が陣に応じ、武器を持て！」

彼女のそばで、無数の武器が箱の中から浮かび上がった。

武器たちは空中でくるりと回転し、その切っ先を草太へと向ける。

情けない絶叫《ぜっきょう》が、鍛錬《たんれん》場を震《ふる》わせた。

鍛錬場の外にある手洗い場で、草太は蛇口《じゃぐち》を上に向けて水を飲み、顔を洗った。

体中にまとわりつく汗も洗い流したかったが、それ以上に埃《ほこり》と少量の血を落としたかった。

水を浴びた犬猫《いぬねこ》のように頭を振《ふ》って水気を飛ばしてから、改めて自分の格好を見下ろす。

露出《ろしゅつ》した腕《うで》のあちこちに擦《す》り傷《きず》と青痣《あざ》が浮かび、Tシャツとジャージのズボンはところどころが裂《さ》けている。ほとんど集団暴行事件の被害者《ひがいしゃ》だ。

言うまでもなく、利里版キャッチング練習によって受けた傷である。

利里は平然とした顔をして、食《く》らったら即死《そくし》しそうな攻撃《こうげき》を繰《く》り出してきた。ミコトの豪速《ごうそく》球《きゅう》の比ではない。本人いわく「殺す前に寸止めするつもりだった」そうだが、とてもそうは見えなかった。ミコトの体当たりによって何度命を救われたかわからない。

「あの女、ほんっとに容赦《ようしゃ》ねー。鬼《おに》か」

声に出して呟《つぶや》いてから、慌てて周囲を見回す。ポニーテールの鬼教官の姿がないことを確認《かくにん》して、ほっと吐息《といき》をつく。ミコトが心配そうに腕を覗《のぞ》き込んできた。

「草太、本当に無理しなくていいのよ？　もともと捜査《そうさ》協力義務があるのはあたしだけなんだし。危ないときはあたしがちゃんと守ってあげるから」

「そういうわけにはいかねーよ。自分で言い出しといてやっぱ辞《や》めますー、なんて、格好悪い真似《まね》できるか」

ここまでくると意地だ。引き下がるつもりはない。

（絶対強くなって、あの女を押し倒《たお》――じゃねえ、叩《たた》きのめしてやる）

プライドの高い女の口から「参った」の一言を引き出せたら、気分爽快《そうかい》に違《ちが》いない。まだ見ぬ未来を夢想していると、俄然《がぜん》やる気が湧《わ》き出てきた。

蛇口から景気よく落ちる流水に両腕《りょううで》をひたした。痣と擦り傷だらけになって熱を帯びた肌《はだ》に、冷たい水が心地《ここち》よい。自然と耳慣れたフレーズが口をついて出た。

「ひとっつ御魄《みたま》をおっくりましょー。二霊《ふたたま》あーらねど逝《ゆ》き着くよーおに」

「……それ、何の歌？　数え歌みたいだけど、聞いたことない」

「さあ。実は俺もわかってなかったりして」

夢の中で何度も聞いているうちに覚えただけで、詩の意味すらまともに理解していない。ただなんとなく、鎮魂歌《ちんこんか》の一種ではないかと思っているくらいだ。

「身《み》は朽《く》ち果てどもおっそれはいーらぬ。世《よ》のこっとわりなど踏《ふ》み越《こ》えてー。出《い》づーる思いをかきいーだき――痛っ！」

いきなり肩《かた》を強く摑《つか》まれて痛みが走った。草太は力任せに手を払《はら》って、振り向いた。

ヒルダだった。彼女は白い顔をさらに蒼白《そうはく》にして、目を見開いていた。振り払われた手は、まだ空中でありもしない肩を摑んでいる。まともな状態ではない。思わず心配になった。

「あの、どうしたんすか？」

「あっああ、ごめんなさい！」

ヒルダはようやく我に返った。手を引っこめて後ろに隠《かく》し、取り繕《つくろ》うように笑う。いつもの笑顔《えがお》ではなかった。まだ顔色はすぐれず、瞳《ひとみ》の揺《ゆ》れや震える口元に動揺《どうよう》が残っている。

「本当に大丈夫《だいじょうぶ》っすか？　医務室行きます？」

「大丈夫よ。ごめんなさいね、痛かったでしょう」

そこで会話が途切《とぎ》れた。妙《みょう》に気まずい空気が流れる。

草太は左眉《まゆ》を掻《か》きながら、ヒルダの顔を盗《ぬす》み見た。

彼女は顔を逸《そ》らして俯《うつむ》いている。さっき草太の肩を摑んだのは、何か用があったからだということはわかる。気になるが、しつこく訊《たず》ねるのも気が引けた。どうしたものかと迷っていると、ヒルダは躊躇《ためら》いがちに口を開いた。

「……さっきの、歌のことだけど。どこで覚えたの？」

「ああ、あれっすか？　ちょっと聞いたことがあって」

「どこで⁉」

ヒルダが身を乗り出してきて、草太の両肩《りょうかた》を強く掴んだ。長い爪《つめ》が食い込んで痛い。それ以上に、鬼気迫《ききせま》る表情が目に痛かった。こんなヒルダは初めて見る。

「い、いや、あの……夢で」

「……夢？」

「あー誤解しないでくださいよ。トチ狂《くる》ってないっすから。何つーか、妖異《ようい》と関《かか》わるようになったからっすかね。変な夢を見るようになって。多分、耳鳴坂のどっかで偶然《ぐうぜん》聞いた歌が、たまたま耳に残ってて、夢の中にまで出てきちゃってるだけだと思うんです、けど……」

後半はしどろもどろになる。

草太が語ったのは推測というより願望だ。自分でも不気味に思っているのだ。なぜ同じ夢を繰り返し見るのか不思議でならない。草太の方が、誰《だれ》かに説明してほしいくらいだ。

さすがにこんな曖昧《あいまい》な説明では信じてもらえないと思ったが、意外にもヒルダは真剣《しんけん》な表情を崩《くず》さずに耳を傾《かたむ》けてくれていた。

「さっきの続き、歌える？」

「ええと……」

草太は両腕を組んで、視線を上に泳がせた。数え歌風になっているから、次は六に関係する音からはじまっているはずだ。

「向《む》かうは輪廻《りんね》の輪の中か……」

次は七だ。何度も耳にしているから知っているはずなのだ。なのに、いっこうに続く言葉が出てこない。意識をしたせいで、逆に記憶《きおく》の底に引っ込んでしまったのかもしれない。

「すいません、わかんないっす」

肩を摑む手が緩《ゆる》んだ。ずるりと手を下ろして、ヒルダが全身から力を抜《ぬ》いた。

「そう。そうよね、わかるはずないわよね。本当にごめんなさいね、急に変なこと言って」

ヒルダはあきらかに無理をしている笑顔を作ると、ウェーブの髪《かみ》を靡《なび》かせて去っていった。

「ヒルダ、どうしちゃったのかしら」

「なんか悪いことしたな」

後ろ姿だけ見ても、かなり落胆《らくたん》してる様子だった。思い出せなくて申し訳ないことをした。

「しょうがないじゃない。あなたの頭が悪いのはいまにはじまった話じゃないし」

「そういう意味じゃねえ——うわあ！」

じろりと半眼で振《ふ》り向くと、そこに鬼《おに》教官が立っていた。てっきりミコトが言ったのかと思っていたので完全に油断していた。利里の背後で、ミコトが口元を袖《そで》で隠してにやにやと笑っていた。はめられた。

「いやあの、もう休憩終わりっすかね……ははは」

草太は引きつった笑みを浮《う》かべた。どうやって取り繕おうかと必死にない知恵《ちえ》を絞《しぼ》るが、利里はまったく気にしていない様子だった。

「さっきあなたが歌っていた歌は、魄葬歌《はくそうか》よ」

「はくそうか……？」

「妖異を弔《とむら》うときに歌う歌。なぜあなたが知っているのかわからないけど、もし続きをどこかで聞いたら、わたしかヒルダさんに聞かせて。その歌、第七句以降が失われているの」

利里は真剣な顔をしていた。思いつめた顔と言ってもいい。

鋭《するど》い眼差《まなざ》しに射貫かれて、草太は返事ができなかった。

＊

「そいや草サン、最近ナマキズ多くね？」

「はあー？　何か言ったかあー？」

ゲームセンターの騒音《そうおん》の中で、草太は片耳を押さえて聞き返した。

庸平はさっきからずっと対戦ゲームの筐体《きょうたい》の前に陣取《じんど》っている。顔は画面に向けたまま、右手はスティックを操《あやつ》り、左手はボタンを絶妙《ぜつみょう》なタイミングで叩《たた》いている。彼が向かっている筐体の電光板には『只今《ただいま》6人抜き中！』の文字が躍《おど》っている。ちなみに、記念すべき最初の敗北者は草太だ。CPUが操作するキャラクターを気分良く叩きのめしていたら、いきなり反対側の席から乱入され、あっというまにKOだ。百円を返してほしい。

《ナマキズが多いって。心配してるみたいよ？》

ミコトがこっそりと庸平の言葉を繰《く》り返した。草太は咄嗟《とっさ》に胸ポケットを押させて周囲を見回した。ポケットから急に声がしたことに気がついた者はいないようだ。現在、ミコトは実体化をしていない。草太の胸ポケットに収まった携帯電話《けいたいでんわ》から声を発しているのだ。

「馬鹿《ばか》、誰かに聞かれたらどうすんだ」

《こううるさいんじゃ、誰にも聞こえないわよ》

ミコトはくすくす笑いながらも、その一言を最後に静かになった。

草太は庸平が遊んでいる筐体に目を向けた。

画面の中で、セーラー服の少女が学生服の少年を一方的に殴《なぐ》ったり蹴《け》ったりしている。セーラー服少女を操っているのは庸平だ。この様子では心配しているというより、ゲームの中で少年を痛めつけているうちに思いついただけという線の方が強そうだ。

「ガッコ終わるとすぐ飛び出してくだろ。何かはじめた？　ボクシングとか言ったら笑うぞ。ベタすぎ。でも世界制したらサインくれな？」

「……ただの護身術だよ」

草太は苦笑《くしょう》して、目の下に貼《は》り付けた絆創膏《ばんそうこう》を指先で掻《か》いた。妖異《ようい》から自分の身を守るための特訓なのだから、嘘《うそ》はついていない。

「ふーん。先生が美人とか？」

鋭い。確かに鬼教官は美人ではある。

「なーんか青春してらっしゃるようで。充実感《じゅうじつかん》っつーの？　溢《あふ》れ出てる感じが羨《うらや》ましー。俺にもその青春パワーをわけてくれ。吹《ふ》きこぼれた分だけでいいや」

「青春て。おまえたまにものすごくオヤジ臭《くさ》くなるよな……」

「そいや進路調査どうするよ？　何て書く？」

「……話題ぶっ飛びすぎ」

進路調査票が配られたのは昨日のことだ。高校一年の一学期、しかもまだ五月だ。こんな時期に進路調査など、いくらなんでも尚早《しょうそう》すぎる。

「気が早すぎだろ。こっちはついこの間ぎりぎり合格したばっかで息切れしてるのにさ」

「おまえはな。俺は推薦《すいせん》だし」

「ぐっ」

画面に大きくKOの文字が躍った。庸平が一勝をあげたのだ。すぐに画面が切り替《か》わって、二人のキャラクターが定位置で相対する。第二ラウンド開始だ。

草太も仕切り直しのつもりで庸平の横顔を睨《にら》みつけた。

「ほー、じゃあ優秀《ゆうしゅう》な竹田先生はやっぱり大学へご進学っすか」

「多分。でもわかんね。やりたいことあるわけじゃなし」

まったりと喋《しゃべ》りつつも、指先は器用にキーを叩き、スティックを回している。

「でも、おまえは見つけたっぽいじゃん。それが超《ちょう》羨ましーっつーのはマジな話」

はっきりと肯定《こうてい》するのは照れくさかったので、草太は口の中だけで、まあな、と答えた。

再び画面にKOの文字が現れ、今度はWINに切り替わった。対戦席で悔《くや》しそうな声があがり、座っていた男が立って、立ち見をしていた男が座った。さっきから同じ三人組がローテーションでしつこく挑《いど》んできているのだ。一勝もできないのが悔しくてたまらないらしい。

「疲《つか》れた」

庸平は席を立った。勝者である彼はまだゲームを続けられるのだが、さすがに同じ人間が相手では飽《あ》きたらしい。勝ち逃《に》げに対するブーイングを無視して、ゲームセンターを出て行った。

草太も後を追って外へ出た。と、赤い傘《かさ》をぶら下げた少女がUFOキャッチャーの前に佇《たたず》んでいた。プラスチック越《ご》しにクマのぬいぐるみと睨み合いをしている。

「お、マチ学生じゃん。すげー美人。格ゲーで使いたいタイプ」

庸平のどこまでも非現実的な感想は無視する。

草太は少女——利里に忍《しの》び寄った。後ろから肩《かた》の上に顔を出して、覗《のぞ》き込む。

「どしたんすか先輩《せんぱい》？」

「ひゃあ！」

利里は珍妙《ちんみょう》な声をあげて飛び上がった。慌《あわ》てて口を手で押さえて、睨みつけてくる。

「来島くん！　気配を消して近づかないでくれる？」

「気配って、俺ニンジャじゃねーし。このクマが欲しいんすか？」

「どれも欲しくないわよ！」

頬《ほお》を赤くして怒鳴《どな》ってくる。不覚にも後ろをとられたのがよっぽど気に入らないらしい。

ふと、利里が肩から大きな箱形のケースを提《さ》げていることに気がついた。カメラマンが大事な商売道具を持ち運ぶときに使うキャリーバッグに似ている。中身は草太にも想像がついた。十中八九、瘴気《しょうき》測定器だ。

「事件っすか？」

声をひそめて訊《たず》ねる。利里は怒《いか》りを引っこめて、神妙《しんみょう》に頷《うなず》いた。

「少し前に学校の飼育動物やペットが食い殺される事件が立て続けにあったの、覚えてる？」

「あー、ろくな手がかりもないまま急にぴたりとやんじゃったんだっけ」

朝夕のホームルームで担任教師が話題にしたり、クラスメイトたちのゴシップにもなっていたりしたからよく覚えている。ケージの鍵《かぎ》が壊《こわ》された形跡《けいせき》があったことから、警察は犬か肉食の動物を飼っている人間のしわざと想定していたらしいが、捜査《そうさ》は難航。最初の事件から一ヶ月近く経《た》ったいままでも、犯人は捕《つか》まっていない。

「そう。あの事件なんだけど、妖異が関係しているかもしれないから、うちでも捜査することになったのよ。といっても事件から二週間以上経ってるし、さすがにもう瘴気は測定できないとは思うけど、念のためね」

と言って、肩から提げたバッグの表面を撫《な》でる。

「これから捜査？　じゃ俺も」

「あなたは非番でしょ」

申し出はぴしゃりと却下《きゃっか》された。

「休めるときにはちゃんと休んでおきなさい。体を休めるのも仕事のうち、って言うでしょ。それか家で勉強するとかね。学生の本分は学業よ？」

利里は草太の絆創膏を軽くつつくと、身を翻《ひるがえ》して去っていった。

後ろ姿が雑踏《ざっとう》に消えるのを見送っていると、両足の膝裏《ひざ》を突《つ》かれた。思わずバランスを崩《くず》してその場に膝をつき、背後を振り仰《あお》いだ。庸平が両膝《りょうひざ》を軽く曲げた格好——通称ひざかっくんを行った直後のポーズで突っ立っていた。

「いまの知り合い？　中学にはいなかったよな。先輩って何の？　どこで知り合った？　例の護身術教室？　五秒以内に答えよ。五、四、三」

「目がマジなんだけど……」

「二、一、ゼロ。ブブー。罰《ばつ》としてマチ学との合コンをセッティングするべし」

「無茶言うな！」

堅物の刹里に合コンの誘いなどしようものなら、八つ裂きにされること間違いなしだ。その辺を歩いている女の子をナンパした方がまだ成功率が高そうだ。そもそも、共学に通っているというのになぜ合コンが必要なのか。クラスの半数は女子だというのに。

「だったら、いつどこでどのよーにして知り合ったか言え。特に、どのよーにしてかが重要だ。さあ言え。すみずみまで言え」

「それは……」

草太は言い淀《よど》んだ。どのようにして知り合ったかを話そうとすれば、ミコトとの出会いから妖異《ようい》に退魔師、耳鳴坂のことまで説明しなければならなくなる。

「答えられないんだったら合コン決定な。あー、もしもし？　草太がマチ学の美人と知り合いでさ――」

「言い触《ふ》らしてんじゃねえ！」

携帯電話《けいたいでんわ》で容赦《ようしゃ》なく連絡《れんらく》をとりはじめる庸平に飛びかかった。

ポケットの中で、携帯電話がからかうように振動《しんどう》した。

＊

耳鳴坂の留置所は地下にある。

壁《かべ》は地上階と比べるとやや安っぽい石壁《いしかべ》で、ところどころはげたり崩れたりしている。それでも決して手入れが行き届いていないというわけではない。意外と綺麗《きれい》に清掃《せいそう》されている上、独房《どくぼう》前の通路にもアルラウネの花の植木鉢《うえきばち》が置かれている。黴臭《かびくさ》いのと、声が響《ひび》きやすいのが玉に瑕《きず》だが、冬場はともかく初夏から初秋の時期ならば涼《すず》しくて住み心地《ごこち》もよさそうだ。

そのおかげで、妙《みょう》な犯罪妖《よう》が居座っているのが、耳鳴坂が抱《かか》えている問題の一つだ。

「この老体に出て行けとぬかすのか。何と薄情《はくじょう》な。鬼《おに》！　悪魔《あくま》！　人でなし！」

「うわー。俺、人外に人でなしって言われちゃったー。ショックで死んじゃいそー」

鉄格子《ごうし》にしがみついて抵抗《ていこう》する小柄《こがら》な妖異の後ろで、草太はあぐらをかいていた。いい加減に会話の相手をしつつ、鞘《さや》に収まった野大刀を両手の中で弄《もてあそ》ぶ。ちなみにこれは新しく用意してもらった大刀だ。鍛錬《たんれん》場にあった大刀は、鍛錬の最中にぽっきりと折れてしまった。

現在、独房の鍵は解除され、扉《とびら》も開放されている。目の前で徹底抗戦《てっていこうせん》を構えている妖異は、本来ならば三日前に釈放《しゃくほう》されているはずだった。ここの居心地がいいばかりに、迷惑《めいわく》にも居座っている妖異その一だ。

「もう、出て行けって言ってるでしょー！」

ミコトが背後から妖異の腰《こし》を掴《つか》み、必死に引き剝《は》がそうと引っぱっているが、びくともしない。鉄格子と一体化したかのような見事なしがみつきっぷりだ。

「ミコト、おまえじゃ無理だよ。ドワーフって結構力があるから……ゲームの中では」

この妖異は、ドワーフという妖精《ようせい》の一種である。

背丈《せたけ》は小学校低学年の子供ほどだが、子供のような華奢《きゃしゃ》な体つきとはほど遠い、ずんぐりとした体型をしている。男女ともに長い鬚《ひげ》を蓄《たくわ》えている種族なので年齢《ねんれい》も性別もわかりにくい。ただ、この妖異は鬚に白いものが混じっているから、本当に老体なのかもしれなかった。

草太は大きくため息をついた。こんなことならば、外回りに行けばよかった。

利里の存在が悪友どもにばれた、その翌日。

合コン合コンとデモか宗教儀式《ぎしき》のように連呼する男どもの包囲をくぐり抜《ぬ》け、やっとの思いで耳鳴坂に逃《に》げ込んだときには、既《すで》に利里は出かけたあとだった。おそらく例の動物殺しの捜《そう》査《さ》をしているのだろう。見習いという立場上、利里と合流するべきなのはわかっていたのだが、充電《じゅうでん》切れか圏外《けんがい》にいるのか、携帯電話が繋《つな》がらないため彼女の所在がつかめない。おまけに外は季節外れの大雨とくれば、つい億劫《おっくう》になったとしても仕方がないだろう。

他《ほか》にできることもなかったので何となく内勤の手伝いを申し出たのだが、それがそもそもの間違いだった。あるいは、話しかける相手を間違《まちが》えた。

退魔師の家系に生まれながら外法の才能に恵《めぐ》まれなかったという女性職員に「助かるわあ。美容院に行きたかったのよ。明日合コンの予定が入ってて」と留置所の鍵《かぎ》を押しつけられてしまったのだ。草太はこの二日間で合コンという単語がすごく嫌《きら》いになった。

「あのですねー、あんたは釈放されてるんですよ。晴れておてんとさまの下を歩けるようになったんですよ」

「外は大雨だけどね？」

「余計なことは言わなくてよし！」

揚《あ》げ足《あし》をとってくるミコトを睨《にら》みつける。彼女は可愛《かわい》い舌をちろりと出して飛び退《の》いた。

「とにかく、釈放されたんですよ。嬉《うれ》しくないんですか」

「嬉しいわけがあるか！」

ドワーフが振《ふ》り向いて、唾《つば》を飛ばしてきた。

「釈放されたところで、どうせ行くあてなどないのだからな。いいか、わしは黄昏《たそがれ》機関から人間社会に住むことを許された、心優《やさ》しーいドワーフなんじゃ。しかし、黄昏機関がしてくれたことは許可をするだけ、家も職も用意してくれん……妖異だけに。なんつって。がははは」

「…………」

草太は無言で大刀の柄《つか》に手を掛《か》けた。とたんにドワーフが顔色を変えた。

「待てい！　わかった、確かにいまのギャグはちぃとばかしマニアックだったかもしれん。いまとっておきのやつを披露《ひろう》してやるから」

「違《ちげ》えよ！　くだらねえことほざいてねーで、さっさと出て行けっつってんだよ！」

「人でなしーっ！」

「人外はあんただろ！」

草太はドワーフの襟首《えりくび》を摑んで全力で引っぱった。ドワーフは幼児がイヤイヤをするように首を振って嫌《いや》がった。

「こ、小僧《こぞう》っ！　おぬし、見たところ学生じゃろう！　親に与《あた》えられた家でぬくぬくと暮らし、なおかつ小遣《こづか》いまでもらっているタイプじゃな？」

「否定はできないけど……まだバイト代出てねーし」

妙な既視感《きしかん》を覚えた。以前にも、誰《だれ》かから似たようなことを言われた気がする。

「そんな親のすねかじりな学生に、住むところがない、仕事がないから何も買えないとゆー底辺生活者の辛《つら》さがわかるか！」

「いや、わかんないすけどね、それと居座りとは話が」

「そうとも、わかってたまるものか！　だいたい、人間との共存を勝手に決めたのは黄昏機関のくせに、ろくな対策も立てんとはどういう了見《りょうけん》だ。やつらは人間にいい顔をして甘い汁《しる》をすっているだけじゃ。堕落《だらく》した体制には確固とした意志を持って戦わねばならん！」

「じゃあどーぞ、その黄昏機関の玄関先《げんかんさき》で座り込みでもやってください。ミコトっ」

「はい、せーの！」

草太はミコトと二人がかりでドワーフを引っぱり、ついに鉄格子《ごうし》から引き剝がした。

ごろんと床《ゆか》に転がった妖異《ようい》の襟首を摑んで独房から運び出すと、そのままずるずると廊下《ろうか》を引きずってゆく。骨太でも身長が一二〇センチほどしかないと軽いものだった。

「ま、待て小僧！　追い出さないでくれ！　このままでは、わしは飢《う》えて死ぬぞ！」

「脅《おど》しには屈《くっ》しませーん」

「いいか、人間と違って妖異が死ぬのは大変なことなんじゃぞ！」

「人間も死ぬのは大変なことでーす」

「ねえ、草太。多分このおじいさんは、そういう意味で言ったんじゃないと思うわよ」

ミコトが先回りをして振り向いた。草太は足を止めた。

「どういう意味？」

「ほら、前に魂魄《こんぱく》の話をしたことがあるでしょ？　人間には魂《こん》と魄《はく》の二つの霊《れい》があるけれど、妖異には魄しかないって」

「あー、あれか。なんだっけ、魂は天に昇《のぼ》って、魄は地に還《かえ》るとか」

「そう、それじゃ！」

ドワーフが引きずられた格好のまま、短い首を必死に捻《ひね》って振り向いた。

「人間の魂は、死んでも天に昇って、転生できる。来世があるというやつじゃ。しかし、妖異は魄しかないから、天には昇れんし転生もできん。死んだらそこで終わりなのじゃ」

「はあ。そーっすか」

「なんじゃ、その『正直全然興味ないっす』的な返事は！」

全力で抗議《こうぎ》されても、本気でどうでもいいとしか思えないのだから仕方がない。そもそも、人間が本当に転生を繰《く》り返しているのだとして、前世の記憶《きおく》がないのでは、はたして転生がいいことなのかどうかもわからない。

「来世があるって、そんなにいいもんすかね」

適当に話を続けながらドワーフを引きずっていくと、階段の前に辿《たど》り着いた。四〇キロ以上あるものを持ち上げて上るのはなかなか大変だ。ミコトに両足を持ってもらい、二人がかりで運び上げる。

「もちろんじゃ！　ああ、わしもできることなら人間に生まれ変わってみたいのう。聞いた話によれば、この国にはかつて妖異を転生させる外法が存在していたらしいのじゃが」

「へー。ミコト、知ってる？」

「聞いたことくらいはあるけど、どうせ眉唾《まゆつば》よ」

「ふふん、ところが事実なのじゃ。消化葬《しょうかそう》という外法でな、これが驚《おどろ》いたことに、妖異の遺体を体内に取り込む……つまり、食《く》らうことで浄化《じょうか》させるらしいのじゃ！　しかし、ただ食らうだけでは外法使いの身が持たん。妖異の体は人間には毒じゃからな。それでじゃ、特殊《とくしゅ》な数え歌で負担を和《やわ》らげながら少しずつ取り込んで――」

「あー、それは大変そうっすね。はい、到着《とうちゃく》」

「へ？」

ドワーフはようやく、自分の置かれている状況《じょうきょう》を悟《さと》った。

いま、草太たちは耳鳴坂一階の玄関《げんかん》前まで来ている。ミコトが笑顔《えがお》で扉《とびら》を開け放った。

草太はドワーフを外に放り出した。石段を転がり落ちる妖異を見送らずに、扉を閉めた。

同情は禁物だ。あのドワーフは、一週間前にも同じことをしている。釈放《しゃくほう》されたその足で公園の壁に落書きをし、器物損壊《そんかい》で再捕縛《ほばく》された。こういう手合いは反省をしない。近いうちにまた軽犯罪を犯《おか》して戻《もど》ってくるだろう。

「いっそのこと、ここで雇《やと》ってあげればいいのにね。人手も妖手も足りてないんでしょ？」

「支部長なりの採用基準があるらしいんだよ。とりあえず十回捕《つか》まってもこりなかったら認めてやるって言ってた。だからあと八回」

認める、というのは黄昏《たそがれ》機関への送致《そうち》である。審判《しんぱん》にかけられれば、たとえ反省をしていなくても情状酌量《しゃくりょう》の余地がなくても、軽犯罪ならば大抵《たいてい》は社会奉仕《ほうし》活動として大刀早坂へ捜査《そうさ》協力が命じられる。耳鳴坂へ出向させられるかどうかは時の運だ。

「なーんか余裕《よゆう》のある発言じゃない。自分は支部長の採用基準に当てはまったから？」

「別にそういうわけじゃねーよ。俺は純然たる事実を言ってるだけだろ」

「じゃあ、何でいちいち大刀を持ち歩いているのかしらね？　今日は内勤なのに」

ミコトがにやにやと流し目を送ってくる。視線が捉《とら》えているのは、草太の腰《こし》に下がっている大刀だ。草太は思わず鞘《さや》に手をかけた。

「いや、だってさ、先輩《せんぱい》が大刀の重さに慣れておけって言ってたしさ。得物が重くてへばってるようじゃ、実際の捕《と》り物んときに役に立たないし」

「草太。あんた……捕り物で役に立つ気でいたの？」

信じられない馬鹿《ばか》を見る目で見られた。

「あのね、言っておくけど、利里が敵《かな》わないような相手なら、あんたどころか他《ほか》の熟練の退魔師や捜査員だって敵わないわよ。そういう奴《やつ》が相手のときは逃《に》げるのが一番。直刀の大刀なんて実戦的《じっせん》じゃないし、重いだけで動くのに邪魔《じゃま》なだけよ」

出来の悪い生徒に教え諭《さと》す教師のような顔を作って、とうとうと言ってくる。

そういえば、ミコトは最初から自分が野大刀を持つことに反対していたのだと思い出す。根《こん》拠《きょ》のない決めつけで頭ごなしに否定されているみたいで、なんだか腹が立った。

「うっせーな、わかってるよ。でも、もしかしたらこいつを使わなきゃならない事態になるかもしんねーだろ。それにいまは付け焼き刃《ば》でも、そのうち利里でも敵わないような奴を俺が」

「絶対にないわね。それだけは」

断言された上に強調までされた。悔《くや》しいが、反論できる要素がないので閉口する。

エントランスの壁《かべ》掛け時計を見上げると、午後六時を回っていた。利里が戻ってきたら、また鍛錬《たんれん》の時間だ。それまでに、できるだけ仕事を終わらせておきたかった。

「……次いくぞ、次」

草太は両手を打ち合わせて埃《ほこり》を払《はら》うと、踵《きびす》を返して再び留置所へ向かった。

――この日。

草太が内勤に当たっていたのは、利里と連絡《れんらく》がつかなくて、なおかつ雨が降っていたという、ただそれだけの理由からだった。

もしも彼が雨だからと面倒臭《めんどうくさ》がらずに外へ繰り出していれば、あるいは話しかける相手を間《ま》違《ちが》えなければ――この後の事態はもう少し違ったものになっていたかもしれない。


留置所に戻ると、草太は次々と「居座り妖異《ようい》」を追い出していった。万引きの常習犯を引きずり出し、食い逃げ犯を蹴《け》り飛ばし、無銭乗車犯を放り出していると、いつしか腕時計《うでどけい》の針が午後七時を過ぎていた。

「あー、疲《つか》れた」

草太は自分で肩《かた》を揉《も》んで、首を曲げてみた。こき、と気持ちいい音がした。

さらに首を回していると、ある独房《どくぼう》が目についた。鉄格子《ごうし》の奥に人影《ひとかげ》が見える。居座り妖異はまだ残っていたらしい。

「はい、おたくさんもいつまで粘《ねば》ってるんですかー？」

薄暗《うすぐら》い房《ぼう》の中で、極端《きょくたん》に痩《や》せた男があぐらをかいて俯《うつむ》いていた。長く、伸《の》び放題の髪《かみ》が垂れ下がっているため、表情は読み取れない。

男の前には茶碗《ちゃわん》や皿を載《の》せたトレィが置かれていた。すべてプラスチックで出来た容器は、どれ一つとっても湯気をたてておらず、また一切《いっさい》手をつけた形跡《けいせき》がない。

「草太、この妖《あやかし》は居座ってるわけじゃないみたいよ？　んーと、黄昏機関が偽造《ぎぞう》パスポートと滞在《たいざい》ビザを発行してくれるのを待っているみたいね」

ミコトがクリップボードに挟《はさ》んだ資料を見ながら説明する。

てっきり断食《だんじき》でストライキか何かをしているのかと思っていたが、違ったようだ。それにしても、黄昏機関はいつまでこの男を待たせるつもりなのだろう。ドワーフがあれだけ悪口を言っていたのも頷《うなず》ける。

「もしもーし、食べないと体に悪いっすよ」

「……肉、しか……」

ぼそぼそと掠《かす》れた声が返ってきた。

「あのなー、いい歳して好き嫌《きら》い言ってんじゃないよ」

「この妖、きっと肉食の妖異なのよ。それならそうと最初から言っておけばいいのにね」

偉《えら》そうなミコトの高説を聞き流し、草太はトレイの中を見た。白米にみそ汁《しる》、白菜の漬《つ》け物に焼き鮭《ざけ》、そしてじゃがいもの煮物《にもの》という献立《こんだて》だった。

「――う、ううううぅ、あああァッ」

唐突《とうとつ》に、男が苦しそうな声をあげた。衣服の胸元《むなもと》をきつく掴《つか》んで、前のめりに倒《たお》れ込む。

「どうしたんですか⁉」

と、鉄格子に近づいた瞬間《しゅんかん》だった。

格子の隙間《すきま》から男の手が勢いよく伸びてきて、蛇《へび》が獲物《えもの》に食《く》らいつくように掴みかかってきた。手首をぎりぎりと強く締《し》められて激痛が走り、草太は思わず顔をしかめた。

「てめ、離《はな》せ……うあっ！」

強引《ごういん》に引き寄せられて、草太は頭から鉄格子に激突《げきとつ》した。衝撃《しょうげき》が頭部に響《ひび》き、一瞬《いっしゅん》目眩《めまい》を覚えた。体から力が抜《ぬ》け、気がつくと片膝《かたひざ》をついていた。

「肉……肉う！」

つと、手首に何か尖《とが》ったものが押し当てられた。熱い空気が触《ふ》れ、吐息《といき》だと悟《さと》る。

焦点《しょうてん》を取り戻《もど》した両目が捉《とら》えたのは、鉄格子の向こう側で、自分の手首に噛《か》みつこうとしている男の姿だった。

さすがに鳥肌《とりはだ》が立った。

「だめぇっ！」

肩の上を、大刀の鞘《さや》が滑《すべ》っていった。

ミコトが草太の大刀を掴んで、鉄格子の奥にいる男を突《つ》き飛ばした。

草太は腕《うで》が解放されるなり、慌《あわ》てて鉄格子から離れた。

ずきずきと痛む手首を押さえる。掴まれたところが赤紫《あかむらさき》色になっている。嚙みつかれていたら、この程度の痛みではすまなかっただろう。

「何なんだよ、こいつ……」

「何の騒《さわ》ぎですか⁉」

耳の尖った看守が駆《か》け寄ってきた。草太たちと鉄格子の奥の妖異を見比べて、首を傾《かし》げる。

「こいつ、いつもはおとなしいんですが……おい、どうした！」

「近づいちゃだめよ！」

ミコトが看守の腕を掴んで引っぱった。

痩せた腕が鉄格子の隙間から出てきた。その手が持っているものを見て、ぞっとした。

あっ、と漏《も》れた声は、独房の外にいる全員のものだったかもしれない。

妖異の手が握《にぎ》っていたのは、鍵《かぎ》の束だった。

草太は咄嗟《とっさ》に懐《ふところ》に手を当てた。さっきまで鍵束を入れていたところに感触《かんしょく》がない。さっき接近したときに抜き取られたのだ。

鉄格子の隙間から伸びた手が鍵穴《かぎあな》に届いた。

「やめなさい！」

看守がミコトを振《ふ》り払って駆け寄るが、一足遅《おそ》かった。

かちり、と無情な音が響いた直後、内側から扉《とびら》が蹴破《けやぶ》られた。

勢いよく飛び出してきた影《かげ》が、看守に飛びかかった。馬乗りになって首を絞《し》める。

「ぐぅっ！」

看守は必死にもがいて男の腕に爪《つめ》を立てるが、男は首を絞める手を緩《ゆる》めない。

「ミコト、貸せ！」

草太はミコトから大刀を奪《うば》い取り、男たちのもとへ駆けだした。走りながら鞘を捨て、馬乗りになっている男の頭を狙《ねら》って大刀を横薙《よこな》ぎに振る。男は草太にきづくと、顔をあげて飛び退《の》いた。一秒前まで男の肩《かた》があった空間を、刃《は》が虚《むな》しく切った。

草太は男の動向を意識しつつ、看守の安否を確かめた。

「看守さん、大丈夫《だいじょうぶ》ですか！」

呼びかけても反応がない。顔が赤紫色になっており、開いた口から唾液《だえき》が垂れている。

すぐにミコトが飛んできて、看守の胸に耳を当てた。

「大丈夫、生きてるわ」

「何なんだよ、あいつ……！」

草太は改めて痩せた男に目を向けた。

伸び放題の蓬髪《ほうはつ》に、頬骨《ほおぼね》の出た青白い顔。背はそれほど高くはないが、極度に痩せているせいで細長く見える。衣服は何年着続けているものなのか、あちこち擦《す》り切れていてぼろぼろだ。

何となく、国内で買ったものではなさそうだ。そういえば、黄昏《たそがれ》機関で偽造《ぎぞう》パスポートを申請《しんせい》しているとかミコトが言っていた。

「多分、あいつは餓鬼《がき》よ」

ミコトが看守を引きずって下がりながら説明した。

「食べても食べても満たされない業《ごう》を背負った妖異《ようい》。強欲だった者が餓鬼道《がきどう》に堕《お》ちて妖異化したものよ。憑依《ひょうい》タイプの妖異で、ひだる神と同一視されることもあるけど、あいつは餓鬼と見ていいと思う。しかもあの様子じゃ、三十六種のうちでも厄介《やっかい》な、食肉餓鬼《じきにくがき》ね」

「肉しか食えないってことか。で、対処法は？」

「ひだる神と同様、食べ物を食べさせるか、手のひらに『米』って書いてのませると追い払《はら》えるっていうけど……あいつ、他の食べ物は受けつけないみたいだし、それになんだか普通《ふつう》の餓鬼とは違《ちが》う気がするのよね。餓鬼っていえば、がりがりに痩《や》せててお腹《なか》だけぽっこり出ているものなんだけど、あいつはスレンダーだし。それに」

ミコトはちらりと独房《どくぼう》を見やった。

「問題は、あいつがそんなことをする隙《すき》を与《あた》えてくれるかどうか……」

ひひひ、と甲高《かんだか》く引きつった笑い声が聞こえてきた。

男——餓鬼が骨張った肩を揺《ゆ》らしていた。口元から唾液がしたたっている。

「ここは妖異ばっかりだ。メシには焼けた肉しか出てこねえ。ああ、腹が減って死にそうだ。いっそ死ねたらよかったのになあ？」

餓鬼と目が合った。

血と肉に飢《う》えてよどんだ両眼が、草太に、ここにいる唯一《ゆいいつ》の人間に狙いを定めている。

大刀を握る手が、震《ふる》えた。

「久方ぶりの生肉だああっ！」

牙《きば》を剝《む》きだしにして襲《おそ》いかかってくる。動きが速い。

逃《に》げなければ。あるいは、攻撃《こうげき》を受け止めなければ。

頭ではそう理解していても、草太は足が竦《すく》んで動けなかった。餓鬼が迫《せま》ってくるのを、ただ眺《なが》めることしかできない。餓鬼の姿が目前まで来たとき、目の前で金色の帯が閃《ひらめ》いた。

ミコトが横手から飛び込んできて、餓鬼に全力で体当たりをした。

餓鬼は通路の壁際《かべぎわ》まで吹《ふ》っ飛ばされた。その先には赤い花の鉢植《はちう》えがあった。餓鬼の体に巻き込まれて鉢《はち》が割れ、破片《はへん》と土が散らばった。

またミコトに助けられた。

「悪い、ミコト」

そう口にすると、手足の自由を奪っていた余分な力が少し抜《ぬ》けた気がした。

餓鬼がゆっくりと身を起こした。忌々《いまいま》しげにミコトを睨《にら》み、鉢の大きな破片を手に取る。

「食えないやつは引っ込んでろ！」

鉢の残骸《ざんがい》をミコトに投げつける。残骸といっても子供の頭ほどの大きさがある。

「きゃあああああっ！」

ミコトが頭を抱《かか》えてしゃがみ込んだ。鉢の残骸はミコトの肩に激突《げきとつ》して粉々に砕《くだ》け散った。

「ミコト！　実体を解け！」

「だ、だって……」

ミコトは精神と魄《たましい》を妖力で作った偽《にせ》の体に入れて実体化している。携帯《けいたい》電話を中継点《ちゅうけい》にしてはいても、ミコトという妖異の本体は目の前にいる和服の少女なのだ。実体化しているときに大怪我《おおけが》を負えば、そのダメージは直接精神と魄へ響《ひび》く。ネットワークに逃げる間もなく死ぬ危険性だってあるのだ。

「いいから携帯《けいたい》に戻《もど》れ！　先輩《せんぱい》とか支部長とか、誰《だれ》でもいいから戦えそうな人か妖異を呼んできてくれ！」

ミコトは取り憑《つ》いた携帯電話を内側から操作することができる。草太が片手で携帯電話を開いて使うより、隙なく救援《きゅうえん》を呼べる。

しかし、ミコトは首を力なく横に振《ふ》った。

「草太……ここ、地下よ。圏外《けんがい》だわ」

「じゃ、じゃあ、看守の詰《つ》め所《しょ》に戻れば電話が」

「あぁぁ――」

餓鬼が天井《てんじょう》を仰《あお》いで、呻《うめ》き声とも溜息《ためいき》とも受け取れる音を発した。

「動いたら余計に腹が減った。もう肉なら何でもいいかあ」

そう呟《つぶや》いて、こちらに意味ありげな視線を送ると、背を向けて走りだした。行く手にあるのは地上へ続く階段だ。

「待てっ！」

草太は慌《あわ》てて餓鬼のあとを追った。階段を全力で駆《か》けのぼると、左右の廊下《ろうか》を見渡《みわた》した。すぐに餓鬼の背中が見つかった。左の廊下だ。その先はT字になっていて、左は来賓室《らいひん》、右はエントランスだ。

餓鬼は少しだけ立ち止まって躊躇《ちゅうちょ》した。すぐにエントランスへ顔を向けたが、一瞬《いっしゅん》の躊躇のおかげで草太は追いついた。走りながら大刀を振りあげ、背中めがけて振り下ろす。

届く寸前、餓鬼は身をひねって刃《は》を素手《すで》で摑《つか》んだ。後ろから仕掛《しか》けてくることを予測していたらしい。刃を摑まれて引っぱられ、柄《つか》を握《にぎ》っていた草太は餓鬼の懐《ふところ》へ引き寄せられた。

「自分から来てくれたのか、お肉ちゃん」

血走った両眼に射《い》すくめられる。

必死に気持ちを奮い立たせたときには遅《おそ》かった。足払《あしばら》いをかけられて転倒《てんとう》した。慌てて起き上がろうとしたとき、腹に膝《ひざ》を落とされた。

「ぐあっ！」

首を起こすと、目前に餓鬼の顔があった。

餓鬼が草太の腹に片膝《かたひざ》を落とし、覆《おお》い被《かぶ》さって覗《のぞ》き込んでいた。草太の大刀を背後に放り捨てると、血の滲《にじ》んだ両手が伸《の》びてきて、草太の両肩を床《ゆか》に押しつけた。

「どっから食うか。肩《かた》か。それとも腕《うで》がいいかあ？」

「このぉ——っ！」

勇ましい声とともに、ミコトが突《つ》っ込んできた。二度目の体当たりだ。

「食事の邪魔《じやま》をするな！」

餓鬼は片手を草太から離した。その腕を振るって、突撃《とつげき》してくる少女の顔面を殴《なぐ》り飛ばした。

和服の少女は壁《かべ》に叩《たた》きつけられて——砕け散るように消失した。

「ミコトっ！」

《ごめん、限界》

ポケットから苦しげな声。携帯電話に緊急避難《きんきゆうひなん》したらしい。とりあえず無事だとわかったが、安堵《あんど》していられる状況《じようきよう》ではない。ぼたぼたと上から唾液《だえき》が落ちてくる。

「くそっ！」

草太は解放された左腕《ひだりうで》で、餓鬼の薄《うす》い胸板《むないた》を力任せに押した。引き剝《は》がそうとしてもびくともしない。尋常《じんじよう》な力ではない。食事を目前にしているからだろう。追いつめられた獣《けもの》のような膂力《りよりよく》で、右肩《みぎかた》を潰《つぶ》しかねないほど強く締《し》めつけてくる。

「やっぱり、肩にするかあ？」

顎《あご》が大きく開いて近づいてきた。極度の飢餓感《きがかん》から出る熱い吐息《といき》が首筋にかかった。

――喰《く》われる。

肩口《かたぐち》に牙《きば》が立てられた瞬間《しゅんかん》だった。

唐突《とうとつ》に餓鬼が牙を離し、勢いよく上半身を仰け反らせた。

「があああああっ！」

餓鬼は絶叫して、みずからの喉元《のどもと》に爪《つめ》を立てて引っ掻《か》いた。

首に、緑色の紐《ひも》のようなものが巻きついている。植物の茎《くき》にも見えた。

（茎……？）

草太は餓鬼の下から逃《のが》れつつ、緑色の紐を目で辿《たど》った。ぴんと張ったそれは、廊下の角から伸びていた。

そこに、ヒルダが立っていた。足を開いて床を踏みしめ、こちらに両腕を伸ばしている。緑色の紐、いや茎は、彼女のスーツの袖口《そでぐち》から伸びていた。

「草太くん、こっちへ！」

草太はよろめきながら起きあがり、ヒルダの元へ駆け寄った。

「助かりました。でもどうしてわかったんですか？」

「館内のあちこちでアルラウネの花を見かけなかった？　あの花がある場所で異変が起きるとわかるのよ」

ヒルダは厳しい表情を餓鬼に向けたまま、視線だけでちらりと横を一瞥《いちべつ》した。

そこには小さな台があり、赤い花を咲《さ》かせた鉢植《はちう》えが置かれていた。同じものが留置所の独房前の通路にもあったのを思い出す。餓鬼が突っ込んだため、無惨《むざん》にも粉々になってしまった。

唐突に、ヒルダがよろめいた。伸ばした腕が、ぐん、と前に引っぱられて倒《たお》れそうになり、足を前に出して持ちこたえる。

「こんな、ものが――」

餓鬼が茎を摑んで手繰《たぐ》り寄せていた。少し引かれるたびに、ヒルダが前に歩かされる。純粋《じゅんすい》な力比べではどう見ても餓鬼に分があった。しばし綱引《つなひ》き状態が続いたかと思うと、餓鬼は力任せに茎を引き寄せた。

ヒルダの体が宙に浮《う》いた。そのまま餓鬼の元へ引き寄せられ、がりがりに痩《や》せた懐に飛び込んでしまった。制止の声をあげる間もなかった。

餓鬼はヒルダを抱《だ》き留《と》めると、大きく口を開いて細い肩に嚙《か》みついた。

「あああああああっ！」

ヒルダの絶叫《ぜっきょう》が響《ひび》いた。肩口から真っ赤な液体が噴《ふ》き出して、ダークグレーのスーツのみならず、周囲の床や壁にまで血痕《けっこん》を派手に飛び散らせた。

「やめろーっ！」

草太は無我夢中で走った。いま両手ともに素手《すで》だ。武器を持っていても通じなかった相手に、素手でどうにかできるとも思えない。それでも、がむしゃらに走った。

と、前方からヒルダの背中が飛んできた。辛《かろ》うじて受け止めることはできたものの、勢いと重量に負けて押しつぶされて尻餅《しりもち》をついた。

「ヒルダさん！」

草太はヒルダの体をずらして、下から上半身を出した。

ヒルダはもともと白かった顔を青白くして、固く瞼《まぶた》を閉じていた。意識がない。彼女を抱き起こそうとして肩に触《ふ》れると、ぐちゃりと湿《しめ》った感触《かんしょく》とともに指先が沈《しず》んだ。

餓鬼に食いちぎられたせいで、肩が大きくえぐれていた。スーツのジャケットが既《すで》に半分以上赤黒く染まっている。出血がひどい。妖異《ようい》にとって失血がどれだけ命にかかわるのかは不明だが、間違《まちが》っても軽い怪我《けが》ではないだろう。

餓鬼はその場に両手をついて、むせ返っていた。口からぼたぼたと赤い塊《かたまり》が落ちていく。

「くそ、不味《まず》い。これだから妖異の肉は……」

そう言って、飢《う》えと苦痛によって充血《じゅうけつ》した目をこちらに向ける。

草太は餓鬼《がき》を見据《みす》えたまま、右手を床《ゆか》に這《は》わせた。無駄《むだ》とは知りつつも、手が届くところに何か武器になるものが落ちていないかと探《さぐ》る。そんな都合のいいことなどあるわけがない。

近くに武器となるものは何もない。

だが、餓鬼を挟《はさ》んで反対側にはあった。武器以上の存在となりうる者が。

廊下《ろうか》の奥に、利里が青ざめた顔をして、だが毅然《きぜん》とした姿勢で立っていた。

「まごころに、手向《たむ》けたまへば浅はかの、水も千ひろの海とこそなれ」

いつもの外法とは違う、五七五七七の句。だが効果は覿面《てきめん》だった。

餓鬼がうめき声を出して苦しみだした。こめかみの辺りに爪を立て、苦しげに掻きむしる。頬《ほお》に赤い縦線が刻まれてもお構いなしだった。

「こんなもの、いまさら……効くかあああっ！」

餓鬼が赤い唾《つば》を飛ばして、利里に向かっていった。

利里は急いで足元に三本の楔《くさび》を叩《たた》きつけた。

「集《つど》え集え、彷徨《さまよ》える魂魄《こんぱく》の残滓《ざんし》——」

早口で言霊《ことだま》を唱えるが、間に合わない。

餓鬼に殴《なぐ》りつけられて、利里は点界材の範囲《はんい》からはじき飛ばされた。結界外へ効果を及《およ》ぼす場合は、術者が結界内にいなくては効果は発揮できない。

外法の恩恵《おんけい》を受けられなくなった利里は、近くの柱に激しく叩きつけられた。

「先輩《せんぱい》っ！」

草太はすぐにも飛び出したい気持ちを抑《おさ》えて、まずはヒルダを床に横たえた。それから大急ぎで駆《か》けだした。自分に何ができるかなど考えなかった。ただ走らずにはいられなかった。

利里は苦しげに目を細めていた。こめかみに赤い筋が落ちている。柱に叩きつけられた際に、頭部に怪我をしたようだ。

だが、彼女は決して諦《あきら》めてはいなかった。

大きく口を開けて襲《おそ》いかかってくる餓鬼を一睨《にら》みすると、こめかみから垂れてくる血液を人差し指でさっとすくい取った。もう一方の手のひらに何かを素早《すばや》く書き——その手を、餓鬼の顎《あぎと》へ乱暴に突《つ》っ込んだ。

「がああああああぁっ！」

餓鬼が絶叫している間に、利里は突っ込んだ手を引き抜《ぬ》いた。牙《きば》にやられたのか、指先から手首までが血で真っ赤に染まっている。

草太はようやくぴんときた。ミコトが言っていた、手のひらに『米』と書いて呑《の》ませるというものを実践《じっせん》したらしい。無謀《むぼう》ともいえる策を平然とやってのけたのだ。

「うう、うううううぅッ！」

餓鬼が再び頭を抱《かか》えて苦しみはじめた。嫌《いや》がるように何度も何度も首を振《ふ》ったあと、餓鬼はゆっくりと顔をあげた。その目は、さきほどまでの血走った目ではなかった。

「だ、だから人間は喰《く》ったら駄目《だめ》だって言ったんだァ……」

急に怯《おび》えた視線を向けてくる。目が合うと、びくりと視線を逸《そ》らした。

「な、何だよォ……見るなよォ。人間なんか、喰いたくないんだよォ……！」

餓鬼は背を向けて走り出すと、廊下の窓を破って外へ飛び出していった。

＊

大広間の隅《すみ》にある応接域で、草太は椅子《いす》に座って虚空《こくう》を見上げていた。

ぼやけた視界でせわしなく動き回る職員たちの姿が非現実的で、映画館でスクリーンを眺《なが》めているようだ。喧噪《けんそう》が遠く、耳に水でも入っているのかと思ったが、耳に指を突っ込んでみても何ともなかった。

無言で、手の中の携帯《けいたい》電話を見下ろした。ミコトは一度顔を出したものの、「もう少し休むわ」と告げてすぐに引っ込んでしまった。彼女も相当なダメージを負ったらしい。

ヒルダは大怪我《おおけが》をして、担架《たんか》でどこかへ運ばれていった。刹里は自分の足で医務室へ行ったきり、まだ戻《もど》ってこない。看守も医務室で手当てを受けているはずだ。

あの場に居合わせた者の中で、草太だけが無傷だった。

餓鬼を逃《に》がす要因を作った、自分だけが。

不意に、職員たちが動きを止めた。一斉《いっせい》に、一つの方向を緊張《きんちょう》した面持《おもも》ちで見つめる。

草太もつられてそちらを向いた。

大扉《とびら》から、三人の男が入ってきたところだった。

黒いスーツを着た四十路《よそじ》くらいの男が先頭を歩いている。髪《かみ》をオールバックにして、細いフレームの眼鏡《めがね》をかけている。表情が硬《かた》く、八重崎支部長とは別の意味で感情が読みにくい。

その男の後を、残りの若い部下らしき二人が付き従っているかたちだった。職員たちの反応からして既知《きち》の顔ぶれらしいが、草太は見覚えがない。耳鳴坂の関係者だろうか。

黒いスーツの男はフロアを突き進んでいくと、空の支部長デスクの前で足を止めた。近くにいた青い肌《はだ》の男に詰《つ》め寄る。

「八重崎支部長はどちらだ?」

「い、いま席を外しておりまして……」

青い肌の男が視線を泳がせながら狼狽《ろうばい》した返事をした。

部下の一人がくくっと喉《のど》を鳴らす。

「こんなときでも煙草《たばこ》ですか。相変わらず緊張感《きんちょうかん》のない方で」

「違《ちが》います！　現在、支部長室で電話対応中でして……」

「そういえば、負傷者は黄昏《たそがれ》機関からの出向者だったな。失礼した。部下の非礼を詫《わ》びよう」

黒スーツは目礼をすると、横目で部下を睨《ね》めつける。部下は肩《かた》をすくめて頭を軽く下げた。

このやりとりを見たかぎりでは、黒スーツたちは耳鳴坂よりも上の立場の者らしい。

「〝本家〟の方々ですよ」

振り向くと、後ろの椅子にニット帽《ぼう》を被《かぶ》った男が背を向けて座っていた。

宇壁は手にした紙コップの中身を飲み干すと、肩越《かたご》しに草太の前のテーブルを指差した。

「冷めますよ」

テーブルの上に、宇壁と同じ紙コップが置かれていた。

黒い液体がなみなみと注がれている。宇壁が淹《い》れて、置いてくれたのだろう。まったく気がつかなかった。そっと握《にぎ》ってみるとまだ少し温かかった。

「だいぶお疲《つか》れみたいですね。無理もありませんが」

「……すいません」

草太は謝った。それはコーヒーに気づかなかったことに対してか、自分一人無傷であったことに対してか、自分でもよくわからなかった。

「本家って何ですか？」

「大刀早坂本部のことを、我々は〝本家〟と呼んでるんです。あそこは外法使いの宗家、つまり本家の血を引く退魔師ばかりですから。ちなみに、あの黒いスーツの人は銛河《にえかわ》さんとおっしゃいまして、銛河宗家のご出身です」

「へえ……」

じっと見ていると、ふと黒スーツの男――銛河が振り向いた。目があった。

「見ない顔だな」

「そういえば、報告に知らない名前が入っていましたね。確か、来島草太」

名前を出されて、草太は反射的に背筋を伸《の》ばした。

銧河が近づいてきて、一歩手前で足を止めた。威圧感《いあっかん》のある男だった。草太を見下ろす眼差《まなざ》しは、まさしく睥睨《へいげい》という表現が似合う。

「餓鬼《がき》を逃がしたのはおまえか」

「……はい」

事実だ。釈放《しゃくほう》する必要のない妖異《ようい》のそばに、鍵《かぎ》を持ったまま不用意に近づいてしまった。

「待ってください！」

宇壁が椅子を鳴らして立ち上がった。

「餓鬼がここへ移送されたとき、最初に取り調べをしたのは僕です。あのとき僕は彼が何の妖異なのか見抜《みぬ》けませんでした。彼が餓鬼だとわかっていれば、人間の職員を近づけさせませんでした。落ち度は僕にもあります！」

銧河は冷ややかな眼差しで宇壁を一瞥《いちべつ》した。

「君は本件に関《かか》わっていない。黙《だま》っていろ」

宇壁が息を呑《の》むのを尻目《しりめ》に、銧河は再び草太に顔を向ける。

「いつからここは一般《いっぱん》人をバイトに雇《やと》うようになった。遊びじゃないんだぞ！」

怒《いか》りを含《ふく》んだ叱責《しっせき》に、フロア中が静まりかえった。

草太は身を竦《すく》ませて俯《うつむ》いた。こっそりと奥歯を噛《か》み締《し》める。

遊び。その一言が胸に突《つ》き刺《さ》さった。

心のどこかに、そんな気持ちがなかったとは言い切れない。

ここは退魔師の組織だ。かつては妖異を退治し、いまは妖異の捕縛《ほばく》を職務とする者たちの職場だ。何の能力も持たない高校生がバイト感覚で混じっていい場所ではない。

唐突《とうとつ》に、扉が乱暴に開く音が響《ひび》いた。

「お待たせしちゃってすいませんねえ」

場違《ばちが》いに呑気《のんき》な声とともに、八重崎支部長がいつもより幾分《いくぶん》か背筋を伸ばして入ってきた。ゆったりとした足取りで草太たちの方へ近づいてくる。相変わらず煙草の臭《にお》いはするが、いつもほど強くはない。さっきの誰《だれ》かが言っていたとおり、喫煙《きつえん》室に籠《こ》もっていたわけではなさそうだ。

「本部からいらしたわりにはお早いお着きで」

八重崎は慇懃《いんぎん》そうに頭を下げてみせた。

「八重崎支部長。さっそく黄昏機関から苦情でも来たか?」

「それもあるんだけどね。たったいま、許可が下りちゃって」

銚河のしかめっ面がわずかに強張《こわば》った。

部下たちが青ざめた顔を見合わせて、掠《かす》れた声で口々に呟《つぶや》く。

「許可だって？」

「まさか……」

八重崎は眠《ねむ》そうな目を逸《そ》らして、つまらなそうに頭を掻《か》いた。

「そ。退魔許可」

聞き耳を立てていた職員たちが、一斉《いっせい》にざわめいた。

動揺《どうよう》が一瞬《いっしゅん》にしてフロア中に伝播《でんぱ》してゆき、誰かがデスクの書類を落とし、また別の誰かがつまずいて倒《たお》れた。誰かが慌《あわ》てた様子で大広間を飛び出してゆく。

ただ一人、事情がわからずにいる草太に、宇壁が押し殺した声で耳打ちした。

「退魔というのは、妖異を殺すことです。人間の警察でいうところの、射殺許可」

「えっ……」

草太にもようやくことの重大性がわかった。ここでは人間の退魔師以外に、妖異も働いている。妖異たちが本来所属しているのは黄昏《たそがれ》機関だ。

その黄昏機関が、同族殺しもやむなし、と判断した。

銚河は重々しく嘆息《たんそく》すると、じろりと八重崎を睨《にら》んだ。

「なぜ私ではなく、おまえに連絡《れんらく》がいくんだ。順番が逆だろう」

「本部には連絡済みらしいから、行き違《ちが》いじゃないの。それより、この状況《じょうきょう》どうすんの。どうせおたくらが指揮とるんでしょ」

「当然だ。これから作戦会議を行う。至急準備をさせろ」

銚河は身を翻《ひるがえ》して、大広間から出て行った。部下たちも慌てて彼の後を追う。

近くで疲労《ひろう》の混じった溜息《ためいき》が漏《も》れた。煙草《たばこ》の臭いが漂《ただよ》ってくる。

八重崎がこちらを見下ろしていた。

「さて、と。来島、おつかれさん。帰っていいよ。もう来なくていいから」

一瞬、何を言われたのかわからなかった。

表情でわかったのだろう、八重崎はスラックスの尻《しり》ポケットから紙片《しへん》を取り出した。小さく畳《たた》まれて皺《しわ》のよった紙を目の前で開いていくと、だいたいA4サイズの紙になった。

雇用契約書《こようけいやく》だった。氏名欄《らん》に自分の筆跡《ひっせき》で『来島草太』と書いてある。

そして契約《けいやく》期間の満了日《まんりょう》には、草太とは違《ちが》う筆跡で今日の日付が入っていた。

『日付も入れないでおいて』

契約書の記入方法について説明するとき、八重崎は確かにそう言った。彼は最初から、草太をいつでも解雇《かいこ》できる状態にしていたのだ。

「し、支部長。俺は……」

声がみっともないほど掠れた。しかもその続きが声にならなかった。

「来島」

八重崎は真っ正面から草太の両肩《りょうかた》を強く摑《つか》んだ。前屈《まえかが》みになって目線を合わせてくる。

覗《のぞ》き込んでくる二つの目は、いつものような眠そうでやる気のないものではなかった。よく研《と》がれた刃《やいば》のような、鋭《するど》く強い光を宿していた。利里に少し似ている。

その眼差《まなざ》しに射《い》すくめられて、草太は声どころか瞬《まばた》き一つできなかった。

「確かに妖異《ようい》は悪い奴《やつ》ばかりじゃあないが、悪い奴も確実にいるんだ。これで少しは懲《こ》りたろ。おうちに帰んな、坊《ぼう》や」

電灯が落とされたラウンジの片隅《かたすみ》で、草太はソファに腰《こし》を下ろしていた。

光源は非常灯のわずかな明かりしかない中、ぼんやりと手の中の携帯電話《けいたいでんわ》を見下ろしていた。

ミコトはまだ回復していないらしく、声一つ聞かせてくれない。

——クビになった。

クビになって当然の失態をやらかした。自覚はある。納得《なっとく》もしている。ただ一点を除いては。

八重崎支部長は、草太を非難しなかった。それが悔《くや》しかった。

「くそっ」

頭《こうべ》を垂れて、額を携帯電話に押しつけた。視界の端《はし》でストラップが揺《ゆ》れる。かたかたと擦《こす》れ合う三連ドクロが、嘲笑《あざわら》っているように見えた。

「暗いわね」

涼《すず》やかな声がした。利里の声だ。

草太は顔を上げなかった。足音が近づいてきて、黒いハイソックスと革靴《かわぐつ》を履《は》いた足が目の前を通り過ぎていった。足取りはしっかりしている。大した怪我《けが》ではなかったとわかって、少しだけ安堵《あんど》した。利里まで大怪我《おおけが》をしていたら、情けなくて死にたくなっていただろう。

ぎし、とソファの反対側から一人分の体重がかかったときの振動《しんどう》が伝わってきた。

「あいつは、わたしが追っていた妖異よ。例の動物殺しの被疑妖《ひぎよう》。餓鬼《がき》の可能性も考慮《こうりょ》していたけど、まさか耳鳴坂で既《すで》に捕《つか》まっていたとは思ってもみなかった。迂闊《うかつ》だったわ」

草太は黙《だま》って聞いていた。

彼女に言ってほしい一言があった。その言葉をひたすらに待ち続ける。

「情報によれば、あの餓鬼は強欲だった者が死後に餓鬼道《がきどう》へ堕《お》ちた〝甲型《こう》〟が、生きたまま餓鬼道に堕ちた〝乙型《おつ》〟に取り憑《つ》いたという変種だったそうね。甲型は本来実体がなくて、人間に取り憑かないと現世では何もできないはずなんだけど、乙型の同じ妖異に取り憑くなんて前代未聞だわ。対処法が不明だからこそ、退魔許可が下りたんでしょうけど」

「……何で」

草太は痺《しび》れを切らした。待てども待てども、利里はあの一言を言ってくれない。いつも厳しくて容赦《ようしゃ》のなかった彼女ならば、言ってくれると信じていたのに。

おまえが悪いのだ、と。

「何で俺を責めないんだよ――」

立ち上がり、ソファの端へ顔を向ける。そこで絶句した。

刹里は頭と左手に包帯を巻いていた。左手はさらに三角巾《さんかくきん》で吊《つ》られている。

「ああ、これ？　たいした怪我じゃないのに、大袈裟《おおげさ》なのよ」

弱々しく笑って、三角巾の端を摘《つま》んで引っぱってみせる。

「……ヒルダさんは？」

刹里はしばし押し黙った。ややあって、慎重《しんちょう》に口を開いた。

「ヒルダさんはね、アルラウネの乙型なの」

質問の答えにならない言葉を口にした。

「アルラウネの甲型は、マンドレイクと同じ姿――人形《ひとがた》をした朝鮮人参《ちょうせんにんじん》みたいな根っこなの。でも、アルラウネの乙型は人間そっくりの姿をとる。ろくに身動きも取れない根っこの方が甲型なんておかしいと思うでしょう？　でもね、甲型には未来を予知する力があるの。だから、人間の女性そっくりのアルラウネよりも重宝される」

「先輩《せんぱい》、俺はそういう意味で言ったんじゃ」

「それに対して、乙型のアルラウネには未来予知のような能力はないの。ただ、そばにいる人間の精気を吸って、弱らせる力があるだけ。だから……ヒルダさんは、愛した人のそばにいられなかった。その人の命を、奪《うば》いかねないから」

なぜいまこの話をしなければならないのか、まったく意図が読めなかった。だが、きっと大事な話なのだろう。そう思って、草太は黙って耳を傾《かたむ》けた。

「ヒルダさんが日本に来たのは、この国に妖異を人間に転生させるすべがあるという噂《うわさ》を聞いたからよ。宿命のない存在に……人間に、生まれ変わりたかったのね」

妖異を人間に転生させる。

草太は留置所に居座っていたドワーフの言葉を思い出した。確か、消化葬というやつだ。

（消化――葬？）

急に思い当たって、背筋がぞくりとした。

いま、利里は転生の話をした。転生を語るときには、前提として〝死〟が存在する。

「ヒルダさん、死……危ないんですか？」

「意識は取り戻《もど》したらしいけど、危険な状態が続いているみたいね」

利里は実際にヒルダの状態を目にしているわけではなさそうだった。利里とヒルダの仲の良さを目にしている草太としては、妙《みょう》に突《つ》き放した、他人事《ひとごと》のような言い回しが気になった。

「行かなくていいんすか。ヒルダさんのところ」

「この非常事態で、そういうわけにもいかないでしょ」

「だって、あんなに……」

「わたしは退魔師なの」

相変わらず表情は弱々しい。だが、眼光だけは失われていなかった。

草太は立ち尽《つ》くした。

利里との間に、見えない壁《かべ》を感じた。外法によって生み出された不可視の壁とは違《ちが》う、それは意識の持ち方の違《ちが》いによって生まれた精神的な壁だった。責務のために私情を押し殺して動ける者と、責任も取れない未熟者との間を隔《へだ》てるものだ。

過去の自分の発言を思い出して恥《は》ずかしくなった。

何が、「利里でも敵《かな》わないような奴《やつ》を俺が」だ。

慢心《まんしん》にもほどがある。利里と肩《かた》を並べることなんて、きっと一生できやしない。

不意に頭上のスピーカーが鳴り響《ひび》いた。

『捜査員《そうさ》に連絡《れんらく》します。至急、支部長デスク前へ集合してください。繰《く》り返します――』

利里は即座《そくざ》に立ち上がり、すぐに目眩《めまい》を起こしたらしくよろめいた。

草太は慌《あわ》てて手を差し出したが、彼女はその手を取りはせず、両の足を踏《ふ》ん張って耐《た》えた。

「わたしはもう行くわ」

利里は宣言した。そう、宣言だ。そこには断固とした意志があり、他者の介入《かいにゅう》する余地などまるでない。言い方を変えれば、後輩《こうはい》の意見など完全に拒《こば》んでいた。

草太は何も言えず、差し出した手を引っこめるしかなかった。

利里は踏みだした足を止めて、一度だけ振《ふ》り向いた。

「さっき、どうして責めないのかって言ったわよね。自分でもわかってるんじゃない？」

草太はぎくりと身を震《ふる》わせた。

彼女の言うとおりだ。自分でもわかっていた。認めたくなかっただけだ。

耳鳴坂の誰《だれ》もが責めないのは、草太に非がないからではなく、非を問うほどの責任を、信頼《しんらい》をおいていなかったからだ。友人がバイト先で失敗して店長に怒《おこ》られた話と比べるならば、草太はバイト以下だ。

「初めて会った日に言ったこと、もう一回言ってあげる。帰りなさい。そして二度と妖異《ようい》に関《かか》わらないこと――あなたにできることは、もう何もないの」

利里はラウンジから出て行った。

「先輩！」

草太は数歩だけ追いかけて、すぐに足を止めた。利里に立ち止まる気配が見られなかったからだ。そして草太にも、追いつくまで走ろうという気力は残っていなかった。

だから、遠ざかっていく背中を呆然《ぼうぜん》と見送った。

「いままで……お世話に、なりました」

つい先刻まで先輩だった少女は、もう振り返らなかった。

第四章　退魔

翌日から、雨が降ったり止《や》んだりのぐずついた天気が続いた。

その日も空は曇天《どんてん》模様に支配され、いつ雨が降りだしてもおかしくない状態のまま、昼休みを迎《むか》えていた。

草太は教室の自分の席で、机に頬杖《ほおづえ》をついてぼんやりと窓の外を眺《なが》めていた。

とはいえ、窓の外に興味を引くものがあったわけではない。黒っぽい校門と、学校前の通り、その向こう側へと分断されている校庭とそれを囲む緑色のフェンス。入学当初は物珍《ものめずら》しかったそれらの景色にも、さすがに目新しさを感じなくなっている。実際、草太は窓の外に目を向けていながら、特に何を見ているわけではなかった。

「おい、昨日の間名井タイムス見たか？　また出たらしいな、アレ」

男子生徒の弾《はず》んだ声が聞こえてきた。

草太はびくりと肩を揺《ゆ》らしたが、振り返らなかった。

「あー、動物生きたまま食い殺すヤツだろ？　しばらくなりを潜《ひそ》めてたかと思ったら、また始まったよなあ」

「しかもブーストかかってね？　三日で三件だろ。ある意味マメだよな」

この四日間で、三件の動物虐殺《ぎゃくさつ》事件が起きた。

一件目は一般《いっぱん》に飼われていたペットの犬一匹《ぴき》で、二件目は幼稚園《ようちえん》で飼育されていた鶏《にわとり》三羽、三件目は小学校で飼育されていたウサギ五羽だ。

警察は以前起きた同様の事件との関連性を調べている最中《さなか》だというが、草太は確信をしていた。餓鬼《がき》のしわざだ。草太が逃《に》がしてしまった。

「警察が捕《つか》まえてくんねーから、アピール再開したんじゃねえ？　挑戦状《ちょうせん》ってやつ」

「おまえそーゆーの好きだよなあ」

「どうでもいいが、食事時にそのテの話はやめてくれよ。飯が不味《まず》くなる」

凄惨《せいさん》な事件のわりに、話題にする生徒たちの口ぶりは明るい。殺されたのが人間ではないというのもあるだろうが、身近で起きたそれなりに刺激《しげき》的なニュースを楽しんでいるのだ。

「不謹慎《きんしん》なこと言ってるんじゃないわよ」

「ほんっと信じらんない。サイテー」

さすがに女子たちからブーイングが起きる。男子軍はというと、女子軍からの非難を受けてさらに調子に乗った。特攻《とっこう》隊長が食い殺された動物の死骸《しがい》の損傷状況《じょうきょう》を事細かに、生々しく語り出す。おそらく九割方は妄想《もうそう》なのだろう。それでも女子たちは耳を塞《ふさ》いできゃあきゃあ騒《さわ》ぎだした。威力《いりょく》は絶大だったが、被害《ひがい》は味方陣営《じんえい》にも及《およ》んだ。まさに肉系のおかずをつまんでいた男子からも苦情が出はじめ、一部が女子軍へ寝返《ねがえ》った。

他人事《ひとごと》として話題にできる彼ら彼女らが、草太は少し羨《うらや》ましかった。

自分の失態で、餓鬼は留置所から逃走《とうそう》した。さらなる犯行を重ね、多くの動物たちが犠牲《ぎせい》となった。飼い主や、餌《えさ》やりをしていた園児や小学生たちも、きっと心を痛めただろう。

もはやため息も出なかった。何をするにも気力が湧《わ》かない。習慣的に登校だけはしたものの、一限から四限までの記憶《きおく》がすっぽりと抜《ぬ》け落ちている。確か三限あたりに体育があったはずなのだが、自分はちゃんと体操着に着替《きが》えて体を動かせていたのだろうか。

不意に、ごん、と後頭部に軽い衝撃《しょうげき》が来て、頬杖から顎《あご》がずり落ちた。

椅子《いす》を引く音がして、隣《となり》の席に庸平が腰《こし》を下ろした。教室内が騒がしいせいか、音漏《おとも》れを気にせず携帯《けいたい》ゲーム機の音量を上げており、ヘッドフォンは肩《かた》にかけてあった。

「メシ食えば？」

携帯ゲーム機の小さな液晶《えきしょう》画面を凝視《ぎょうし》し、両手の指をボタンの上で踊《おど》らせながら、感情の薄《うす》い声で言う。その一言で、草太は昼食を食べていないことを思い出した。

「いいや。食欲ないし」

「それ男のセリフじゃねーよ。どした。例のマチ学美人にふられたか？」

「まあ、当たりかな」

適当に返事をする。実際、ふられたのと大差ないだろう。するとと何を思ったか、庸平は肩へ腕《うで》を回してきた。ずしりと重みがのしかかってくる。普段《ふだん》こういうスキンシップを取るタイプではないやつにされると、違和感《いわかん》が強くて気持ち悪い。

「……何だよ」

「今夜は、飲むか」

庸平は神妙《しんみょう》な顔を作って、オヤジ臭《くさ》いことをしみじみとのたまった。

「……おまえさ、たまには部活に行けば？」

美術部の幽霊《ゆうれい》部員を満喫《まんきつ》しすぎている悪友を、草太は半眼で睨《にら》みつけた。

学校が終わると、草太は庸平を発起人《ほっきにん》とする「失恋《しつれん》者を慰《なぐさ》める会」によってカラオケ店に拉致《らち》された。

慰める会とは看板に偽《いつわ》りがあり、実際はひたすらからかわれ、身の程《ほど》知らずと馬鹿《ばか》にされ、笑いのネタと酒のつまみにされつづけた。

その間ずっと、草太はまんざらでもなく楽しんでいる演技をしつづけた。

裏声で女性ボーカル曲を歌っても、ものまねつきで演歌を歌っても、庸平の注文した梅サワーにこっそりピータンを沈《しず》めても、気分は晴れなかった。ただ徒労感だけが積もっていった。

駅前で庸平たちと別れると、草太はひとり家路についた。

自転車を学校に置いてきたので、帰りは徒歩だ。おかげで明日はいつもより三十分は早く起きなければならなくなった。まだ雨が降りだしていないことだけが不幸中の幸いか。

華《はな》やかな駅前から一本裏に入り、暗い通りを歩く。無性《むしょう》に虚《むな》しくなってきた。

「あー、やっと自由だわ！」

ミコトがふわりと実体化して降り立った。長時間、実体化していなかったためストレスでも溜《た》まったのか、大きく伸《の》びをする。

「長かったあー。しかも音痴《おんち》ばっかり。普通《ふつう》、五人もいたら一人くらいは上手《うま》い人がいてもいいと思うんだけど、どうなってるのよあんたの知り合いは。発狂《はっきょう》するかと思ったわ」

草太は口を開いた。誰《だれ》が見ているかしれない公道で実体化したことを注意しようとして、億劫《おっくう》になって口を閉じた。

そんな持ち主の様子にいつもと違《ちが》うものを感じ取ってか、ミコトも浮遊《ふゆう》してついてくるような真似《まね》はせず、地面に足をつけて隣を歩きだした。

「でも、いい友だちじゃない。わざわざ励《はげ》ましてくれるなんて」

「遊ぶ口実がほしかっただけだろ」

つい憎《にく》まれ口を叩《たた》いてしまう。本当はわかっている。あれが、彼らなりの励まし方なのだ。

感謝はしている。気持ちに応《こた》えたいと思う。だが、少し励まされたくらいで立ち直れるほど、単純な問題ではないのだ。

「あんたがへこむのもわかるわ。あんなことがあったんだもん、むしろしれっとしてる方がおかしいわよ。だいぶ応えたみたいだし、ストレス溜まってるでしょ？　しばらくは思いっきり遊び倒《たお》してみたら？　すっきりすれば、何か見えてくるものもあるだろうし」

　草太は答えなかった。

　ミコトは諦《あきら》めずにしつこく話しかけてくる。

「ねえ、今日っていつも買ってる漫画《まんが》の発売日じゃない？　コンビニ寄ってく？」

　草太は黙《だま》ってコンビニエンスストアの前を素通《すどお》りした。

「あっ、ゲームソフトのセールやってるわよ！　見ていけば？」

　中古ゲームソフト店の前も通り過ぎる。

　やがて店舗《てんぽ》が見あたらなくなり、辺りが急に暗くなった。住宅街に入ったのだ。

「そうだ！　ちょっと面白《おもしろ》いモバゲーを見つけたの。教えてあげる」

「興味ない」

　しばらく黙々《もくもく》と歩きつづけて、ふと違和感を覚えた。隣《となり》を歩いていた気配が消えている。

「――いいかげんにしなさいよ！」

　足を止めて振《ふ》り向いた。

　三メートルほど後ろに、ミコトが二本の足を踏《ふ》ん張って立っていた。細い肩《かた》をせいいっぱい怒《いか》らせて、こちらを睨みつけている。

「そんなに悔《くや》しいわけ？　クビになったことがそんなに不服？」

「ちっげーよ！」

草太はムキになって怒鳴《どな》り返した。

「ああ、クビになったのは当然だよ。こんな無能、俺が上司でもクビにするね。そうじゃないんだよ、俺が言いたいのはそういうことじゃないんだ！」

静かな住宅街に声がよく響《ひび》いた。住人への迷惑《めいわく》など考える余裕《よゆう》はなかった。

「何で誰も、俺を責めないんだよ！　非難しないんだよ！――おまえのせいだって、言ってくれないんだよ！」

試用期間の見習い退魔師に、責任能力はなかったかもしれない。

だがせめて、叱《しか》ってほしかった。

誰も責めない、誰も怒《おこ》らない。それではまるで、一時的に預かった親戚《しんせき》の子へ接するようではないか。そんなよそよそしい対応なんか望んでいなかった。

「あったりまえじゃない！」

軟弱《なんじゃく》な思考を、ミコトの怒声《どせい》が吹《ふ》き飛ばした。

「ちょっと面白そうだから、なんて、軽ーい気持ちで首を突《つ》っ込んできたやつなんかに、責任なんて追及《ついきゅう》できないわよ。誰だって、そんなやつを採用した方が馬鹿だって思うに決まってる

まんなくて退屈《たいくつ》で、ヒマ潰《つぶ》しがしたかったのよね？　庸平たちとゲームをやるみたいな感覚で

んてあたしのことダシにしてさ、本当は面白そうだから関《かか》わりたかったんでしょ？　毎日がつ

「あたしが気づいてないとでも思った？　残念でしたー。『俺はミコトの持ち主だから』なー

ミコトがふん、と鼻を鳴らして、両手を腰《こし》にあてて胸を張った。

草太は言葉を失った。

じゃない」

――だったら、最初っからゲームだけやってりゃよかったのよっ!!」

言霊《ことだま》によって生まれた妖異《ようい》の言葉が、刃《やいば》となって次々に突き刺《さ》さってくる。

ミコトは吐息《といき》をついた。幾分《いくぶん》か声のトーンを落として続ける。

「それにね、クビにするって言われてあっさり引き下がるあんたも馬鹿だわ。『できることは何もない』？　人手も妖手も足りてないんだから、何もないわけないでしょ！　本気で残りたかったら、土下座してでも食い下がればよかったのよ！」

反論する気も起こらなかった。ミコトは全面的に正しい。

どんな役立たずでも、お茶くみやコピー取りや、トイレ掃除《そうじ》くらいはできる。思いつかなかったのは、草太自身に何が何でも残りたいという意志が欠けていたからだ。

耳鳴坂での仕事が楽しかった。妖異たちとのやりとりが面白かった。

でも、それでは駄目《だめ》だったのだ。

ミコトが見抜《みぬ》いていたということは、刹里や八重崎支部長、ヒルダや他《ほか》のみんなも気づいていたに違《ちが》いない。わかっていて、黙っていた。見守って、いや見定めていたのだ。

来島草太は、退魔師として相応《ふさわ》しいか、否《いな》か。

そしてクビになった。食い下がりもしなかった。失格決定だ。

「あたしは近いうちに、耳鳴坂に戻《もど》されるわ」

草太ははっとして顔を上げた。

そうだ。ミコトは捜査《そうさ》協力が義務づけられている。もともと、草太の携帯《けいたい》電話からミコトを引き抜《ぬ》いて、別の携帯電話に移す予定だったのだ。

「このままだとあたしたち、お別れね。あんたにとっては、うるさい妖異につきまとわれずにすんでせーせーするのかもしれないけど。あたしもあんたみたいな——」

ミコトはいったん言葉を切った。静かにかぶりを振ってから、言い直す。

「——ううん。あたしは、寂《さび》しいよ」

可愛《かわい》い顔いっぱいに、哀《かな》しそうな笑《え》みが浮《う》かんでいた。

草太は胸が締《し》めつけられる感覚がして、胸元《むなもと》のシャツをぐっと摑《つか》んだ。その手に、ひやりとした小さな手が重なった。ミコトが下から覗《のぞ》き込んでくる。

「ねえ、あんたは？　どうしたいの？　このままで、いいの？」

それは以前、草太が自問したのと同じ質問だった。

――このままでいいのか。後悔《こうかい》しないか。

「俺は……」

あのときは、ミコトの存在を言い訳に使った。

逃《に》げだった。何かしら建前がなければ耳鳴坂に関わらせてもらえないと思った。自分に自信がなかったから、本音を避《さ》けたのだ。

卑怯《ひきょう》な性根《しょうね》は見抜かれていた。ばれていないと思っていたのは本人だけだった。

道化《どうけ》なんてたいそうなものではない。格好悪い、ただのガキだ。

草太は拳《こぶし》を握《にぎ》った。過去の自分を、格好悪いただのガキを消し潰すつもりで、強く強く握りしめる。

「俺も、戻りたい。なりたいんだ……耳鳴坂の一員に」

それこそが本当の、偽《いつわ》らざる気持ちだった。

黙《だま》って俯《うつむ》いていると、頭を優《やさ》しく撫《な》でられた。

いつのまに近づいてきていたのか、目の前にミコトの顔があった。目線が少し上にある。背《せ》丈《たけ》の低い彼女は草太の頭に手を伸《の》ばすために、五十センチほど宙に浮かんでいた。

こちらをわずかに見下ろす表情は、慈愛《じあい》に満ちた微笑《びしょう》だった。

いまさらながら、こいつは箕琴かおりではないのだと再確認《かくにん》させられた。草太の初恋《はつこい》相手は、こんな大人びた表情はしなかったし、できなかっただろう。

「役立たず扱《あつか》いされるのって、辛《つら》いのよね。それはきっと、人も器物も一緒《いっしょ》」

「……ああ」

くしゃくしゃと髪《かみ》を撫で回された。自分よりもいくつか年下の風貌《ふうぼう》をしている少女に、子供扱いをされている。複雑な気分だったが、嫌《いや》な感じはしなかった。

「役立たずを返上しよう、草太。使えるやつなんだって証明するの」

草太は頷《うなず》く代わりに目を閉じた。悔《くや》しさからではなく、決意をもって。

＊

間名井南高校へ戻って自転車を回収した頃《ころ》には、とうとう空が泣き出した。

途中《とちゅう》、コンビニエンスストアでビニール傘《がさ》を購入《こうにゅう》し、しばらく経《た》ってからレインコートにするべきだったと気づいた。普段《ふだん》ならば傘を持って片手運転など当たり前だが、今回は事情が異なる。状況《じょうきょう》次第《しだい》では片手が塞《ふさ》がる傘は邪魔《じゃま》になる。

引き返すのも面倒《めんどう》だったので、傘を差して自転車を漕《こ》いだ。

草太の隣《となり》を併走《へいそう》ならぬ併飛行しながら、ミコトは草太の持つ傘の下に頭を潜《もぐ》り込ませていた。これも一種の相合い傘かもしれない。

「一度クビになった上でもう一回雇《やと》ってもらおう、ってのは大変よ。土下座しても賄賂《わいろ》を渡《わた》しても……賄賂は金額にもよるかもだけど、やっぱ難しいわよね」

唇《くちびる》に人差し指を当てて、思案するように少し上を向く。土下座をしてでも食い下がるべきだったと言ったのはミコトだ。三十分もしないうちに発言を翻《ひるがえ》している。

「ってーことは、手柄《てがら》でも立てて、相手の方から俺を雇いたいって気にさせるしかないか」

「そういうことよ！」

ミコトが少し先回りをして、くるりと踊《おど》るように振《ふ》り返った。掛《か》け値《ね》なしに明るい笑顔のせいで、雨が降っていることを思わず忘れそうになる。

「……どーでもいいけどおまえ、楽しそうっつーか、嬉《うれ》しそうだな。何で？」

「べっつにー？」

口元を着物の袖《そで》で隠《かく》して含《ふく》み笑いをする。この状況で何か企《たくら》んでいるとも思えないので、とりあえず放っておく。

「で、具体的にはどうすんだ？　テキトーに妖異《ようい》のいざこざを見つけて解決してやろうにも、こんな状況じゃあな」

草太は目を細めて前方を見据《みす》えた。夜の闇《やみ》と雨とで不明瞭《めいりょう》な視界に、小さなコンクリートの橋が見えてきた。

霧立市との市境を流れる川にかかった、名もない橋だ。幼い頃から、橋のこちら側が間名井市、あちら側からが霧立市、と覚えさせられてきた。

橋のちょうど中間地点まで行くと、ブレーキレバーを握りしめた。自転車を降りて、ひびの入ったコンクリートの橋を調べる。

ほどなくして、目当てのものは見つかった。橋の真ん中あたりの両端《りょうたん》に、杭《くい》のようなものが打ちつけられていた。近づいて覗き込むと、頭の部分に文字らしきものが刻まれていた。読めなくとも、意図はわかる。言霊《ことだま》だ。

「あったぞ。点界材《てんかいざい》だ」

点界材の上の空間に手を伸ばしかけて、引っこめる。代わりにビニール傘をおそるおそる突《つ》っ込んでみる。何の手応《てごた》えもない。謎《なぞ》の力に弾《はじ》かれるくらいのことは起きると思っていたので、拍子抜《ひょうしぬ》けだった。手を伸ばしてみても、やはり何も感じなかった。

草太は後ろを振り向いた。

「おい、何ともないぞ？」

「妖異だけを封《ふう》じる結界みたいね。だから人間には無害」

ミコトは橋の手前で待っていた。拳《こぶし》を握《にぎ》りしめて、しかめっ面《つら》でこちらを見つめているのは、草太が傘を持っていて自分が雨に打たれてしまったためでは決してない。

「予想通りね。餓鬼《がき》を逃《に》がさないためには、間名井市を結界で封鎖《ふうさ》してしまうのが一番手っ取り早いわ。にしても、どこの馬鹿《ばか》よ、こんな物騒《ぶっそう》な結界を張ったのは。こんなの、力の弱い妖異が触《ふ》れたら一瞬《いっしゅん》で消し飛ぶわよ」

どうやら、かなり攻撃《こうげき》的な結界が張られているらしい。餓鬼を捕《と》らえるためにはやむを得ないにしても、一瞬で消し飛ぶほどというのはやりすぎだ。これでは無害な妖異たちもおいそれと出歩けないだろう。

「けど、それなら餓鬼が捕《つか》まるのは時間の問題だな」

「ううん、逆かもしれないわ」

「どういうことだよ？」

「さっき、力の弱い妖異なら消し飛ぶって言ってたでしょ。それはつまり、力の強い妖異には痛くも痒《かゆ》くもないってこと」

さしたる力も持たない文車妖妃は、そう言って見えない結界を忌々《いまいま》しげに一瞥《いちべつ》した。

「多分、本家とかいうところの退魔師は、餓鬼が力をつけることを想定して、強めの結界を張ったんだと思うわ。でも、もし餓鬼の行方《ゆくえ》がいつまでも掴《つか》めなくて、やつが次々に動物を襲《おそ》ってどんどん力をつけていったら……」

その先は言わずとも知れた。

結界は意味をなさなくなり、より凶悪《きょうあく》になった餓鬼が間名井市の外へ放たれてしまう。

間名井市だけでも、人一人、妖異一匹《ぴき》見つけるのが困難なほどの広さがあるのだ。妖異ゆえに、おおっぴらに指名手配をかけることもできない。市外へ逃げられたら、二度と捕まえられないかもしれない。

「大刀早坂も、黄昏機関《たそがれ》も、一刻も早く餓鬼を捕まえたいはずよ」

「そりゃそう……だろう、けど……」

ミコトが何を言いたいのか唐突《とうとつ》に察してしまった。

「おいおい、まさか、俺たちも餓鬼を捜そうって言うんじゃないだろうな？　無茶《むちゃ》言うなよ。いま、耳鳴坂の面子だって必死で捜し回ってんだろ。余計なことをしたら、また足をひっぱっちまうかもしんねーじゃんか」

汚名《おめい》返上どころではない。役立たずどころか、人類初の害虫認定《にんてい》をされかねない。

「いま、退魔師たちはペットや飼育動物、家畜《かちく》が次のターゲットになると想定して動いていると思うの。あの餓鬼は気が弱いんだか何だか知らないけど、人間より小動物を好んでいるようだし。でも、ターゲットの目星はついていても、そのすべてを見張るには圧倒的《あっとう》に捜査員《そうさ》の数が足りないわ。せいぜい、動物のいるところに妖異避《よ》けの外法を施《ほどこ》すのが関の山だと思う」

「つまり……」

草太は左眉《まゆ》の途切《とぎ》れ目を掻《か》いた。足りない脳味噌《のうみそ》を絞《しぼ》りに絞って考える。

「妖異避けの外法があるところには、餓鬼は近づけない。腹を空《す》かせた餓鬼は、妖異避けの外法がかけられていない場所で動物を狙《ねら》うってわけか。でも、そんなことは大刀早坂がとっくにやってんじゃねーの？」

「だから、さっきから言ってるでしょ。捜査員の数が足りてないはずだって」

そう言って、ミコトは傘《かさ》を奪《うば》い取った。

「一人でも二人でも、多い方がいいに決まってるわ。足を引っぱるんじゃない、足を使って役に立ってみせるのよ」


雨はいよいよ本降りになってきた。

草太は片手で傘を差し、もう一方の手でハンドルを摑んで自転車を転がしながら、胸ポケットの膨《ふく》らみを睨《にら》みつけた。

「何が『足を使って役に立つ』だよ。どう考えても、物理的に無理があるだろ」

《だってえ……》

携帯《けいたい》電話に引っ込んだミコトが情けない声を漏《も》らす。電気製品の妖異《ようい》だけあって、雨や水には弱いらしく、雨脚《あまあし》が強くなると本体へ引っ込んでしまった。

そもそも、最初から無謀《むぼう》だったのだ。

人口五十万人の街で、飼育されているかどうかは関係なく、すべての動物たちの居場所を見て回ろうなど、途方《とほう》もない話だ。とても一晩でできるものではない。そんなことができるのなら、耳鳴坂をクビになるどころか業界から引っ張りだこになっている。

「やっぱ無理なんだよ、手柄《てがら》を立てようなんてさ。邪魔《じゃま》しちゃ悪いし、大人しくしてようぜ」

こんな緊迫《きんぱく》した状況《じょうきょう》下で、下手にクビを突《つ》っ込めば迷惑《めいわく》をかけかねない。出直そう。日を改めるのだ。餓鬼の事件が片づいた頃《ころ》に再挑戦《ちょうせん》すればいいではないか。

そう思いつつも、草太は次の目的地に向かって自転車を転がしていた。

少しだけ。あと五分だけ、十分だけ、と自分に言い聞かせながら、足を使いつづけた。

やがて、広い通りに出た。

道幅《みちはば》があるだけで、人通りも車の通りも少ない。かつては大通りとしてそれなりに栄えていたらしく、道沿いに古びた看板を掲《かか》げた店舗《てんぽ》が目立つ。そのほとんどがシャッターを閉めているのは、営業時間外だからではなく営業をしなくなって久しいからだ。

この通りに、犬猫《いぬねこ》専門のペットショップがあったはずだ。潰《つぶ》れたという話も聞いていないから、まだ営業している可能性がある。草太は周囲を見回しながら自転車を転がした。

ほどなくして、件《くだん》のペットショップは見つかった。

同時に、店の前をうろつく人影《ひとかげ》も見つけてしまった。

頭に白い包帯を巻いた少女が、黒い塊《かたまり》を抱《かか》えてよろよろと歩いていた。

「な……」

草太は唖然《あぜん》とした。見間違《みまちが》えるはずもない。刹里だった。

刹里はずぶ濡《ぬ》れになっていた。まるで頭からバケツの水を被《かぶ》ったように、長い髪《かみ》から靴《くつ》まで全身がくまなく濡れている。いったいどれほどの間、傘も差さずに歩き回っていたのだろう。

傘ならいつも持ち歩いているのに。

彼女は傘を持っていないわけではなかった。背中のリュックから、変わった形状の柄《え》が突きだしている。彼女は傘を差さないのではなく、差せないのだ。左手は三角巾《さんかくきん》に吊《つる》され、右手は瘴気《しょうき》測定器を持っているからだ。

「……にを、やってんだよ!」

草太はビニール傘も自転車も放《ほう》り出して、利里に駆《か》け寄った。

足音か声か、あるいは両方に気づいて、利里がふらりと振《ふ》り向いた。どこか虚《うつ》ろな双眸《そうぼう》で、熱に浮《う》かされたような顔をしている。

だが草太の姿をその目に認めると、きっと目尻《めじり》が引き締《し》まった。強い眼差《まなざ》しが返ってくる。

「奇遇《きぐう》ね、来島くん。こんなところで会うなんて」

言葉とは裏腹に、草太がここにいる理由に完全に気づいている口ぶりだった。声音《こわね》にも視線にも、鋭《するど》い棘《とげ》がある。

「先輩《せんぱい》、俺……」

「あなたに先輩って呼ばれる理由がないわ」

ぐっと言葉に詰《つ》まった。

草太は耳鳴坂をクビになっている。もう利里の後輩《こうはい》ではないのだ。

「こんなところで退魔師の真似事《まねごと》をしているヒマがあったら、帰って明日の予習でもしたら?

本当に懲《こ》りない人ね。言ったでしょう？　あなたに出来ることなんて──」

「あるさ」

草太は利里の言を遮《さえぎ》った。先輩と後輩ではなくなったのなら、遠慮《えんりょ》をする必要はない。

目を丸くする利里に詰め寄って、腕《うで》を伸《の》ばした。肩《かた》の上から背中へ手を回し、リュックから飛び出した柄を摑《つか》んだ。赤い傘を引き抜《ぬ》き、ずしりと重いそれを目の前まで持ってくる。

そして傘を開いて、彼女の頭の上に差してやった。

「俺にだって、傘を差すことくらいできる。あんたの代わりに」

たいしたことでもないのに、どうだ、と言わんばかりに睨みつける。

「あんたから見たら、俺は何もできない、役立たずかもしれない。けど、両手が塞《ふさ》がってるときくらい、頼《たよ》ってくれたっていいじゃねーか」

外法は使えない。頭もよくない。格闘技《かくとうぎ》や武術の心得もなく、当然、喧嘩《けんか》も強くない。付け焼き刃《ば》の大刀は、まるで戦闘《せんとう》の役に立たなかった。

だが、できることはある。

利里はしばし呆然《ぼうぜん》とこちらを見つめていた。見開かれた両目の奥で、瞳《ひとみ》が揺れ動いている。

ややあって、青ざめた薄《うす》い唇《くちびる》がぼそりと動いた。

「……百年早いわよ」

突き放す言葉とは裏腹に、声音は弱く、穏《おだ》やかだった。

「百年も待ってたら、この傘《かさ》が付喪神になっちまう」

軽口を返すと、利里は表情を歪《ゆが》めた。

強張《こわば》っていた頬《ほお》が緩《ゆる》んで、ふ、と不器用で弱々しい微笑《びしょう》を作る。雨の滴《しずく》が頬を幾《いく》筋も伝って
ゆくせいで泣き顔みたいな表情だったが、それはまぎれもなく笑顔《えがお》だった。

「それもそうね。ごめんなさい……本当はすごく、助かる……」

言葉の途中《とちゅう》で、利里は瘴気測定器を取り落とした。足元を転がる測定器を見下ろし、そのま
ま瞑目《めいもく》して倒《たお》れかかる。

「せっ……！」

草太は咄嗟《とっさ》に傘を放り出して、利里の身体《からだ》を抱《だ》き留めた。

びしょ濡れになった衣服越《ご》しに、熱い体温が伝わってくる。

ひどい熱だ。怪我《けが》をして体力が奪《うば》われているときに、冷たい雨に打たれ続けたせいだろう。

不規則に吐《は》く息が熱く、ときおり呻《うめ》くような声が漏《も》れるのが苦しそうだった。

「ミコト」

《捜査《そうさ》は一時中断よ。この女をどうにかしてやらないと》

ポケットから聞こえてくる声は、なぜか少し不機嫌《きげん》そうだった。

草太たちは利里を連れて自宅へ戻《もど》った。

一階にある客間に利里を運び込み、畳《たたみ》の上に敷《し》いた布団《ふとん》の上に横たえた。

利里を着替《きが》えさせるというミコトに部屋から追い出された草太は、とりあえず湯を沸《わ》かすことにした。水をいっぱいに注いだやかんをコンロの火にかける。風呂《ふろ》の準備も必要だろうかとバスルームを覗《のぞ》いたところで、インターフォンが鳴り響《ひび》いた。

夜間の来客に、草太は覚えがあった。

急いで玄関《げんかん》に向かってドアを開けると、ニット帽《ぼう》を被った小太りの男が立っていた。口から舌を出したまま会釈《えしゃく》する。宇壁だ。彼の肩越《かたご》しに、来島家の前に寄せて路上駐車《ちゅうしゃ》した黒い軽自動車が見えた。

「急に呼び出してすいません」

草太は謝罪と感謝を込めて頭を下げた。

宇壁を呼び出したのは草太だ。耳鳴坂に電話をかけるのは立場的に躊躇《ためら》われたので、迷惑《めいわく》をかけると思いつつも宇壁に連絡《れんらく》を入れた。無論、利里を迎《むか》えにきてもらうためだ。

「構いませんよ。僕もそろそろお茶でも飲みたいと思ってましたから。本家の人たちはどうも妖異《ようい》使いが荒《あら》くて、休むヒマもありません」

垢嘗《あかなめ》は図々《ずうずう》しさを装った。恐縮《きょうしゅく》させまいという心遣《こころづか》いが素直《すなお》に嬉《うれ》しかった。しかも、まだ餓鬼《がき》が見つかっていないことまでさりげなく教えてくれる。

「じゃ、上がってください。すぐお茶を淹《い》れますよ。それともマヨネーズの方がいいっすか？」

「お茶でお願いします。マヨネーズでは喉《のど》は潤《うるお》せないもので」

軽口をかわしながら、ダイニングへ案内した。

この家の応接間は父の骨董趣味《こっとうしゅみ》がいかんなく発揮されて棚《たな》から溢《あふ》れだし、巨大《きょだい》な壺《つぼ》やら壺やら壺が床《ゆか》にまで進軍しているため、とても客を招ける状態にはない。間違《まちが》って蹴《け》り飛ばしてヒビでも入ったら勘当《かんどう》されかねないので、せっかくの一人暮らしなのにペットも飼えない。飼えるのは、器物を大切にしてくれる付喪神くらいだ。

ダイニングのソファに宇壁を待たせて、草太は隣《となり》のキッチンへ引っ込んだ。ティーバッグの緑茶を二人分淹れて運んできて、向かいのソファに座って安い緑茶をすする。

しばし、茶をすする音だけがダイニングに響いた。

気まずかった。聞きたいことは山ほどあった。耳鳴坂はいまどうなっているのか。どんな捜査が行われているのか。各捜査員の状況《じょうきょう》は。ヒルダや看守の具合は。

宇壁の性格なら、快く答えてくれるだろう。だが、そこに甘えるのもどうかと思えた。

「すごい雨ですね」

悩《なや》んだすえ、世間話にとどめた。心の中で、ミコトに早くしてくれと呼びかける。彼女はまだ、利里の身体を拭《ふ》いて適当な古着に着替えさせているはずだった。

「まったくです。この雨では、被疑妖《ひぎよう》の痕跡《こんせき》も流されてしまいますから、自慢《じまん》の舌も役に立ちません。当然、瘴気《しょうき》測定器もほとんど意味をなしませんから、打つ手なしですよ」

訊《たず》ねもしないうちに、宇壁は捜査状況《そうさじょうきょう》を明かした。

草太の方が拍子抜《ひょうしぬ》けするほどあっさりしたものだった。

「いいんすか、そんなこと言って」

「もちろん良くないです。しかし目の前にある顔に、聞きたくて聞きたくてしょうがないけど我慢《がまん》しよう、と書かれてあっては、黙《だま》っているのも気が引けます」

草太は情けなさと恥《は》ずかしさで顔を手で覆《おお》った。どうやら自分はあからさまに知りたそうな顔をしていたらしい。

だが、おかげで少し気持ちが楽になった。

「身動きをとれないのは餓鬼も同じじゃないっすか。いまごろどこかで雨宿りをしてるかも」

「雨宿りもできて、なおかつお腹《なか》を満たせるものもある場所で、優雅《ゆうが》に夕食を取っていなければいいんですがね」

宇壁は最悪の事態を想定していた。穏《おだ》やかな口調とは裏腹に、決して楽観視はしていない。舌を引っこめて湯飲みを見つめる双眸《そうぼう》には、捜査員としての焦燥《しょうそう》が見え隠《かく》れしていた。

「草太ぁ、手伝ってー」

呼び声が聞こえてくる。草太は、すいません、と宇壁に一言告げて、客間へ戻った。

客用の布団で利里が寝《ね》かされていた。

布団からコードが伸《の》びているところを見ると、手っ取り早く身体《からだ》を温めるために電気毛布を引っぱりだしてきたらしい。枕元《まくらもと》に置かれたショップ袋《ぶくろ》に濡《ぬ》れた衣服が放り込まれているのを見たら、急に気恥《きは》ずかしくなった。

「薬は飲ませたけど、まだ熱は下がってないわ。そのうち効いてくると思うけど」

「わかった」

草太は掛《か》け布団をめくった。思わず、げ、と呻き声が出た。

利里は草太のスウェットを着せられていた。それは別に構わない。この家には草太と父の衣服しか置いていないのだから選択肢《せんたくし》は限られる。問題は、草太が最近まで部屋着として着ていて、一昨日洗濯《せんたく》したばかりのスウェットだったことだ。現役《げんえき》の部屋着である。てっきり古着を使うと思っていたため、完全に油断していた。

「ミコト、おまえ絶対わざとやってるだろ……」

「あら、何のことを言ってるの？　あたしわかんなーい。さてここで問題。利里はいま、下着をつけているでしょーか？」

「おまえなあ……！」

「っと、草太をからかってる場合じゃないんだっけ。さっさと運ぶわよ。目を覚ましたときにあんたの顔があったら、この女のことだから怒《いか》り狂《くる》うわよ。今度こそ八つ裂《ざ》きかも」

ぞっとした。充分《じゆうぶん》ありえる。利里のことだ、きっと都合良く記憶《きおく》が修正されて、雨の中でのやりとりなど忘却《ぼうきやく》の彼方《かなた》へ葬《ほうむ》り去っているに違《ちが》いない。

「いい、変なとこ触《さわ》っちゃだめよ？　あとで密告するからね！」

ミコトに脅《おど》されつつ、草太は利里の背中と膝《ひざ》裏に手を回して抱《だ》き上げた。スウェットの厚い生地《きじ》越《ご》しに熱い体温と肌《はだ》の柔《やわ》らかさが伝わってきて、草太まで熱が出てきそうだった。ミコトが余計なことを言ったせいで、余計に意識してしまう。

利里はぐったりと草太に身体を預けており、依然《いぜん》として目を覚ます気配はない。弛緩《しかん》した表情とは裏腹に目は固く閉じられている。

草太は利里の頭や足を壁《かべ》などにぶつけないように、そして変なところを触らないように、慎《しん》重《ちょう》に廊下《ろうか》へ運び出した。

玄関《げんかん》前で既《すで》に宇壁が待っていた。

「お茶、ごちそうさまでした」

「いえ。先輩《せんぱい》のこと、頼《たの》みます」

宇壁は頷《うなず》くと、先に車まで戻《もど》ってドアを開けた。ミコトが濡れた衣服の入ったショップ袋《ぶくろ》を持ち、草太が利里を運ぶ。狭《せま》い後部座席に利里を横たえ、タオルケットをかけてやった。

ふと足置き場に転がった細長い包みが目に留まった。長さは一メートル弱といったところだろうか。新聞紙でぐるぐる巻きにされている。

「ああ、忘れるところでした」

宇壁はその細長い包みをひょいと拾いあげて、こちらに差し出してきた。

「何すかこれ——」

草太は差し出されるままに受け取った。手にした瞬間《しゅんかん》に、ずしりとした重みで悟《さと》った。

野大刀だ。餓鬼《がき》との攻防《こうぼう》の最中に行方《ゆくえ》知れずになっていたものだ。

「なんで、これが」

動揺《どうよう》とわずかな期待を胸に、草太は宇壁の顔を見つめた。

「実は支部長から、使い物にならないから捨ててこいと命じられたのですが、生憎《あいにく》と耳鳴通りの燃えないゴミの日は当分先でして。こんなことを言ったらミコトさんに怒《おこ》られてしまうかもしれませんが、代わりに捨てておいてもらえませんかね?」

いかにも用意してきたと言わんばかりの言い回しだ。

「……あんたはいい妖異《ようい》っすね」

草太は心の底から言った。

宇壁は苦笑《くしょう》して、ニット帽《ぼう》の上から頭を掻《か》いた。

「お褒《ほ》めにあずかり光栄ですがね、好きこのんで悪い妖異に生まれるやつはいませんよ。生まれたときから悪の宿命を与《あた》えられているのが悪い妖異です。まあ、中には好きこのんで悪事に手を染めた人間が妖異になるケースもありますが。今回の餓鬼ですとか」

今回は、死後に餓鬼化した甲《こう》型が生きたまま餓鬼道《がきどう》に堕《お》ちた乙《おつ》型に憑依《ひょうい》したという、極《きわ》めて特殊《とくしゅ》なケースだと利里が語っていた。たとえ甲型に取り憑《つ》かれていなかったとしても、あの男は決して満たされることのない飢《う》えを満たそうと罪を重ねていたかもしれない。

同情はしない。餓鬼道に堕ちた要因は本人の所行にある。それに、奴《やつ》はヒルダや利里に大怪《おおけ》我《が》を負わせたのだ。絶対に許してはいけない。

「いいですか、決して無茶《むちゃ》はしないでください。もし餓鬼を発見できたとしたら、必ず連絡《れんらく》を。すぐに駆《か》けつけます」

「わかった」

頷いてみせる。宇壁は安堵《あんど》した様子で表情を緩《ゆる》ませると、運転席に乗り込んだ。

「待って！」

ミコトが慌《あわ》てて運転席のドアに駆け寄った。ウインドウが下りて宇壁が顔を出す。

「ねえ、あんたはどうして協力してくれるの？　どう考えても服務規程違反《いはん》でしょ。もしものことがあったら、減俸《げんぽう》どころじゃ済まされないんじゃない？　あたしが言うのもなんだけど、草太なんかに構っても、あんたには何の得にもならないのに」

ひどい言われようだったが、草太も同意見だったので黙《だま》って見守った。

宇壁の反応は実にあっけらかんとしたものだった。

「いつも顔を合わせていた同僚《どうりょう》が、ある日突然《とつぜん》辞めさせられて、来なくなってしまった。それを妖異が寂《さび》しいと思うのは、おかしいことですかね？」

逆に聞き返されて、ミコトは一瞬《いっしゅん》戸惑《とまど》った。すぐに笑顔《えがお》になる。

「……全然」

「そう言ってもらえるとほっとします。では、僕はこれで」

赤いウインドウが上がり、エンジン音とともに軽自動車は発進した。草太たちは家の中へ戻った。部屋に移動する時間も惜《お》しくて、
見慣れた、直刀の大刀があらわになった。玄関の一段上がったところで包みを解いた。

この大刀があっても、餓鬼には敵《かな》わないだろう。実際、一度負けている。もう真っ向から戦うつもりはない。付け焼き刃《ば》で挑《いど》むのは自惚《うぬぼ》れだと、文字どおり身に染《し》みて思い知った。

万が一餓鬼と遭遇《そうぐう》してしまったときに、草太がするべきことは三つだ。

一に耳鳴坂への連絡、二が捜査員《そうさ》が駆けつけるまでの間の監視《かんし》と尾行《びこう》。餓鬼に見つかってしまったときの対処が三の時間稼《かせ》ぎで、このとき初めて大刀が必要になる。幸い、さまざまな武器や外法による攻撃《こうげき》から身を守る方法は、鬼《おに》教官から嫌《いや》というほど叩《たた》き込まれている。

「問題は、餓鬼の居場所だよなあ」

宇壁の口ぶりから考えると、大刀早坂でもまだ把握《はあく》できていないらしい。草太も見当もつかなかった。動物がいる場所、というヒントは漠然《ばくぜん》としすぎていてあまり参考にならない。

「あら?」

新聞を丁寧《ていねい》に折りたたんでいたミコトが、ふと声を漏《も》らした。

「これって、餓鬼の事件じゃない?」

顔の前で新聞を広げて、ほらほらと言わんばかりに見せつけてくる。

紙面では、動物虐殺《ぎゃくさつ》事件の記事が大きく取り上げられていた。見出しは『動物殺し、再開か』。事件のあった小学校校舎の写真まで掲載《けいさい》されている。

派手な事件でもないのに一面を飾《かざ》っている。よく見ると、地元紙の「間名井タイムス」だった。薄《うす》っぺらい夕刊紙のわりには購読料《こうどく》はやや高めなので、全国紙以上に興味が持てない。

「へー。こんなふうに報道されてたのか」

来島家では新聞を購読していないので、実際に事件の記事を目にするのは初めてだった。

「もう、たまには新聞くらい読んだらどうなのよ」

「やだね。新聞なんか取るだけ金の無駄《むだ》。テレビ欄《らん》くらいしか見るトコないし」

「そんなことないわよ! そりゃ、なかには記者のエゴ剝《む》きだしのくっだらないコラムや、あきらかに賄賂《わいろ》貰《もら》ってるでしょって感じのべた褒め記事も載《の》ってるけど、大事なことだっていっぱい載ってるんだから! あんたね、神聖な情報媒体《ばいたい》をこれ以上馬鹿《ばか》にしたら祟《たた》るわよ!」

ミコトは胸の前で両の拳《こぶし》をボクサーのように構えてみせた。携帯電話《けいたいでんわ》の文車妖妃だけあって、文字情報には一方《ひとかた》ならぬ思い入れがあるらしい。

こんな状況《じょうきょう》で相方を怒《おこ》らせても何の得にもならないので、草太はしぶしぶ新聞を受け取った。細かい文字でびっしりと埋《う》め尽《つ》くされた紙面を、目を細めて眺《なが》めてみる。とりあえずは求めます譲《ゆず》りますコーナーを見る。めぼしい情報がないとわかると、次に映画館の上映予定をチェックする。特に観《み》たいと思える映画はなし。四コマ漫画《まんが》もつまらなかった。

呑気《のんき》に新聞なんか読んでいる場合ではないのに。そう思ったときだった。斜《なな》め読《よ》みしていた視線が、ふとイベントの紹介欄《しょうかいらん》で引っかかった。紙面に顔を近づけ、食い入るように文字を追う。新聞紙を摑《つか》む手に、おのずと力が入った。

「……やっぱ、新聞って読むもんだな」

そこには、『世界のペット展』の告知がひっそりと記載《きさい》されていた。

＊

「うー。くっせえ……」

草太は暗闇《くらやみ》の中で戸を押し開けて、掃除《そうじ》用具入れから脱出《だっしゅつ》した。肩《かた》からずりおちたゴルフバッグを背負い直し、後ろ手で静かに戸を閉める。

間名井駅近くにあるショッピングモール一階の、男性用トイレだ。

ここで『世界のペット展』が開催《かいさい》されるのは明後日からだ。

餓鬼《がき》の標的となる可能性は低いかもしれないと半信半疑で来てみたが、案外当たっていたかもしれない。ミコトが言うには、ショッピングモールの敷地《しきち》内から妖異避《ようい よ》けの結界の力は感じないらしいのだ。イベントの二日前ともなれば、準備は完璧《かんぺき》ではなくとも、展示物はほとんど揃《そろ》っているはずだ。

草太は閉館時間ぎりぎりに駆《か》け込み、餓鬼が獲物《えもの》の匂《にお》いを嗅《か》ぎつけてきても何らおかしくはない。

危機一髪《ききいっぱつ》のみっともない高校生に映っただろう。そのままトイレに駆け込んだ。傍目《はため》には、腹を下して奥まったところにあるトイレを選んだのは、近くに『関係者以外立ち入り禁止』のプレートがついた従業員出入り口があったからだ。

「ミコト、首尾は？」

「様式美として『上々』と答えておくわ」

声は胸ポケットではなく、少し離《はな》れたところから聞こえてきた。見えていないだけで、ミコトは実体化をしているようだ。

「監視《かんし》カメラの映像、ばっちり切り替《か》えてきたわ。感謝しなさいよ？」

ミコトには、ショッピングモールの管理システムに干渉《かんしょう》して、監視カメラの映像を録画から再生に切り替えてきてもらったのだ。彼女はモール内に設置された監視カメラに「自身を映す」ことで侵入《しんにゅう》し、配線を辿《たど》って管理システムに乗り込むことができるらしい。いまごろ、警備員たちは昨夜録画した映像をリアルタイムのものと思い込み、睡魔《すいま》と戦いながら監視の目を光らせている頃《ころ》だろう。

「じゃ、そろそろ行動開始といきますか」

草太は真っ暗闇の中を、壁《かべ》に手をつけて恐《おそ》る恐る進んでいった。従業員出入り口の位置はあらかじめ確認《かくにん》してある。しばらくして、ミコトの背中にぶつかった。彼女が立ち止まっているということは、従業員出入り口の前に到達《とうたつ》したのだろう。

「ちょっと待ってて」

ややあって、軋《きし》む音を立てて扉《とびら》が反対側から開き、薄暗《うすぐら》い向こう側からミコトがひょっこりと顔を出した。一度実体化を解除し、扉の向こう側で再び実体化をとったのだ。以前、草太の着替《きが》え中にやってみせた手口だ。

「さ、行くわよ」

と言って、ミコトは実体化を解除した。監視カメラはミコトの支配下にあるとはいえ、警備員の見回りはある。二人より一人の方が見つかりにくいし、見つかったときに逃《に》げやすい。それに、ここから先は足元に非常灯がついているから、草太一人でも問題はなかった。

いや、正確には一つだけ問題はある。

草太は上下ともに制服姿で、おまけにゴルフバッグを背負っている。ゴルフバッグの中身は大刀だ。他《ほか》に大刀が入りそうなバッグやケースが見あたらなかったので、父の古いゴルフバッグを失敬してきたのだ。万が一警備員に見つかって、なおかつ中身が知れたら、餓鬼を捕《つか》まえる以前に自分が銃刀法違反《じゅうとうほういはん》で逮捕《たいほ》されるだろう。いや、その前に不法侵入か。

電灯の灯《とも》った明るい従業員通路を、草太は警戒《けいかい》しながら進んでいった。

「まだスタッフが残ってるんじゃないのか？　もう少し待ってからのがよかったんじゃ」

《残っているのは警備員だけよ。人数は四人。そのうち二人は警備室にこもってる》

既《すで》に調査済みらしい。持ち主と違《ちが》い、出来のいい相方で助かる。

《ちなみに、警備室はそこ》

草太は踏《ふ》みだした右足を引っこめた。

前方、すぐ右手にあるドアの隙間《すきま》から、光の筋が零《こぼ》れていた。中からコンピュータの稼働音《かどう》と、年配の男の話し声が聞こえてくる。

草太は息を止め、足音を忍《しの》ばせて扉の前を通った。警備室から離れると、安堵感《あんどかん》からか途端《とたん》に早足になった。自分で思う。まるっきり不審者《ふしんしゃ》だ。

「で、倉庫はあれか？」

突《つ》き当たりに両開きの扉があった。横にスライドして開けるタイプになっているのは、荷物の運び出しに便利だからだろう。取っ手に手をかけて力を込めるが、扉は動かなかった。やはり鍵《かぎ》がかかっている。

となれば、ミコトの出番だ。指示を出すまでもなく、彼女は今度は携帯電話《けいたいでんわ》から直接向こう側へ実体化して、内側から扉を開けて草太を招き入れた。

広い空間だった。天井《てんじょう》が高く、三階の屋根くらいの高さがある。

あちこちに棚《たな》やショーケース、段ボール箱、木箱などが積まれていた。乱雑に隅《すみ》へ追いやられたマネキンが少し怖《こわ》い。セールや催《もよお》し物の際に使うテーブルやバルーン、垂れ幕、そして芸術的で理解不能なオブジェもあった。ほとんどが備品類で、商品の在庫らしきものは見あたらない。別の倉庫で保管されているようだ。

備品の山と山の隙間に身体《からだ》を滑《すべ》り込ませるようにして進んでいくと、奥の方から小さな物音が聞こえてきた。息づかいや、か細い鳴き声も聞き取れる。

「——あった」

草太はその一角へ駆《か》け寄った。

たくさんのケージが積み重ねられていた。ケージの中には、変わった品種の犬猫《いぬねこ》の他に、ウサギやフェレット、スカンクにモモンガ、ミニヤギにミニブタ、カンガルーの一種であるワラビーや、チンパンジーに似た小型のサルまでいる。爬虫類《はちゅうるい》や両生類のケージもあった。さすがに地方の展示会なので、ミニホースのような大物はいなかった。

草太はミニブタのケージの前でしゃがみ込んだ。ミニブタは目を覚ましており、ケージの中で鼻をひくひくと動かしている。

「こいつ、フツーに食えそうだな」

「草太、ミニブタは非常食として飼うわけじゃないのよ」

「んなこたわかってるよ」

　ミニブタが鼻を鳴らした。抗議《こうぎ》の声だったのかもしれない。

　草太は立ち上がった。予想が当たるかどうかは別として、餓鬼《がき》が現れるまでどこかで身を隠《かく》しておく必要がある。倉庫内を見渡《みわた》し、ふと向かって前方と右方の壁に大きなシャッターがあることに気がついた。

「あのさ。ひょっとして、シャッターの向こうは外とか……」

「当然でしょ。でなきゃ、どうやって荷物を搬出搬入《はんしゅつはんにゅう》するのよ」

「……トイレに隠れた意味ねーじゃん」

　草太は袖《そで》を顔に近づけて臭《にお》いを嗅《か》いだ。特に臭いがついている感じはしないが、長時間臭いところにいたせいで自分の嗅覚《きゅうかく》が麻痺《まひ》している可能性もある。

「そんなことないわよ。シャッターなんて開けたら、警備員に見つかっちゃうでしょ」

「そりゃそうかもしんねーけど」

　釈然《しゃくぜん》としないものを感じつつ、右側のシャッターに近づいて手を伸《の》ばす。

　ガンッ、と派手な音が響《ひび》いた。

「ちょっと草太、静かにしなさいよ！」

「俺じゃねーよ。あっちの方から……」

　もう一方のシャッターに顔を向ける。

ガンッ。再び音がして、シャッターが揺《ゆ》れた。

誰《だれ》かが外からシャッターを叩《たた》いているのだ。

まさかという考えが脳裏《のうり》を過《よ》ぎる。緊張《きんちょう》で手が震《ふる》えはじめ、抑《おさ》えるために拳《こぶし》を握《にぎ》りしめた。

「草太」

ミコトが押し殺した声で名を呼んだ。

「……わかってる」

やるべきことその一。携帯《けいたい》を取りだして手探《てさぐ》りで操作し、あらかじめ用意しておいたメールを呼び出して、ボタン一つでいつでも送信できる状態にしておく。まだ奴《やつ》の姿を視認《しにん》していない。不確かな情報を送って捜査《そうさ》を掻《か》き乱す真似《まね》だけはしたくなかった。

ガン、ガンッ。さらにシャッターを叩く音が響く。

しだいに叩き方が荒々《あらあら》しくなってきた。焦《あせ》っているようにも感じる。しかもかなり大きい音だ。たとえ監視《かんし》カメラに映らなくとも、警備員に見つかるのは時間の問題だ。

「おい、そこで何をしている！」

鋭《するど》い声に、草太は反射的に身を伏《ふ》せた。遅《おく》れて思考が追いつき、外からの声だと気づく。

「動くな。いま何をやっていたか……ぐあっ！」

呻《うめ》き声と、大人一人ぶんの質量が倒《たお》れる音、続いて意味不明な奇声《きせい》が聞こえてきた。

何が起きたかは明白だった。戦慄《せんりつ》が背筋を駆け抜《ぬ》け、そのまま声となって出た。

「ミコト！」

「わかってるわ！」

ミコトの姿が薄闇《うすやみ》に消えた。

直後、シャッターの外から悲鳴じみた男の声と、ミコトの怒鳴《どな》り声が聞こえてくる。

「ぐっ……あ、あんたは⁉」

「通りすがりの付喪神よっ！　きゃあああっ！」

勇ましい声が、すぐに悲鳴に転じた。

草太は大急ぎでシャッターの操作盤《ばん》に駆け寄った。ボタンが縦に三つ並んでいたので、勘《かん》で一番上を叩いた。大きなシャッターがガラガラと音を立てて上がりはじめる。重量のせいか安全性のためか、開く速度が苛々《いらいら》するほど遅《おそ》い。

シャッターが開くのを待ちながら、いまのうちにとメールを送信した。これで一つめはクリアだ。続いて、ゴルフバッグを開けて中から大刀を引っぱりだした。

五十センチほど開いたところで待ちきれなくなり、草太は隙間《すきま》から外に転がり出た。

いつの間にか、雨は小降りになっていた。

濡《ぬ》れたアスファルトの上に、警備員の制服を着た男が俯《うつぶ》せに倒れていた。ここからでは、怪我《けが》をしていないか、息をしているのかすらわからない。

警備員の傍《かたわ》らに、ミコトの姿があった。苦しそうに眉《まゆ》をひそめ、左手で右腕《みぎうで》を押《お》さえてかばっている。よく見れば、着物の袖《そで》が点滅《てんめつ》するように透《す》けて、アスファルトの色が見《み》え隠《かく》れしていた。草太が来るまでの間に、実体化が不安定になるほどのことが起きたらしい。

いますぐにでも駆《か》け寄って具合を確かめたかったが、そんな時間はなさそうだった。

数歩ほど離《はな》れたところに、痩《や》せぎすの男が立っていた。水たまりの中に素足《すあし》を突《つ》っ込んでおり、雨に濡れた髪《かみ》が顔に貼《は》りつくように垂れている。

男は前方に突き出していた腕を下ろし、前髪の隙間《すきま》からミコトと警備員を交互に見ていた。

その目がふと、草太を捉《とら》える。

暗く沈《しず》んでいた両眼が、急に爛々《らんらん》と輝《かがや》いた。飢《う》えた獣《けもの》の眼《め》だった。

「あンときの、肉かあ」

男が口を開いた。鋭すぎる犬歯が覗《のぞ》き、唾液《だえき》が糸を引く。

「誰が肉だ」

音を立てて開いていくシャッターを背後に、草太は起き上がって大刀を構えた。

もう一回、倒れている警備員を一瞥《いちべつ》する。予定変更《へんこう》だ。やるべきことの二つめを飛ばして、三つめ——時間を稼《かせ》ぐ。

優秀《ゆうしゅう》な退魔師や妖異《ようい》たちが駆《か》けつけるそのときまで、餓鬼《がき》の足止めをするのだ。

草太は目に力を込めて餓鬼を睨《にら》みつけた。目だけではない。地面を踏《ふ》ん張る足にも、柄《つか》を握る手にも力を入れる。そうしなければまた震えだしてしまいそうだった。

が、先に震えだしたのは餓鬼だった。

「な、何だよォ。刃物《はもの》なんか出すなよォ」

自分で自分の肩《かた》を抱《だ》きしめ、怯《おび》えた表情を浮《う》かべる。

こういう場合も豹変《ひょうへん》という言葉が当てはまるのか、草太は訝《いぶか》しんだ。

「や、やっぱり人間はやめようよォ。戻《もど》れなくなるゥ」

餓鬼の乙《おつ》型とは、生きたまま餓鬼道《がきどう》に堕《お》ちた者のことだという。この期《ご》に及《およ》んでまだ人間に戻れると思いこんでいる様子だった。

と、再び目つきが険しくなって獰猛《どうもう》に牙《きば》を剝《む》いた。

《うるせえ！　人間も動物には違《ちが》いねえだろが！　つべこべ言ってねえで、目の前の肉を全部食っちまえばいいんだよ！》

「だ、だめだァ。俺にはできないよォ」

《目を瞑《つぶ》って食えば同じだろう！》

一人二役で独り言を呟《つぶや》いている。一言喋《しゃべ》るたびに、表情や態度が強気になったり弱気になったりと変化が激しい。まるで別人だ。

「まさか、二重人格？」

「そうみたいね。肉体の持ち主である乙型と、取り憑《つ》いた甲《こう》型が会話をしてるのよ。多分」

ミコトが青ざめた顔をして自信なさそうに言った。博識な文車妖妃をもってしても、今回の餓鬼にはイレギュラーな要素が多すぎるらしい。

餓鬼はなおもぶつぶつと話していた。話を聞いたかぎりでは、弱気で小動物を狙《ねら》っている方が乙型で、強気で人間を食《く》らおうとしている方が甲型らしい。

《なら、食わなくていい。殺すだけだ。それならいいだろう?》

甲型はとんでもない提案をした。あきらかに、隙《すき》をついて人間を食おうとしている。

弱気な表情に戻った乙型餓鬼は、にたりと不気味に笑った。

「うん、それならいいィ」

餓鬼がこちらに向き直った。うまい具合に甲型に丸め込まれてしまった。

草太は大刀を構え直した。雨のせいで手が少し滑《すべ》る。大刀の柄は皮が剥きだしになっているからなおさらだ。とはいえ、小さな欠点を差し引いてもこの大刀を選んだのは草太自身だ。

「殺すだけェ!」

餓鬼が素足で地面を蹴《け》った。獣のような爪《つめ》の長い手を繰《く》り出してくる。

「ミコト、警備員を安全なところに!」

草太は言うより早く走りだした。下がれと言ったところでミコトが素直《すなお》に従うとは思えなかったから、警備員の安否を利用して真っ先に飛び出した。餓鬼の前をカーブを描《えが》くように通り過ぎ、倉庫の中へ誘《さそ》い込む。

「馬鹿《ばか》、また勝手に！」

ミコトの抗議《こうぎ》の声は聞き流す。

馬鹿なのはわかっている。腹を空《す》かせた餓鬼をわざわざ小動物のいる倉庫内へ誘い込むなど、愚《ぐ》の極《きわ》みだろう。だが、馬鹿なのは餓鬼も同じだ。草太の目から見ても、餓鬼、おもに乙型の知能が常人より低いことはあきらかだ。餓鬼が目移りして隙を見せてくれれば、未熟者の草太にも対処のしようがあるはずだ。

草太は走りながら、倉庫内を見回した。

暗闇《くらやみ》の中で、赤く輝く小さな光を発見し、そこに向かって軌道《きどう》修正する。近づくにつれて、それが何なのかがあきらかになった。暗闇に慣れた目に、日常生活では見かけない奇妙《きみょう》な機材が飛び込んできた。わりと大きな機械で、金属の台の横にはドラムのようなものがあり、上には額縁《がくぶち》みたいな形のアーチが立っている。アーチの真下には直線の溝《みぞ》もあった。

草太は迷わず、その金属台にダイブし、アーチをくぐって反対側へ滑り落ちた。すぐに起き上がって、アーチの正面から顔を出し、餓鬼を待ちかまえる。

無防備に晒《さら》された首を前に、餓鬼が犬歯を剥きだしにして腕《うで》を伸《の》ばしてきた。餓鬼の上半身がアーチの下に入ったときを見計らって、声を張りあげる。

「ミコト！」

餓鬼《がき》の足元に、ミコトがふわりと出現した。

彼女は名を呼ばれただけで草太の意図を汲《く》んだらしい。無言で機械のスイッチを叩《たた》いた。

その瞬間《しゅんかん》——横のドラムが高速で回転した。アーチの内側から梱包《こんぽう》用のPPバンドが発射され、餓鬼の痩身《そうしん》に絡《から》みつく。

「なんだァっ⁉」

自動梱包機の上で、餓鬼が驚愕《きょうがく》に目を剝いた。PPバンドで縛《しば》られたことに気づき、金属台の上で暴れ回り、台から落下した。

草太は大刀を握《にぎ》って餓鬼の元へ回り込んだ。こんなことで捕縛《ほばく》できるとは思っていない。少しでも身動きできなくさせてから、攻撃《こうげき》して戦意を失わせる。卑怯《ひきょう》なのは百も承知だ。

床《ゆか》に転がっている餓鬼めがけて、大刀を振《ふ》り下ろした。餓鬼は即座《そくざ》に横へ転がった。切っ先が床を叩いた。かわされた。

ぶち、と音がして、餓鬼がPPバンドを振りほどいた。もともとたいした強度のあるものではない。こちらを見る眼差《まなざ》しには、飢《う》えだけでなく憎悪《ぞうお》の熱が籠《こ》もっていた。

「肉ぅ、許さない！」

餓鬼が飛び込んできた。鋭《するど》い爪を力任せに振るってくる。

左からフック気味に繰り出された爪を、草太は大刀で受け止めた。すごい力だった。あまりの衝撃《しょうげき》に思わず仰《の》け反りそうになって、懸命《けんめい》に足を踏《ふ》ん張った。

「ぐうっ……！」

もとより刃《は》こぼれし、切れ味の落ちたなまくら刀だ。餓鬼の手の肉に食い込みはしても、切り裂《さ》くだけの切れ味がない。純粋《じゅんすい》な力の押し合いになる。

やがて大刀の峰《みね》が傾《かたむ》いてきて、鼻先に迫《せま》ってきた。競《せ》り負けているのだ。慌てて左手も柄《つか》に添《そ》えて力を込めた。

と、今度は右からもう一方の爪が襲《おそ》ってきた。

両手は塞《ふさ》がっている。草太は床を蹴った。餓鬼の力を利用するつもりで後方へ倒《たお》れるように飛び退き、少し身を捻《ひね》って側面から着地した。

餓鬼はつんのめりつつも踏みとどまらなかった。そのままの勢いで覆《おお》い被《かぶ》さってきた。五本の長い爪が、喉元《のどもと》を狙って振り下ろされる。

「いっ！」

草太は慌てて横に転がって回避《かいひ》した。すぐに起き上がって確認《かくにん》すると、餓鬼は四つんばいになって床に爪を立てていた。

危なかった。

既《すで》に呼吸が乱れていた。胸が苦しい。心臓も限界だとばかりに激しく胸を叩いている。

「うーん、惜《お》しかったァ」

餓鬼は床から指を引き抜《ぬ》いて、ゆっくりと立ち上がった。こちらがほとんど限界になっているというのに、飢餓感《きがかん》に苛《さいな》まれているはずの相手の方が余裕《よゆう》が感じられる。

「馬鹿草太っ！」

ミコトの叱責《しっせき》が耳の後ろから響《ひび》いた。

「真っ向から戦ったって、この前の二の舞《まい》じゃない！　スタンドプレーに走ってんじゃないわよ！」

「……悪い」

草太は素直《すなお》に謝った。草太たちの目的は、餓鬼を倒すことではない。餓鬼の足止めだ。時間を稼《かせ》ぐだけだったら、一人より二人の方が効果的だ。

よし、と足を踏み出したとき、餓鬼がかぼそい声を漏らした。

「腹が減って力が入らないよぉ。先に何か食わせてくれよぉ」

《仕方ねえなあ。すぐそこに小動物がいるから、適当に食え》

餓鬼の首がぐるりと不自然に回り、ある方角へ顔を向けた。甲型《こう》が操《あやつ》ったのだろう。

再び乙型《おつ》はにたりと笑った。

「そうするぅ」

身体《からだ》もケージの方へ向けて、一直線に走り出した。

「させないわ！」

ミコトが高速飛行で餓鬼を追った。草太の全力疾走《しっそう》よりずっと速い。それでも獲物《えもの》を見つけた餓鬼の足には到底及《とうていおよ》ばなかった。

餓鬼はあっさりとケージの前に辿《たど》り着くと、格子《こうし》に顔を近づけて中を覗《のぞ》き込んだ。元気な動物の姿を確認したからだろう、表情をだらしなく弛緩《しかん》させた。

「肉、見つけたァ」

格子の間に指を差し込み、力任せに押し広げた。ギャンギャンと子犬の鳴き声が響く。

餓鬼は抗議《こうぎ》の声など意に介《かい》さず、ケージへ腕を乱暴に突《つ》っ込んだ。子犬を引きずり出して顔の前に吊《つる》すと、見せつけるように大きく口を開いた。

「いただきまァす」

「だめっ!」

ミコトが思い切り腕を伸ばすが、到底《とうてい》届く距離《きょり》ではない。無論、草太も間に合わない。

小さな命の救出を諦《あきら》めた、その瞬間だった。

パァン、と鋭い炸裂《さくれつ》音が、よどんだ空気をつんざいた。

草太には何が起きたのかすぐには把握《はあく》できなかった。

「ガアアアアァッ!?」

醜《みにく》い絶叫《ぜっきょう》が響いた。餓鬼が右手首を左手で押さえつけて倒れ込む。

束縛《そくばく》から逃《のが》れた子犬が落下し、鳴き声をあげて転がった。ミコトが慌《あわ》てて子犬を抱《だ》きかかえて、安全な場所まで運んでいく。

「よくも、よくもォ――」

餓鬼は手首を押さえてのたうち回った。暴れる足が床《ゆか》を蹴り虚空《こくう》を蹴り、近くの商品棚《だな》を蹴り倒した。

《言霊《ことだま》を刻んだ弾丸《だんがん》だな！　忌々《いまいま》しい退魔師めが――！》

餓鬼が上半身を起こしてこちらを睨《にら》んだ。

いや、違《ちが》う。餓鬼は草太よりもさらに後方にいる人物を見据《みす》えている。

草太もつられて振《ふ》り向いた。

全開のシャッターの下に、少女が立っていた。

湿《しめ》ったマチルダ学園の制服を再び身に纏《まと》っている。頭部に巻きつけた包帯の横で、赤い花の髪《かみ》飾りが決意の表明のように存在感を放っていた。

利里は髪飾りと同じ色の傘《かさ》を両手で水平に構えていた。三角巾《さんかくきん》こそ外されているものの、左手には変わらず包帯が巻いてある。構えた傘の先から細い煙《けむり》が立ち上っていた。かすかに火薬の臭《にお》いがする。おそらくは小口径の銃《じゅう》を内蔵した仕込み傘だ。

利里は視線と傘の照準を餓鬼《がき》に向けたまま、ゆっくりと近づいてきた。

「何で……」

宇壁に連絡《れんらく》を入れてから、まだ数分と経《た》っていない。いくらなんでも到着《とうちゃく》が早すぎる。それに、宇壁をはじめとする他《ほか》の捜査《そうさ》員がいないのもおかしい。

草太の問いに、利里は顎《あご》をくいと動かして背後を示した。手が塞《ふさ》がっているからだ。さきほどまで警備員が倒《たお》れていたあたりを、奇妙《きみょう》なものが四足歩行で走り回っていた。草太のスウェットだ。透明《とうめい》な犬が服を着て走り回っているように見える。

「犬の魂魄《こんぱく》を呼び出して、あなたの匂《にお》いを追わせたの」

どうやら草太が宇壁にメールを送信するより早く、利里は行動を開始していたらしい。下手をしたら、車の中で目覚めて、宇壁の制止を振り切って逃走《とうそう》した可能性がある。

「身体の具合は……」

「余計なお世話よ。と言いたいところだけど、実はちょっと辛《つら》い」

利里は口元を苦々しく歪《ゆが》めて、左手を傘から離《はな》して腕《うで》を下ろした。

草太は目を見開いた。利里の弱音を聞いたのは初めてだ。

「傘、持ってくれるんでしょう？」

利里は小首を傾《かし》げてみせた。雨の中でのやりとりをしっかり覚えているらしい。

草太は自分の発言を思い出して、急に照れくさくなってきた。

「……まあ、ね」

大刀をベルトの隙間《すきま》にねじ込んでから、赤い傘を受け取った。いまはまだ開かずに、両手で猟銃《りょうじゅう》のように構える。照準は、床で暴れている餓鬼に合わせる。

子犬を無事に逃《に》がしたミコトが飛んで戻《もど》ってきた。

「どうする気なの?」

「もちろん外法を使って叩《たた》きのめすのよ。ただ、今日はちょっとコントロールが利かなくなっているから、でかいのをぶっ放しちゃうかも」

「そのための傘か……」

草太は両手で持った傘を見下ろした。怪我《けが》と高熱で外法の制御《せいぎょ》が利かないのならば、余波を食《く》らわないためにも防性の言霊を記した傘は盾《たて》代わりになる。

餓鬼が起き上がった。血が滴《したた》る右手から、ぽとりと小さなものが落ちた。弾丸だ。

「てめえから食ってやるぞ、小娘《こむすめ》!」

答える代わりに、利里は楔形《くさびがた》の点界材を足元へ叩きつけた。カッ、と音を立てて一本目が突き立てられる。

《させるかぁ!》

餓鬼が牙《きば》を剝《む》いて飛び出してきた。恐《おそ》るべき速さで突進《とっしん》してくる。

二本目が設置される音を聞きながら、草太は傘のトリガーを絞《しぼ》った。

内部で仕掛《しか》けが動く重たい感触《かんしょく》が指に伝わる。

炸裂音とともに銃弾《じゅうだん》が発射された。反動で傘が跳《は》ね上がり、構えていた草太の腕もつられて勢いよく上に伸《の》びた。

餓鬼は上半身を捻《ひね》っただけで銃撃《じゅうげき》をかわし、すぐに体勢を直して突《つ》っ込んできた。

再び傘を構え直し、トリガーを引いた。

今度は銃弾の方が逸《そ》れた。餓鬼とは見当違《ちが》いの方向へ飛んでいき、棚《たな》の一つにめり込んだ。

草太は舌打ちした。反動を意識して狙《ねら》いすぎた。

今度こそ、という気持ちで三度トリガーを絞ると、がちんと内部で撃鉄《げきてつ》が動く音だけがした。

弾《たま》切れだ。

《無駄《むだ》だ！》

餓鬼が飛びかかってきた。

草太は傘を開いて、利里の前へ出て腰《こし》を低くした。普通《ふつう》の傘ならば一瞬《いっしゅん》で破られるだろうが、防性の言霊が書かれた生地《きじ》は外法と妖異《ようい》の攻撃《こうげき》をある程度防げるはずだ。

そこへミコトが低空飛行して滑《すべ》り込んできた。

「無駄なものなんて何もないのよ！」

微妙《びみょう》に噛《か》み合わない言葉を叫《さけ》んで、着物の裾《すそ》をはためかせながら足払《あしばら》いを仕掛ける。

それを難なく飛び越《こ》えた餓鬼だったが、長い帯まではかわしきれなかった。足を引っかけ、倒れはしないものの一瞬バランスを崩《くず》した。

その間に、利里の準備は終わっていた。

「集《つど》え集え、彷徨《さまよ》う魂魄の残滓《ざんし》――」

人差し指と中指を揃《そろ》えて、餓鬼に向けて突きだす。

「我が陣《じん》に応じ、風と成りて敵を討《う》て！」

ごう、と突風《とっぷう》が巻き起こった。

傘《かさ》が風に煽《あお》られて、草太は必死に柄《え》を掴《つか》んで踏《ふ》ん張った。これだけの暴風に煽られれば、普通の傘ならば鋼の骨が折れて咲《さ》き終わった朝顔みたいなかたちになるだろうが、利里の傘はなおも咲き続けている。だからこそ飛ばされないように耐《た》えるのが大変だった。

横目で餓鬼の状態を確認《かくにん》する。

餓鬼の身体《からだ》は見事に吹き飛ばされていた。背中からケージに突っ込み、さらに後ろにあった商品棚《だな》やマネキンの山に突っ込んだ。鍵《かぎ》が壊《こわ》れたケージから、動物たちが我先にと逃げ出していく。周囲にあった備品が派手な音を立てて雪崩《なだれ》を起こし、餓鬼の身体に積み重なっていった。

もはや、餓鬼の身体で見える部分は備品の山から突き出た片足だけだ。

草太は吐息《といき》をついて、傘を下《ふ》ろした。

「来島くん、ミコトさん、捕縛《ほばく》よ！」

背後から聞こえた鋭《するど》い声に、慌《あわ》てて気を引き締《し》める。まだ終わりではないのだ。

利里は両膝《りょうひざ》をつき、肩《かた》を揺《ゆ》らしていた。だいぶ消耗《しょうもう》しているのが傍目《はため》にもわかる。彼女は荒《あら》く息をしながら、何か小さいものを投げてよこした。

草太は反射的に受け取った。綺麗《きれい》に巻いた包帯、に似て非なるもの。捕縛帯だ。

「退魔命令が出てたんじゃないのか」

「命令じゃなくて、あくまで許可よ。捕縛がベストには変わりないわ」

「あ、そっか」

草太は捕縛帯を解くと、両手で構えておそるおそる餓鬼《がき》へと向かっていった。ミコトが草太の肩に寄り添《そ》うようにして付き従ってくる。

あと五メートル、四メートル。三メートルというところまで近づいたところで、ガコン、と備品の山が崩れて棚が転がった。

思わず足を止めた。ミコトが不安そうに草太の肩を掴む。

立て続けに大きな音を立てて、備品の山が崩落《ほうらく》していった。やがて中央に開いた大きな凹《へこ》みから、血まみれの痩《や》せた腕《うで》が伸びた。

餓鬼が血まみれの手をついて起き上がった。立ち上がろうと膝《ひざ》に力を入れ、バランスを崩して再び倒《たお》れた。右の足首がおかしな方向に曲がっている。骨が折れているのだ。これでは満足に動けまい。

「気を抜《ぬ》いちゃだめよ」

ミコトが耳元で忠告する。確かに、奴《やつ》の爪《つめ》が危険なことには変わりはない。片足の力だけで飛びかかってくるとも限らない。

草太は慎重《しんちょう》に、さらに一歩ぶんだけ詰《つ》め寄った。真っ正面から餓鬼を見据《みす》えて、宣告する。

「あんたを捕縛する」

餓鬼は微動《びどう》だにしなかった。

ぎょろりとした両眼で草太を値踏《ねぶ》みするように見つめて、それからにたりと笑った。

「おまえに、できるかなァ？」

餓鬼は後ろに隠《かく》していた左手を持ち上げた。

その手は、サルの首を絞め上げていた。小さな愛らしいサルが、ぎぃぎぃと鳴き声を上げながら、両手と両足で必死に餓鬼の腕を引っ掻《か》いている。

「しまった――！」

「だめっ！」

ミコトが慌てて飛び出したが、間に合わない。

草太たちの、まさに目の前で――餓鬼はサルに頭からかぶりついた。

人間を食《く》らいたいと望む甲型《こう》と。

あくまで小動物のみを襲《おそ》ってきた乙型《おつ》。

サルという獲物《えもの》は、もしかしたら両方の餓鬼の欲望を満たすものであり、同時にどちらも満たさないものであったかもしれない。

小さなサルが生きたまま食われていく光景を目の当《ま》たりにしながら、草太はそんな考えにとらわれていた。
「美味《うま》いィ、不味《まず》いィ、美味いィィ」
《不味い。だが美味い。いや不味い》
ぼこり、と餓鬼の体が歪《ゆが》んだ。
体中にコブが浮《う》かぶように醜《みにく》く変貌《へんぼう》していった。手足や胴体《どうたい》、顔までが泡立《あわだ》つように膨《ふく》れあがっていく。泡《あわ》の上に別の泡が出来るように、コブの上に新しいコブが重なって、見る見るうちに軽自動車ほどの大きさにまで膨張《ぼうちょう》していった。
巨大《きょだい》な塊《かたまり》と化した餓鬼の全身が、ざわりと蠢《うごめ》いた。
よく見れば、コブだと思っていたものは腹だった。
ぽっこりと膨らんだ腹を突《つ》きだした小さな餓鬼が、無数に寄り集まって塊となっていたのだ。
無数の餓鬼たちが、落ちくぼんだ目をぎょろりと一斉《いっせい》に向けた。
《肉だ》
《肉がいる》
《喰《く》いたいな》
《喰ってみるか》
《喰おう》
《喰おう》

濁《にご》った哄笑《こうしょう》が不協和音を奏《かな》でた。空気が震《ふる》えて、肌《はだ》にびりびりと刺激《しげき》が走る。

「うあ、あ……」

草太は思わずその場に尻餅《しりもち》をついた。震えだしてろくに言うことを利《き》かなくなった手足をそれでも何とか動かして、尻《しり》をついたままじりじりと後じさった。後退しつつも、両目は、顔を背《そむ》けたくなるほどグロテスクな餓鬼に釘付《くぎづ》けになっていた。

どうしろというんだ、と思った。

いままで草太が出会ってきた妖異《ようい》たちは、人間と似た姿か、日常的に見かけるものと同じ姿かたちをしていた。

しかし、いま目の前にいるものは違《ちが》う。完全に現実から逸脱《いつだつ》した、まさにバケモノだった。

まるで悪夢だ――

茫然《ぼうぜん》と座り込む草太の目の前に、ふわりと人影《ひとかげ》が降り立った。暗闇《くらやみ》の中でもかすかに輝《かがや》く金色の長い帯が、天女《てんにょ》の羽衣《はごろも》のように宙を舞《ま》う。

ミコトだ。彼女は草太に背を向けたまま、両手を大きく広げた。

「大丈夫《だいじょうぶ》よ」

と、震える声が気丈《きじょう》に言い放った。

「あたしが守ってあげるから」

大丈夫なわけがない。

草太は耳鳴坂でミコトが餓鬼《がき》にやられて、実体化を強制的に解除させられたのを目撃《もくげき》している。あのとき、ミコトはダメージが酷《ひど》くて、しばらく声すら出せなかった。人間の姿をした餓鬼を相手に、あれだけのダメージを負ったのだ。いまの餓鬼の攻撃《こうげき》を受けたらどうなるか。さすがにミコトでも、命を落としかねない。

「……何でだよ」

草太は、頼《たの》もしい小さな背中に向かって問うた。

「何でそこまでするんだよ」

それは、少し前にミコトが宇壁に訊《たず》ねたのと同じ質問だった。

ミコトは草太の磁場が気に入ったから、と言っていた。言い換《か》えれば、それだけだ。草太がいなければ生きていけないわけではない。ミコトが草太を命懸《いのちが》けで守らなければならない理由などどこにもないのだ。

ふ、と鼻を鳴らす音が聞こえた。ミコトは笑ったようだった。

「ねえ、草太。草太にも、愛着のあるものってあるでしょ？　お気に入りのハンカチとか、何年も前から使ってるお茶碗《ちゃわん》とか、シャーペンとか」

確かにある。古くなっても、端《はじ》っこが欠けても、どうしても捨てられないもの。

でもそれが何の関係があるのか、訊ねるより先にミコトは続けた。

「その逆もしかりよ。器物の方が、持ち主に愛着を持つこともあるの。知らなかった？」

草太は目を瞑《つぶ》りたくなって、ぐっと目元に力を込めてこらえた。急に胸が熱くなった。大きく息を吸って、腹の中に溜《た》まった熱と一緒《いっしょ》に吐《は》きだしてから、呟《つぶや》く。

「……おまえって本当、使える奴《やつ》だよな」

細い肩《かた》がぴくりと動いたのを上目に、こっそりとポケットから携帯電話《けいたいでんわ》を取りだした。親指でパネルを跳《は》ね開けて、迷わず電源ボタンを長押しする。

ミコトが勢いよく振《ふ》り向いた。

物音か、あるいは妖異の勘《かん》とやらで気づいたのだろう。草太の手に携帯電話が握《にぎ》られているのを見ると、彼女は丸い頬《ほお》を強張《こわば》らせた。細い腕《うで》をいっぱいに伸《の》ばしてくる。

「草太、だめ――」

ミコトの姿が、虚空《こくう》でぷつんと消滅《しょうめつ》した。

携帯電話の電源を切ったため、実体化できなくなったのだ。

草太は携帯電話を折りたたむと、倉庫の隅《すみ》へ向かって滑《すべ》らせた。棺桶《かんおけ》デザインの端末《たんまつ》が、闇《やみ》に吸い込まれてすぐに見えなくなった。

（これでいい）

自分にそう言い聞かせる。少なくともこれで、ミコトだけは助けられる。

愛着を持っているのは草太も同じだった。壊《こわ》したくないから、いまは戸棚《とだな》に大切にしまっておきたいのだ。使われることを望む器物にとっては、本意ではなくても。

前方で、餓鬼の小さな腹が一つ、破裂《はれつ》した。

どろりとした黒い液体が零《こぼ》れ、中から小さい手が伸びてきた。長い。関節がなく、ぐんぐん伸びてゆく。それは先端《せんたん》に小さな手をつけた、触手《しょくしゅ》だった。

それが素早《すばや》く伸びてきて、草太の首を搦《から》め捕《と》った。

そのまま勢いよく持ち上げられた。足が床《ゆか》を離《はな》れ、自分の体重で急激に首が絞《し》まった。ほとんど首吊《くびつ》り状態だ。呻《うめ》き声すら出せない。

「――――っ！」

足をばたつかせても、虚《むな》しく空を蹴《け》るだけだった。下を見てぞっとする。少なく見積もっても三メートルは持ち上げられている。

《喰《く》うぞ》

《喰えるぞ》

触手は草太を餓鬼本体のもとへ運んでいった。餓鬼の巨体《きょたい》がぱっくりと裂《さ》けて、肉を迎《むか》え入れるべく大きな顎《あご》をひらいた。

もう終わりだ。今度こそ喰われる。

草太は自分を飲み込もうとするものを諦念《ていねん》とともに見下ろした。だが――

唐突《とうとつ》に響《ひび》いた銃声《じゅうせい》とともに、何かが触手を掠《かす》めていった。擦過傷《さっかしょう》から黒っぽい液体が噴《ふ》き出し、顎の中に降り注いだ。

《おおおおおおおおおッ!》

餓鬼が咆哮《ほうこう》をあげた。咆哮に呼応するように、触手が大きくうねった。激しく揺《ゆ》さぶられて、草太は小さな手を逆に摑《つか》み返した。落とされたらただではすまない。

(いったい何が……)

草太は激しく振られながら、銃声の音源を追って視線を巡《めぐ》らせた。

刹里が機材の一つを台座にして仕込み傘《がさ》を構えていた。銃弾《じゅうだん》を再装塡《そうてん》したらしい。

一瞬《いっしゅん》だけ、彼女と目が合った。

初めて会ったときとまったく変わらない、強い意志の光を宿した双眸《そうぼう》に射貫《いぬ》かれた。少なくとも、あの眼差《まなざ》しは一片《いっぺん》たりとも諦《あきら》めていない。

(まったく、参るね)

あの女には困ったものだ。これでは男の立つ瀬《せ》がない。

草太は触手を摑む手を右手から左手に持ち替《か》えた。ベルトを緩《ゆる》めて、隙間《すきま》に差し込んであった大刀を引き抜く。このまま持ちこたえていれば刹里が助けてくれる可能性は高い。

だが、助けられてばかりというのも何だか癪《しゃく》だ。

「こ、の——!」

大刀を振りあげる寸前、触手が自ら手を放した。

がくんと体がずり落ちた。触手を摑む左手だけで全体重を支えられず、手が離れて宙に放《ほう》り出された。思わず叫《さけ》び声をあげかけて、ぐっと歯を噛《か》み締《し》める。空中から状況《じょうきょう》を確認《かくにん》する。落下地点を少しでもまともな場所へずらすために体を捻《ひね》った。

眼下に間抜《まぬ》けなオブジェが迫《せま》る。

草太はオブジェの枝部分に抱《だ》きつくように叩《たた》きつけられた。

衝撃《しょうげき》で一瞬、息が詰《つ》まる。オブジェが草太の体重を受け止めきれずに倒壊《とうかい》した。草太はそのまま転がり落ちて、壊れた商品棚《だな》に激突《げきとつ》した。

「げほ、げほ、う……」

むせ返りながら、すぐに身を起こした。全身のあちこちが痛いが、特に怪我《けが》はしていない。

ほっとしたのもつかの間、手に握った大刀を見て息を呑《の》む。

直刀が、半ばほどで折れていた。落下の際にどこかにぶつけてしまったのだろう。

「来島くん！」

利里が傘を杖《つえ》代わりにして、よろめきながら近づいてきた。

「動ける？」

険しい顔をして覗《のぞ》き込んでくる。自分こそ動ける状態ではないくせに、とうに限界など超《こ》えているくせに、弱音を吐《は》くどころかこちらの覚悟《かくご》を試《ため》すようなことを言ってくる。

となれば、草太の返答は一つしかない。

「当然」

虚勢《きょせい》だ。相手が弱音を吐かないのならば、こちらだって吐くわけにはいかない。

「外法は使えないのか？」

「点界材があればね」

どうやら手持ちの点界材は残っていないらしい。

草太は周囲を見回した。あちこちの荷物が崩《くず》れて、床全体が備品類で埋《う》め尽《つ》くされている。この中から小さな点界材を見つけ出すのは至難の業《わざ》だろう。

武器となるものは、利里の仕込み傘と、折れた大刀しかない。

草太は無理やり笑った。ここまで選択肢《せんたくし》がないと、却《かえ》って腹が決まるものだ。

よし、と大刀の柄《つか》を握《にぎ》りしめて、立ち上がった。

「俺が囮《おとり》になる。セン……利里は傘で攻撃《こうげき》してくれ」

また先輩《せんぱい》と呼びそうになって、言い直す。言い慣れた呼び方ができないのは不便だ。

利里は初めてファーストネームで呼ばれたことに気づいた様子もなかった。ただ草太の言葉に対して、弱々しくかぶりを振《ふ》る。

「あまり効くとは思えないわ。あと二発しかないし。そもそもこの銃弾は……」

途中《とちゅう》まで言いかけて、利里は目を見開いた。何かを思いついたらしい。すぐに目を鋭《するど》くして、周囲をせわしなく見回した。

「……わかったわ。来島くんは、やつの右手から回って。援護《えんご》するわ」

「オーケイ！」

草太は折れた大刀を手に走りだした。

こちらに気づいた餓鬼《がき》が、濁《にご》った咆哮をあげる。

《肉が！》

《肉めが！》

《肉の分際で！》

餓鬼が三本の触手《しょくしゅ》を伸《の》ばしてくる。

草太は大刀を抱きかかえるようにして床《ゆか》を蹴《け》り、飛び、転がって回避《かいひ》した。

たいしたことない、と自分に言い聞かせる。

こんな攻撃、全然たいしたことない。刹里が外法で飛ばしてきた武器の方がよっぽど速くて鋭くて、凶悪《きょうあく》だった。あれに比べれば、こんなものはただのお遊びだ。

背後から銃声《じゅうせい》が届いた。餓鬼が怯《ひる》んだ様子はなく、代わりに奥の壁《かべ》に弾痕《だんこん》が刻まれた。外したらしい。あの傷では照準が狂《くる》っても仕方がないだろう。

残りは、あと一発。

起き上がったところに迫ってきた触手を、短くなった大刀で斬《き》りつける。切り口から黒っぽい液体が噴《ふ》き出して頬《ほお》にかかった。生臭《なまぐさ》さが鼻をついたが、気にしている場合ではない。

さらに襲《おそ》いかかってきた触手をまた両断する。防御《ぼうぎょ》に徹《てっ》するのなら、刃《は》は少し短いくらいの方が扱《あつか》いやすいかもしれない。

銃声。今度は餓鬼よりもはるか左の床にめり込んだ。外したにしても、離《はな》れすぎている。

さすがに不安になって振り向こうとすると、背後から叱責《しっせき》が飛んだ。

「右へ回り込んで!」

黙《だま》って従え、と言わんばかりの強い声だった。

もうどうなっても知ったことか。

草太は半ばやけくそ気味になって、言われたとおりにひた走った。新しく生えてきた触手が小さな指を蠢《うごめ》かせながら追いかけてくる。

「しつこいんだよ、変態野郎《やろう》っ!」

大刀を振り回して触手を払《はら》い、前を向く。思わず喉《のど》の奥で呻《うめ》いた。

気がつけば、餓鬼のすぐそばまで近づいていた。グロテスクに膨張《ぼうちょう》した巨体《きょたい》に、丸い腹を突《つ》きだした小さな餓鬼が無数に埋もれている。

小さな餓鬼たちの眼球が、一斉《いっせい》に動いてこちらを見た。

《おまえから喰《く》われにきたか》

草太は躊躇《ちゅうちょ》した。近づいたはいいが、手元にあるのは折れた大刀だけだ。こんな短い刀身を突き刺《さ》したところで、たいした手傷は負わせられそうにない。どうすればいいのか——

《主菜は後と決まっている》

《あの娘《むすめ》は次でいい》

無数の小さな口が半月形に開き、濁った笑い声を唱和させた。

あの娘と言った。草太の次に、利里を喰うと。

頭の中で、何かが切れた。

「ふっざけんなあああっ！」

草太は大刀を担《かつ》ぐように構えて、餓鬼に向かって突進《とっしん》した。

熱くなった頭の中に、凜《りん》とした声が浸透《しんとう》してくる。

「集《つど》え集え、彷徨《さまよ》える魂魄《こんぱく》の残滓《ざんし》と、生きとし生ける魂魄よ――」

利里が言霊《ことだま》を唱えている。

あの瓦礫《がれき》の中から点界材を見つけ出せたのか。だとしたら奇跡《きせき》に近い。

だがその可能性は、餓鬼の濁った哄笑《こうしょう》によって否定された。

《馬鹿《ばか》だ。愚《おろ》かな退魔師だ》

《点界材もなしでどうやって外法を――》

餓鬼が言葉を途切《とぎ》れさせた。何かに気づいた様子で、体を捻《ひね》った。

背後の壁に穿《うが》たれた弾痕から、かすかに光が漏《も》れていた。見れば、さきほど床にめり込んだ銃弾《じゅうだん》も輝《かがや》いていた。

《貴様、まさか……》

《銃弾を点界材に……？》

弾痕から輝く線がのびてゆき、点と点が結ばれる。一本線ではない。銃弾を角にして、線が草太の右側へと伸びていく。

駄目《だめ》だ、と草太は思った。この外法は失敗する。

人間や動物、妖異《ようい》など生きているものに効果を起こす場合、外法使いが結界内にいるのが原則だ。利里はいま、結界内にいない。いるのは外法を使えない草太と、餓鬼だけだ。外法使いが外にいたのでは、無生物にしか干渉《かんしょう》できない。

だが、利里はお構いなしに言霊の続きを口にした。

「我が陣《じん》に応じ、大刀に宿りて力と成れ！」

外法使いが外にいても、無機物になら、大刀にならば力を与《あた》えられる――

ドクン！

草太は胸の奥に鈍《にぶ》い痛みを感じて、喉を詰《つ》まらせた。

利里の言霊は生者の魂魄をも指定していた。天に昇《のぼ》りそこねた魂《たましい》や地に還《かえ》りそこねた魄《たましい》の破《は》片《へん》だけでは足りないと判断したのだろう。そのために、草太や、まだ近くにいるかもしれない動物たちの魂魄も外法に利用したのだ。

望むところだった。こんな半人前の魂魄など、いくらでもくれてやる。

手の中で、大刀が重みを増した。動きにくいとは思わなかった。むしろ力が漲《みなぎ》った気がして見下ろすと、折れた刀身が青白い燐光《りんこう》を放っていた。利里の外法による効果だ。

草太は大刀を握《にぎ》りしめて、床を蹴《け》った。

右の手のひらに、柄《つか》のざらりとした感触《かんしょく》がぴたりと貼《は》りついている。最初に滑《すべ》りやすいと思ったのが嘘《うそ》みたいだ。いまでは、刀身の先まで自分の体であるかのような一体感がある。まるで、誰かが草太の右手ごと、大きな手で大刀の柄を握っているみたいだった。

「おおおおおっ！」

雄叫《おたけ》びをあげて、大刀を思い切り突きだした。

剣先《けんさき》が触《ふ》れる寸前、餓鬼《がき》が巨体《きょたい》に似合わぬ俊敏《しゅんびん》さで飛び退《の》いた。切っ先が虚《むな》しく空を切る。

地響《じひび》きを起こして着地した餓鬼が、小さな口を一斉に開いた。

《残念だったな小僧《こぞう》》

《実に残念》

《折角《せっかく》の外法も、届かなければ意味がない》

《意味がない！》

餓鬼が体を揺《ゆ》すって嘲笑《ちょうしょう》し、ついでのように触手を伸《の》ばしてきた。

草太は次々と襲《おそ》いかかってくる触手を、大刀を振《ふ》るって片《かた》っ端《ぱし》から斬《き》り捨てていった。一本を斜《なな》めから撫《な》で斬りにすると、もう一本を返す刀でかっ切った。断《た》ち切られた触手が宙に舞《ま》い、草太の周囲に黒っぽい体液が降り注いだ。

信じられないほど体がよく動いた。大刀が思ったとおりに、自由自在に操《あやつ》れる。興奮のせいか、それとも利里の外法の効果か、胸の奥でドクンドクンと心臓が脈打っていた。

(いける!)

さらに迫《せま》ってきた触手を叩《たた》き斬る。と、そこで気づいた。

刀身に宿っていた青白い光が、最初に見たときよりも弱くなっている。触手ごときを相手に、調子に乗って斬りすぎたのだ。

踏《ふ》み込んだ足に、何かが勢いよく絡《から》みついてきた。乱暴に引っぱられて転倒《てんとう》し、すぐに首を起こした。触手が足首をしっかりと摑《つか》んでいた。

反射的に大刀を振るおうとして、直前で自制した。こんなものを斬るために、貴重な外法を使い切るわけにはいかない。まだチャンスはあるはずだ。

一縷《いちる》の希望を抱《いだ》いて利里を一瞥《いちべつ》すると、彼女もまた触手に捕《つか》まっていた。両腕《りょううで》ごと胴体《どうたい》に巻きつかれて、傘《かさ》も取り落としている。束縛《そくばく》から抜《ぬ》け出そうと必死に身を捩《よじ》っているが、彼女の膂力《りょりょく》で振《ふ》りほどけるとは到底《とうてい》思えなかった。

《終わりだ、小僧！》

餓鬼がそう告げた瞬間《しゅんかん》だった。

草太の足を摑んでいた触手の上に、勢いよく商品棚《だな》の柱が叩きつけられた。足首を摑む触手が緩《ゆる》み、その隙《すき》に草太は身を起こして離《はな》れた。

触手を押しつぶした商品棚には、見覚えのある茎《くき》のようなものが絡みついている。

視界の隅《すみ》で、利里が顔を上げるのが見えた。彼女もまた束縛から解放されており、足元にちぎれた触手と、茎が絡みついた商品棚が転がっている。

「ヒルダさん！」

利里が悲痛な声で名を叫《さけ》んだ。

ヒルダは病院着にガウンを引っかけた格好で、左手から茎をいくつも伸ばしていた。何本かが餓鬼の触手を封《ふう》じ、また別の何本かが餓鬼の本体を縛《しば》り上げている。

「早く、いまのうちに――」

言葉は最後まで紡《つむ》がれなかった。

触手ではない骨張った腕《うで》が伸びてきて、ヒルダの胸を貫《つらぬ》いたからだ。

次に聞こえてきた絶叫《ぜっきょう》は、ヒルダのものだったのか、利里のものだったのか、草太にはわからなかった。

ただ無心で駆《か》けた。

ヒルダが命懸《いのちが》けで作ってくれたチャンスを潰《つぶ》したくない。

そして餓鬼のもとまで辿《たど》り着くと、今度こそ大刀を餓鬼の巨体に突《つ》き刺《さ》した。

おおお、おおおおおおお——

醜《みにく》い巨体がゆっくりと崩壊《ほうかい》していった。触手が根本からちぎれ落ち、小さな餓鬼の体が剝《は》がれ落ちてゆく。からからに乾《かわ》いた泥《どろ》の塊《かたまり》が、風化して崩《くず》れていくように。

餓鬼は満たされない飢《う》えから解放されて、地に還ろうとしていた。妖異《ようい》の魄は大地に還る。

彼はこれから、あまたの生命をはぐくむ大地の一部となるのだ。

それを皮肉と思うか、救いと思うか。当の餓鬼にはもう、判断するだけの意識はあるまい。

草太は大刀を両手で握りしめたまま、自壊《じかい》する餓鬼の姿を呆然《ぼうぜん》と眺《なが》めた。

不意に、後ろから頭をはたかれた。

「馬鹿《ばか》草太っ！」

振り向くと、可愛《かわい》いふくれっ面《つら》が着物を着て漂《ただよ》っていた。

「ミコト、どうやって出てきたんだ」

携帯電話《けいたいでんわ》の電源は切ったきりだ。なぜ彼女が実体化できているのかわからない。

戸惑《とまど》いが表情に出ていたらしく、ミコトはふんと鼻を鳴らした。

「あたしはあんたの携帯電話からじゃなくても出てこれるのよ！」

顎《あご》をしゃくってみせた先には、利里がいた。彼女の携帯電話を使って顕現《けんげん》したらしい。

「ヒルダさん！」

利里は血まみれで倒《たお》れるヒルダの傍《かたわ》らに膝《ひざ》をついていた。

ヒルダの胸には大きな穴が穿《うが》たれていた。人間なら即死《そくし》だっただろう。意識を保っていられるのは妖異ならではだろうが、やはり限界はあった。

「どうして、どうしてここに……」

ヒルダは苦しげに微笑《ほほえ》んで、震《ふる》える手で利里の髪《かみ》を撫でた。そのたおやかな指先が、赤い花に触れる。アルラウネの花を加工して作った髪飾りだ。

利里はヒルダの手を取って、自分の頬《ほお》に押しつけた。

「わたしのせいで……」

瞳《ひとみ》から溢《あふ》れた滴《しずく》がヒルダの白い手を濡《ぬ》らす。ヒルダはかぶりを振った。

「いいのよ。もともと、私には生きようという意志がなかった……でも」

指先で利里の涙《なみだ》を優《やさ》しく拭《ぬぐ》った。

「利里ちゃんを守れたのなら、少しは意味のある生だったのかもしれないわ」

そう言って、ヒルダは首を傾《かたむ》けてこちらを向いた。

草太は息を呑《の》んだ。ミコトも何も言えないらしく、草太の袖《そで》をきつく握《にぎ》りしめる。

ヒルダの口元が震えた。ルージュと血の混じった赤い唇《くちびる》が動き、声なき声を紡いだ。

決して聞き取れたわけではない。ただなんとなく、この子をよろしく、と言われた気がした。

ヒルダはゆっくりと瞼《まぶた》を閉じて、それきり動かなくなった。

利里はあきらかに力の抜《ぬ》けた手を握りしめて、頰を押しつけた。長い髪の隙間《すきま》から、ぐっと唇を嚙《か》み締《し》めて嗚咽《おえつ》をこらえているのが見えた。

「こんなときくらい、思いっきり泣けばいいのに」

ミコトがぽつりと呟《つぶや》いた。草太も同感だった。

やがて、ヒルダの遺体に変化が訪《おとず》れた。

体中のあちこちから、芽が生えはじめた。芽は茎となって伸《の》びてゆき、次々と葉を生やしていった。見る見るうちに緑色の茂《しげ》みに覆《おお》われて、ヒルダの身体《からだ》が見えなくなった。もしかしたらもうヒルダの身体は本来の植物の姿に戻《もど》っていたのかも知れない。いつの間にか、利里の手に握られていたヒルダの手が茎へと転じている。

いくつもの蕾《つぼみ》が顔を出し、ゆっくりと花開いてゆく。真っ赤な釣《つ》り鐘《がね》状の花だ。

処刑場《しょけいじょう》の血を吸って咲《さ》くというアルラウネはいま、自らの血を糧《かて》に花《はな》を咲《さ》かせている。

アルラウネが死ぬと花に戻ることを、草太は初めて知った。

人間と妖異がまったく異なる存在だということを、改めて知った。

利里が顔をあげた。涙に濡れた目元を袖で乱暴に拭い、思い詰《つ》めた顔をしてアルラウネに手を伸ばした。

　赤い花を一つ手折《たお》って、口を開く。

「一つ、御魄を送りましょう――」

　聞き覚えのあるフレーズに、草太はどきりとした。

　赤い花が口元へ運ばれる寸前に、横からミコトが手首を摑《つか》んで制止した。

「やめなさい！　死ぬわよ！」

「邪魔《じゃま》しないで！　ヒルダさんの遺志に応えるの！」

　利里は力いっぱい腕《うで》を引いた。だがミコトも譲《ゆず》らず、手首を離《はな》さない。

「ヒルダさんは人間に転生したがっていた……だから、わたしがヒルダさんを人間にするの、消化葬をして！」

「馬鹿！　妖異の体は人間には毒だって、あんたも知ってるんでしょ！　死にたいの？」

「それでもかまわないわ――」

　ぱあん、と頰を打つ音が響《ひび》いた。ミコトが利里の頰を叩《たた》いたのだ。

「あんた、ヒルダの最期《さいご》の言葉をちゃんと聞いてたの!?　ヒルダはね、あんたを守れてよかったって言って死んだの！　ヒルダの命を無駄《むだ》にする気!?」

「……うっ」

　利里は力なく俯《うつむ》いた。ぽたぽたと、いくつもの滴が膝の上に落ちていく。

草太には、彼女にかけるべき言葉が見つからなかった。

その代わり、過去に聞いた言葉が頭の中に次々と浮《う》かび上がってきた。

魂魄《こんぱく》。魂《たましい》は天に昇《のぼ》って、魄《たましい》は地に還《かえ》る。人間には魂と魄の二霊があるが、妖異《ようい》には魄しかない。魄葬歌《はくそうか》。妖異を弔《とむら》うときに歌う歌。第七句以降が失われている。消化葬。妖異を転生させる外法。妖異の遺体を体に取り込む。

――喰《く》らうのではない。弔うのじゃ――

最後に、ヒルダのハスキーな声が蘇《よみがえ》った。

『どんな埋《う》め合わせをしてくれるのか、楽しみにしているわよ』

耳鳴坂への初出勤の日。遅刻《ちこく》してきた草太に、ヒルダは冗談《じょうだん》めかしてそう言った。

結局、あのときは事件に駆《か》り出されて、何もできなかった。そのまま忘れてしまった。

あんなに世話になったのに、最後まで助けられたのに、礼の一つも言えなかった。

だから、

あのときの埋め合わせを、いま、しよう。

草太はアルラウネの花に手を伸ばし、まずは一輪、摘《つ》みとった。

――一つ、御魄を送りましょう

少女と、少女の姿をした妖異が一斉《いっせい》に振《ふ》り向いた。

「来島くん！」「草太っ！」

二人の呼び声を聞き流して、草太は赤い花を口に押し込んだ。噛んでみても、あまり味らしい味のしない花だった。ただ、口の中いっぱいに花の香《かお》りが広がった。

ヒルダがいつもその身に漂《ただよ》わせていた、アルラウネの芳香《ほうこう》だった。

草太は花を飲み込むと、次々と赤い花を手折ってゆく。

――二霊《ふたたま》あらねど逝《ゆ》き着くように

身は朽《く》ち果てども虞《おそ》れはいらぬ

世の理《ことわり》など踏《ふ》み越《こ》えて

出づる思いをかき抱《いだ》き

一句歌うたびに、口の中に一輪だけ突《つ》っ込んで、飲み下す。

自分はいったい何をやっているのだろう、と思った。

夢の中で見た異常とも言える行為《こうい》を見よう見まねで実践《じっせん》しようなど、我ながら正気の沙汰《さた》とは思えない。そもそも、これが正しい消化葬だという確証はどこにもないのだ。

だが、いまさらやめる気にはなれなかった。

利里が目を見開いてこちらを見つめていた。ミコトもだ。利里のときは真っ先に制止したのに、そんなことは忘れてしまうほど草太に見入って、聞き入っている。

此処《ここ》の覚えは置いてゆけ
安《やす》らぎまではいましばし
名無《なな》き心の獣道《けものみち》
——向かうは輪廻《りんね》の輪の中か

決して暗記しやすいわけでもない、別段覚えようと意識したわけでもない歌が、舌の上をなめらかに転がり、自然と口から突いて出た。

草太はアルラウネに伸《の》ばした手を虚空《こくう》で止めた。

もう花が咲《さ》いていない。すべて摘《つ》みとってしまったのか。代わりに葉や茎《くき》を千切るべきか一瞬《いっしゅん》迷い、すぐに思い直す。

花は、まだある。

顔を横に向けると、利里とミコトが呆然《ぼうぜん》とこちらを見つめていた。

利里の手には、一輪の赤い花が握《にぎ》られている。

草太は無言で手を伸ばし、びくりと肩《かた》を震《ふる》わせる利里の手から花を奪《うば》いとって、目の前で口へ放り込んだ。

——永久《とわ》の旅路へ、いざゆかん

最後の花を咀嚼《そしゃく》して、ごくりと飲み込んだ。

はあ、と安堵《あんど》の息が出た。緊張《きんちょう》から解放されて、尻《しり》を床《ゆか》に降ろして両手をついた。じろりと横目でミコトを睨《にら》みつける。

「おまえなー。なーにが、死ぬわよ、だ。めちゃくちゃびびったじゃ……？」

異変を感じて、草太は胸を押さえた。

唐突《とうとつ》に、灼《や》けるような熱が腹の底で暴れはじめた。

胃のあたりにねじ切れるような痛みが走り、全身を悪寒《おかん》が何度も駆けめぐった。急激な体調不良に立っていられなくなり、草太は床に四つんばいになった。

（やばい！）

内臓の内壁《ないへき》がびくびくと痙攣《けいれん》し、胃の内容物が逆流してくる。思わず服の上から腹の皮に爪《つめ》を立てて、喉《のど》の奥に力を込める。吐《は》き出すわけにはいかない。ヒルダの魄を宿した花なのだ。目の前で刹里が見ているのだ。意地にかけて、失敗するわけにはいかない。

視界がぼやけてきた。意識が遠のいてゆき、体中から力が抜《ぬ》ける感覚。

「草太ぁっ！」

どこからかミコトの声が聞こえたが、白く染まった視界には何も映らない。

大丈夫《だいじょうぶ》だって、心配するな――

そう頭の中でだけ答えて、草太は昏倒《こんとう》した。

＊

消化葬を終えた少年を、利里はほとんど夢見心地《ごこち》で眺《なが》めていた。意識を失ってくずおれる姿が、スローモーションの映像のようにゆっくりと目に映った。

文車妖妃が彼の名を叫《さけ》び、傍《かたわ》らに跪《ひざまず》いた。背中に腕《うで》を通して上半身を起こし、頭を自分の膝《ひざ》の上へ載《の》せて、その顔を覗《のぞ》き込む。

「草太ぁっ！」

「草太、しっかりして！」

ミコトの悲痛な声で、利里は我に返った。慌《あわ》てて草太の元へ近づき、覗き込む。

草太は顔色が悪く、呼吸も不規則だった。人間の肉体は本来、瘴気《しょうき》をまとった妖異《ようい》の肉体に対して免疫《めんえき》がない。近くにいるだけでも慣れるまでは大変なのだ。それを飲み込むなど、自殺行為《こうい》だ。

その自殺行為をしようとした利里の代わりに、彼は実行した。

利里もヒルダも知らなかった、失われた第七句以降も完璧《かんぺき》に歌い上げた。彼がなぜ魄葬歌《はくそうか》を知っていたのかはわからない。目を覚ましたら——目を覚ますことができたのなら、訊《たず》ねてみたいと思った。

しかし、その前に大きな問題がある。

複数の足音が聞こえて、利里は振《ふ》り向いた。

数名の退魔師たちがこちらに向かってきていた。耳鳴坂の捜査《そうさ》員が駆《か》け足《あし》であるのに対し、本家の捜査員は悠々《ゆうゆう》と歩いている。餓鬼《がき》が倒《たお》されたとわかったからだろう。下《した》っ端《ぱ》が満身創痍《まんしんそうい》になろうとも気にも掛《か》けない。いつものこととはいえ、さすがに腹が立った。

「来島さんは無事ですかっ⁉」

宇壁が太った体を揺《ゆ》らしながら、いち早く駆け寄ってきた。滑《すべ》り込むように膝をついて、心配そうに草太の顔を覗き込む。

ミコトが目元に涙《なみだ》を溜《た》めて、何度も何度も頷《うなず》いた。

「無事よ。でも心音が乱れてるの。このままじゃ……お願い、早く草太を……」

「そうはいかない」

聞き覚えのある無機質な声が、頭上から降ってきた。

利里はできるだけ厳しい表情を作ってから、顔を上げた。

予想通り、黒いスーツを着たしかめっ面の男が立っていた。本家の退魔師にして本件の指揮をとっていた、銚河という男だ。

「来島草太の身柄《みがら》はこちらで預からせてもらう」

「何でよ！」

ミコトが食ってかかろうとするのを、宇壁が無言で腕を出して制止する。

「餓鬼の退魔許可が下りていたのは、退魔師と黄昏《たそがれ》機関からの出向者を含《ふく》む捜査員だけだ。一《いっ》般《ぱん》人が妖異《あやかし》を殺めることは許されていない。人間が妖異を殺傷した場合も、罪を犯《おか》した妖異同様、黄昏機関にて審判《しんぱん》を受けさせるのが通例だ。今回の件はこれに該当《がいとう》する」

「そんなこと――」

「もう一つ。一般人が無闇《むやみ》に首を突《つ》っ込んだせいで、黄昏機関からの善意の出向者を死亡させてしまった。これは由々《ゆゆ》しきことだ」

みな一様に息を呑《の》んだ。

善意の出向者。無論、ヒルダのことだ。彼女のように、前科がない出向者は大刀早坂の上層部から見ても貴重な存在だった。

「それは、草太だけの問題じゃないわ！　あたしだって……」

「君は黄昏機関からの出向者だろう。これは人間の問題だ。君に責任能力はない」

ミコトは憤然《ふんぜん》と立ち上がろうとして、膝に草太を載せていたため諦《あきら》めた。座ったまま怒《いか》りをあらわにする彼女に、宇壁も今度ばかりは便乗した。

「黄昏機関との関係を守るために、一人の少年を切り捨てるわけですか。冷たいですねえ。本来なら、責任は上の者がとるのが筋でしょうに」

皮肉と溜息《ためいき》の混じった一言で、利里は過去の自分を思い起こした。

まだ耳鳴坂へ赴任《ふにん》してきたばかりの頃《ころ》、利里は罪を犯す妖異を心の底から憎《にく》んでいた。特に、人間を傷つけたり、殺したりする妖異に対しては容赦《ようしゃ》しなかった。退魔許可が下りているかどうかなど関係なく、常に全力で外法を行使して戦い、多くの退魔師と妖異に迷惑《めいわく》をかけた。一人で突っ走《ぱし》って馬鹿《ばか》をして、空回りばかりして、命令違反《いはん》も何度もした。大怪我《おおけが》をしても死にそうになっても、査問会にかけられても、目的のためならばおかまいなしだった。

そんなときは、いつだってヒルダがかばってくれた。

時に優《やさ》しく、時に厳しく。彼女はいつも、危なっかしい新人に手を差し伸《の》べてくれた。利里が耳鳴坂の職員たちと良好な関係を築けているのは、彼女のおかげと言っても過言ではない。

そのヒルダは、もういない。

そして自分も、いつまでもかばってもらわなければならない新人ではなかった。

頭にそっと手を伸ばす。指先に髪飾《かみかざ》りの花びらが触《ふ》れた。それがとても誇《ほこ》らしく思えて、思わず口元がほころんだ。

（今度は、わたしの番）

花のように鮮《あざ》やかに微笑《ほほえ》むヒルダの顔を思い浮《う》かべてから、ある決意を胸に立ち上がった。

「責任はわたしが取ります」

その場にいた全員が、一斉《いっせい》にこちらを向いた。

無数の視線を受け止めて、利里は毅然《きぜん》と背筋を伸ばした。物怖《ものお》じする理由など何もない。

堂々と胸を張って続ける。

「餓鬼への攻撃《こうげき》を彼に指示したのはわたしです。それに、ヒルダさんがここへ駆けつけられたのは、この髪飾り……アルラウネの花を辿《たど》ってきたからです。どちらの妖異《ようい》の死も、責任はわたしにあります。処分するなら、わたしを処分してください」

一人で突っ走って馬鹿をして、空回りばかりして、命令違反もしてしまう。

そんな後輩《こうはい》を、今度は自分が体を張って守るのだ。あの美しい、アルラウネのように。

銚河は珍《めずら》しく怪訝《けげん》そうに眉《まゆ》をひそめた。

「君は確か、八重崎宗家の血筋だったな。なぜこんな辺境の支部にいる」

「その話は本件と関係がありません」

「……確かにそのとおりだ」

苦渋《くじゅう》に満《み》ちた嘆息《たんそく》を漏《も》らして、銚河は黒いスーツの背を向けた。

「君と、来島草太の処分は後日改めて通達する。覚悟《かくご》しておくといい」

エピローグ

その会話は、とある少年の精神のさらに奥——魂魄《こんぱく》の中で密《ひそ》やかに交《か》わされた。

「彼がなぜ魄葬歌《はくそうか》を知っていたのか不思議に思っていたけれど、ようやく謎《なぞ》が解けたわ。まさか、彼の中にあなたのようなモノがいたなんてね」

「非道《ひど》い言い草だな。己《おれ》とて、好きこのんでこのようなところにおるわけではない」

「そう言うわりには、まんざらでもないご様子で」

「まあな。それなりに楽しんでおる」

「……あのとき、大刀に宿った力はあなたなのでしょう？　こう言ってはなんだけど、なぜ、あなたほどの方が外法使いの命に応じたの？」

「この己を使役《しえき》しようなど、無礼を通《とお》り越《こ》していっそ小気味よい。そう思うただけだ。あの女《おな》子《ご》、なかなか肝《きも》が据《す》わっておる。あれはいい女になるぞ」

「私の妹分ですから」

「褒《ほ》めたのに何故《なぜ》睨《にら》む。心配せんでも、手は出さんよ。出したくても出せんが」

「手を出したらただじゃおかないわよ……ああもう、そうではなくて」

「何だ。言いたいことがあるなら遠慮《えんりょ》せず言うがいい」

「では一つだけ。彼を妖異に関《かか》わらせたのは、あなたが――」

「とんだ言いがかりだ。己はむしろ妖異と関わり合いになどなりたくなかったのだ。あの莫迦《ばか》……まあ、あれも己ではあるが、奴《やつ》めが勝手に首を突《つ》っ込んだのよ」

「ずいぶん楽しんでいるようね。そんなに人の生がお気に召《め》して？」

「おうとも。弔女《とむらいめ》にはいつか礼を言わねばならんな。宿命のない生というのもゆるりとしていてよいものだ……おい、どうした。聞いておるのか」

「――――」

会話は唐突《とうとつ》に途《と》切《ぎ》れた。片方が来《き》たるべきときに備えて眠《ねむ》りについたのだ。

残された方が、深々と溜息をついた。

「何だ。折角《せっかく》話し相手ができたかと思えばすぐこれだ。やはり人間の生はちと退屈《たいくつ》だな」

＊

目を覚ますと、見覚えのない天井《てんじょう》が広がっていた。

いつもより枕《まくら》も敷《し》き布団《ぶとん》も硬く、掛《か》け布団は硬くて重い。ミコトが乗っているせいかと思って首をもたげると、彼女は布団の足元に顔を伏《ふ》せてこちらを見つめているだけだった。不安そうな双眸《そうぼう》が草太を捉《とら》えた瞬間《しゅんかん》、弾《はじ》けるような笑顔《えがお》に転じた。

「草太ぁっ！」

ミコトが勢いよく抱《だ》きついてきた。首に腕《うで》を回し、胸に顔を埋《うず》めてくる。少しひんやりした体温が、空調のせいで火照《ほて》った体に心地《ここち》よい。

「草太の馬鹿《ばか》！　本当に、本当に心配したんだからね！」

涙声《なみだごえ》で叫《さけ》びながら、ぐりぐりと頭を擦《こす》りつけてくる。

事情はよくわからないが、心配をかけてしまったようだ。よしよし、と髪を撫《な》でていると、ふと和服の肩越《かたご》しにもう一人の人物を見つけた。

部屋の隅《すみ》で、利里がパイプ椅子《いす》に行儀《ぎょうぎ》よく座っていた。氷のように冷ややかな眼差《まなざ》しでこちらを眺《なが》めている。

「だあっ！」

草太は咄嗟《とっさ》にミコトを突き飛ばした。

ミコトは空中でくるりと回って急停止すると、ふくれっ面《つら》を向けて小さな肩《かた》を怒《いか》らせた。

「何するのよー！」

抗議《こうぎ》の声は無視する。それどころではない。見られたくない現場を押さえられた。猫《ねこ》なで声で猫に話しかけている現場をクラスメイトに目撃《もくげき》されたときと同じ気分だ。いや、それより酷《ひど》い。うっかり抱き合っていた相手は女の子の姿をしていても、もとは携帯《けいたい》電話なのだ。

「せ、利里サン。なにゆえここに……」

「担当のお医者様が、今日あたり目を覚ますだろうって連絡《れんらく》くれたの。宇壁さんも来たがってたけど、いま手が離《はな》せないみたいで。ちなみにここ、大刀早坂の息がかかった病院ね」

「草太、四日も寝《ね》込んでたのよ？」

「四日ぁっ⁉」

思わず大声で聞き返した。草太には四日も寝込んでいた感覚はもちろんない。休日に夕方頃《ころ》まで寝て起きたときのような、ちょっとしただるさが体に残っているだけだ。

それが四日とは。信じられない。確認《かくにん》代わりに利里を見ると、彼女は黙《だま》って頷《うなず》いていた。

そういえば、マチルダ学園の制服が夏服に替《か》わっていた。ブレザーがベストに代わり、ブラウスも半袖《はんそで》になっている。衣替《ころもが》えになったということは、もう六月に入ったらしい。

「そうよ、いくらなんでも寝過ぎだわ。まったく、あんな無茶《むちゃ》をするから……」

「無茶？」

「消化葬のことに決まってるでしょ！」

力いっぱい怒鳴《どな》られて、ようやく思い出した。

草太は退魔の後、命を落としたヒルダのために消化葬に挑《いど》んだのだ。数え歌を呟《つぶや》きながら赤い花を口に含《ふく》んだのを覚えている。だが、その後の記憶《きおく》が欠落していた。どうやらあのまま気を失って寝込んでしまったらしい。

利里が深々と嘆息《たんそく》して、肩にかかった髪《かみ》を手で後ろに払《はら》った。

「いろいろ言いたいことはあるけど、とりあえず無事でよかったわね。消化葬を行って生き残っただけでもたいしたものよ。最後の弔女、菊《きく》ノ森想花《もりそうか》は消化葬の負荷《ふか》に耐《た》えきれずに死亡したっていうし」

「……げっ」

背筋を悪寒《おかん》が這《は》い上《のぼ》っていった。よく知らなかったとはいえ、一歩間違《まちが》えれば死んでいてもおかしくないほどの危険を冒《おか》していたらしい。

だが、やらなきゃよかった、とは決して思わない。

草太はパジャマの胸に手を当てた。魂魄《こんぱく》は多分ここにある。きっと彼女の魄《たましい》も。

顔を上げると、利里が草太の手を、手の下の胸をじっと見つめていた。

穏《おだ》やかな眼差《まなざ》しは、普段《ふだん》草太に向けるものとは違《ちが》う。いまは亡き美しいアルラウネを想《おも》う眼差しだった。

少し、ヒルダが羨《うらや》ましくなった。

利里は草太の視線に気づくと、気まずそうに顔を背《そむ》けた。それから脇《わき》に置いていた大きな茶封筒《ちゃぶうとう》を思い出したように手に取って、ベッドに近づいてきた。

「これ、支部長から」

ぶっきらぼうに言って、茶封筒を突《つ》きだしてきた。

「支部長が？　俺に？」

不審《ふしん》に思いつつ、言われるままに受け取る。

封《ふう》はされていなかった。手を突っ込んで引っ張り出すと、見覚えのある書類が出てきた。雇《こ》用契約書《ようけいやく》だ。以前提出したものとは違う、新しい契約書だった。今度はちゃんと二枚あった。

――やる気があるなら戻《もど》ってくれば？

そう言う八重崎支部長のやる気のない顔が脳裏《のうり》に浮《う》かんで、すぐに消えた。

「用件はそれだけ。お大事に。それと」

利里は去り際《ぎわ》に一度、足を止めた。長い髪を靡《なび》かせて振《ふ》り返り、

「――ありがとう」

鮮やかに微笑んだ。

一発で心臓を射貫《いぬ》かれそうになるほどの、魅力《みりょく》的な笑顔だった。

ヒルダのような妖艶《ようえん》さや華《はな》やかさはないものの、荒《あ》れ地に咲《さ》く一輪の野花のような、可憐《かれん》ながらも力強さを感じさせる美しさがあった。出会ってすぐにこんな笑顔を見せられていたら、間違って惚《ほ》れていたかもしれない。

ドアが閉まるまでの間、草太は呼吸を忘れていた。ばたん、という音を聞いてから、大きく

息を吸って、吐《は》きだした。思わず惚《ほう》けてしまった自分が悔《くや》しくてならない。

「つーか、見舞《みま》いにきたのに、持ってきたのが契約書オンリーってのはどうよ？」

「お花なら持ってきてくれたわよ。ほら、あれ」

ミコトがサイドボードを指差した。見慣れた棺桶《かんおけ》デザインの携帯電話と一緒《いっしょ》に、安っぽい花《か》瓶《びん》が置かれていた。

花瓶には淡《あわ》い青紫《あおむらさき》色の花がいくつも生けてあった。細長い花弁が無数に重なっていて、綺《き》麗《れい》かもしれないが少し華やかさに欠ける花だ。どこかで見た覚えがある。多分、この花は見舞いよりも他《ほか》の用途《ようと》に使われているものだ。

「これ、墓とか仏壇《ぶつだん》に供える花って感じがするんだけど……」

「アスター。和名はエゾギク、チョウセンギク。日本ではよく仏花として使われているわね」

ミコトが袖《そで》で口元を隠《かく》してくすくすと笑った。丁寧《ていねい》に解説されたせいで、余計に気分が落ち込んだ。草太の中で眠《ねむ》りについたヒルダのために持ってきたのかもしれないが、いまここで入院しているのは草太だ。いくらなんでもあんまりだ。

「やっぱり仏花かよ。なんであの女はこう」

「ちなみに青いアスターの花言葉は『信頼《しんらい》』よ」

「へっ？」

草太は跳《は》ねるように起き上がった。アスターの花瓶を引き寄せて、腹の上に抱《かか》え込む。

「いやまさか。あの女に限ってそれだけはないって。ないよな？」

咲き誇《ほこ》るアスターの花々を一輪一輪覗《のぞ》き込んでから独りごちる。訊《き》かれても困る、と言わんばかりに無数の花びらがかすかに揺《ゆ》れた。

こうして見ると、わりと可憐で綺麗な花だった。青に近い紫色《むらさきいろ》というのも神秘的で、赤や黄色の花よりも好みかもしれない。何だか急にアスターが好きになってきた。アスター万歳。

高揚《こうよう》してきた気持ちに水を差すように、ミコトが冷ややかな声で続けた。

「花言葉は他にもあるわよ。『信じているけど心配』」

「……あ、多分そっちだ」

草太はがっくりと肩《かた》を落として、アスターの花の中に顔を突っ伏《ぷ》した。

花の香《かお》りを吸い込みながら、頭の中で花言葉を反芻《はんすう》する——信じているけど心配。

冷静に考えてみれば、決して悪くはない評価だ。たとえ「けど」と「心配」がついていたとしても、あの女に信じてもらえるようになっただけでも上等だろう。そう思うことにする。何事も前向きに捉《とら》えておいた方が気分が楽だ。

「草太、草太。それよりこれ、どうするの？」

ミコトがひらひらと二枚の雇用契約書を振って見せる。

草太は花瓶を元の位置に戻してから、契約書を受け取った。これを記入するのは二度目だ。いまは一度目とは違《ちが》う感慨《かんがい》があった。

「少しは使えるやつだって思ってもらえたんじゃない？」

ミコトがにっこりと、向日葵《ひまわり》のような笑顔《えがお》でボールペンを差し出してきた。

「どうだか……」

結果として、二つの妖異《ようい》の命が失われた。それ以上に多くの動物たちが命を落とした。

草太が思いつかなかっただけで、もっとうまくやる方法はきっと存在していた。あるいは、同じ方法を選んでも、もっと犠牲《ぎせい》も少なく解決できる退魔師だっているだろう。

（もっと使えるやつにならないとな）

ボールペンを受け取って、契約書に向き直った。名前や住所などの欄《らん》が空白なのは当然として、問題は契約期間の欄だ。以前はこれに騙《だま》された。

今度の契約書は、契約開始日が空欄《くうらん》で、満了《まんりょう》日が『期限なし』となっていた。

自然と口元が緩《ゆる》んだ。

草太はうんと伸《の》びをしつつ、病室の中を見回した。隅々《すみずみ》まで視線を巡《めぐ》らせても目当てのものが見あたらなかったので、ミコトに顔を向けて訊ねた。

「なあ、今日って何日だっけ？」

あとがき

初めまして。湖山真と申します。ちなみに読み方は「こやましん」です。

本作は第十一回角川学園小説大賞〈奨励賞《しょうれいしょう》〉受賞作『ウォーターズ・ウィスパー』を改題、改稿《かいこう》したもの――ではありません。担当編集者様の指導のもと、デビュー作として新たに書き下ろしたものになります。受賞作が暗い・重い・痛いの三重苦《さんじゅうく》を背負った物語だったのに対して、本作はちょっと軽めのコメディ（？）仕様となっております。いかがでしたでしょうか。少しでも退屈《たいくつ》を紛《まぎ》らわせられるものになっていれば幸いです。

さて、この物語には妖怪《ようかい》や妖精や魔物《まもの》や怪物《かいぶつ》、作中の言葉でいう〝妖異〟が登場します。

基本的には実在する伝承や昔話などをもとにして書いていますが、ストーリーの都合上、意図《いと》的に設定をねじ曲げたり、独自の解釈《かいしゃく》を加えたりしている部分が結構あります。場合によっては、小説や漫画《まんが》、ゲームなど近代以降に生まれたイメージを優先させていただきました。専門家および研究者、マニアな方々はどうかツッコミ無用でお願いします。

ここからは謝辞を。私のような未熟者を拾ってくださった角川書店スニーカー文庫および角川学園小説大賞関係者の方々、担当編集者のU様、この本の制作に関《かか》わったすべての方々にお詫《わ》びとお礼を申し上げます。本当にご迷惑《めいわく》をおかけしました。感謝しております。

素晴《すば》らしいイラストで本作を飾《かざ》ってくださった、みかづきあきら！様。イメージ以上のイラストに感激して言葉になりません。本当にありがとうございます。特に販促《はんそく》イラストはパソコンの壁紙《かべがみ》にさせていただいているのですが、見とれてしまって原稿が進まないほどです。

作中の表現について相談に乗ってくれた高校時代の文芸部部長Cと、数々のしょうもないネタを提供してくれた実弟Yにもお礼を。あとで何か奢《おご》ります。

そして、去年他界した祖母へ。

出来の悪い孫をずっと応援《おうえん》してくれてありがとう。お祖母《ばあ》ちゃんの冥福《めいふく》を祈《いの》っています。

もちろん、この本を手に取ってくださった読者様にも最大級の感謝を。

いつかまたお会いできることを願いつつ、失礼いたします。

湖山　真

耳《みみ》鳴《なり》坂《ざか》妖《よう》異《い》日《にっ》誌《し》

手《て》のひらに物《もの》の怪《け》

湖山《こやま》　真《しん》

角川文庫　15680

平成二十一年五月一日　初版発行

発行者—井上伸一郎

発行所—株式会社角川書店

東京都千代田区富士見二—十三—三

電話・編集（〇三）三二三八—八六九四

〒一〇二—八〇七八

発売元—株式会社角川グループパブリッシング

東京都千代田区富士見二—十三—三

電話・営業（〇三）三二三八—八五二一

〒一〇二—八一七七

http://www.kadokawa.co.jp

印刷所—旭印刷　製本所—BBC

装幀者—杉浦康平

S 213-1　ISBN978-4-04-474401-4　C0193